Joost Zwagerman
Gimmick!
Roman

**Mit einem Nachwort
von Victor Schiferli
Aus dem Niederländischen
von Gregor Seferens**

Weidle Verlag

There were moments when ...
well, there were moments when.
The Shangri-Las, *Past, Present and Future*

Prolog

Jede Weltstadt hat ihre Art von Peepshows. In London beispielsweise sind sie dermaßen erbärmlich, daß einem die Tränen kommen. Die Kabinen stinken, und außerdem muß man seine Nase regelrecht an ein fettiges Fensterchen pressen, um sehen zu können, was hinter der Scheibe genau passiert. Und es passiert praktisch nichts. Wenn man die Mädchen anstarrt, schauen sie mit mißmutigem Gesicht zurück, wobei sie mechanisch mit den Hüften kreisen. Die Zustände in Paris ähneln noch am ehesten denen in Amsterdam, allerdings werden in Paris die Läden besser gepflegt. Wenn man dort in eine Kabine geht, kann man zumindest sicher sein, nicht in das Sperma eines anderen zu treten. Die Luxusschuppen in der Rue de Clichy haben sogar Kabinen mit blitzsauberen Kunstledersesseln. Und nicht zu vergessen: Berlin! Berlin ist nicht zu verachten, dort bekommt man für das wenigste Geld am meisten geboten. Zwei Mark für eine Vibratorshow, drei für einen lesbischen Akt, und für zehn Mark bekommt man eine eigene Kabine mit einem eigenen Mädchen, und man darf ungestraft die mannshohe Scheibe beschmutzen, die man hinterher nicht einmal selbst saubermachen muß – etwas, das die Chicks in Amsterdam sehr wohl verlangen; sie zeigen dann herrisch auf eine Küchenkrepprolle, die unübersehbar an einer der Seitenwände hängt.

Doch New York schießt den Vogel ab, wie ich jetzt weiß. Vor zwei Jahren wußte ich das noch nicht. Damals bewohnte ich einen Monat lang ein Hotelzimmer in der Lower East Side, wo sogar aus dem Lichtschalter Ungeziefer kroch. Ich fand zwar in der Nähe meines Hotels ein paar Shows, doch das waren eher öffentliche Reservate für Junkie-Girls als die üblichen Live-Acts. Nach dem Einwurf einer Münze, die man für einen Dollar gekauft hatte, konnte man sich dort in einem nach Chlor riechenden, zappendusteren Kabuff einschließen. Und wenn dann die Sichtblende hochging, saß auf der anderen Seite der Scheibe eine ausgemergelte minderjährige Schwarze und starrte breitbeinig ins Nichts, vollkommen high, geistesabwesend und meist regungslos. Im besten Fall fuhrwerkte die Trulla mit einer uninspirierten Hand zwischen ihren mageren Beinen herum. Vielleicht verschaffte der Anblick solch einer ausgezehrten Speedo den gehetzten Büroangestellten, die ich scheu in die Kabinen hinein- und wieder herausflitzen sah, oder den sechzehnjährigen Billys und Bobbys und Joes, die aus Virginia, Kentucky oder Tennessee in die große Stadt gekommen waren, einen Kick – ich habe keine Ahnung, ich hatte damals jedenfalls von dem Ganzen sehr bald die Nase voll.

Als ich Groen von den erbärmlichen Shows von vor zwei Jahren berichtet hatte, sah er mich erstaunt an: »Shit, du *mußt* auf der Stelle in die 42. Straße, Walter Raam!« sagte er. »Was hast du hier das letzte Mal eigentlich gemacht, Mann? Los, komm!«

Dieser Plan hob die Stimmung wieder ein wenig, denn der erste Tag unseres Besuchs in New York war nicht wirklich ein Erfolg gewesen. Groen hatte in Amsterdam eine Liste mit angesagten New Yorker Hotels bekommen, von irgendeinem Deutschen, der kurz zuvor dort gewesen war. Doch abgesehen davon, daß diese Hotels alle mehr als hundertfünfzig Dollar pro Nacht und Person kosteten, lagen sie auch nicht besonders zentral. Und weil wir beide keine Lust hatten, unser Gepäck durch die Gegend zu schleppen, waren wir in einem YMCA in der Nähe von Columbus Circle gelandet. Für Groen gab es für vierzig Dollar pro Nacht in diesem YMCA noch ein Zimmer im dritten Stock und für mich, zum anderthalbfachen Preis, eins im zwölften.

Nachdem wir eingecheckt hatten und im Aufzug standen, sagte Groen: »Da sieht man mal wieder, wie tief ein Mensch sinken kann. Jetzt wohnen wir verdammt noch mal in einem YMCA.«

Wir inspizierten die Zimmer, die beide mehr oder weniger gleich ekelerregend waren. Zwei mal drei Meter, schmuddelige Matratzen, gruselige Beleuchtung, braun umkachelte Waschbecken und Gitter vor winzigen Fenstern.

»Tja, only prisoners can swing, sag ich da mal«, murmelte Groen. Und: »Sind diese YMCAs übrigens nicht lauter Schwulenbunker? Wenn du hier nur den Aufzugknopf drückst, hast du dir bereits eine Krankheit gefangen, schätze ich mal.«

Ich hatte über die New Yorker YMCAs auch schon gehört, daß man dort manchmal über Gruppen von fickenden Homos steigen mußte, wenn man den Flur entlang ging. Doch wie sich zeigte, stammte dieses Gerücht aus früheren Zeiten, aus den Jahren vor AIDS. Eigentlich sahen wir vor allem zahnlose alte Männlein, die vierundzwanzig Stunden am Tag durch die zahllosen Flure gingen und vor sich hin mümmelten. Und jedesmal, wenn wir in den Aufzug stiegen, trafen wir eine waschechte Shopping-Bag-Lady, die nach angebrannten Bratpfannen und Pisse stank und mit knurriger Stimme fragte, auf welche Etage wir wollten. Der Aufzug war offenbar ihre Unterkunft – jedenfalls hatte sie ihre olfaktorischen Reviermarkierungen dort unverkennbar angebracht.

Groen sagte, zu Fuß seien es nur fünfzehn Minuten bis zur 42. Straße. Kurz vor unserer Ankunft hatte es in New York noch geschneit, und es herrschten bereits seit mehreren Tagen unter minus 10 Grad. Daran mußte man sich erst gewöhnen, nach den Wochen auf Teneriffa. Aber wir fielen nicht auf mit unseren in den Subtropen gebräunten Gesichtern. Die meisten New Yorker hatten sich gut eingepackt, vor allem in schwarze Parkas mit gefütterten Kapuzen. Viele Schwarze trugen gewaltige Bomberjacken, und sie hatten immer noch ihre Baseballkappen auf dem Kopf, jetzt allerdings mit grellbunten Ohrwärmern darüber. Wir gingen Richtung Times Square, kamen an drei riesigen Kinos, an einigen abgefahrenen Modeläden und vor allem an jeder Menge Fast-Food-Restaurants vorüber: Burger King, Wendy's, Kentucky Fried Chicken und einem vier Etagen in Beschlag nehmenden McDonald's. Es ging auf fünf Uhr zu, und es war bereits dunkel. Der Verkehr war zum Erliegen gekommen. Der Lärm der hupenden Taxis nervte gewaltig. Hier sah New York so aus, wie Touristen es sich wünschen: Skyscrapers, ein vibrierendes Band aus Yellow Cabs in den Straßen, ein Dschungel von blinkenden Neonreklamen. Groen hatte vergessen, einen Wintermantel einzupakken, hatte deshalb einfach vier Pullover übereinander angezogen und ging nun, in die hohlen Hände pustend, noch schneller die Straße entlang als die meisten New Yorker.

Inzwischen waren wir an den ersten Pornokinos vorbeigekommen. Sie sahen nicht wirklich einladend aus, aber vielleicht lag das an den Religions-Fanatikern, die sich in Gruppen vor den jeweiligen Eingängen postiert hatten und fröstelnd irgendwas von Erlösung riefen. Die erste Live-Show hieß »Paradise« – und danach die übliche Neonanzeige: Girls, girls, girls! x rated movies! Pussy show! $ 1: Try us! Hot cunts! Pleasure dome, free entrance!

Kurzum, man konnte kaum einen Unterschied zu den Werbesprüchen entdecken, die man in jeder anderen Stadt auch sieht. Bis wir einen der Schuppen betraten: »Girls Island«.

Drinnen sah es aus wie in einer Diskothek. Vielfarbige Lightshows, inklusive herumwirbelnde Laserstrahlen. Ohrenbetäubende Diskomusik. Und: Endlose Reihen von Videokabinen, in denen es jeweils eine an der Wand befestigte Bank und einen Bildschirm gab, unter dem sich mehr als dreißig Programmtasten befanden. Spezielle Kabuffs für anal, Lolita, Tiere, homo, lesbisch, SM, whatever. Der Laden war also irre groß, allerdings herrschte darin auch eine brüllende Hitze, mindestens 25 Grad. Hunderte von Männern streunten in einem Saal herum, der mindestens so groß war wie das Hauptpostamt von Amsterdam. In der Mitte eine breite steile Treppe, auf jeder Stufe blinkende rosarote Lämpchen. Die Treppe war gesäumt von phosphoreszierenden Pfeilen und Werbebotschaften: Horny Show! Live Sex! Pussy Pussy!

Bei einem superfetten Schwarzen mit Dreifachkinn und Hawaiihemd tauschten wir Dollars gegen die benötigten Chips. Groen zog zwei Pullover aus, ich öffnete den Reißverschluß meiner Jacke.

Groen war in seinem Element. Er war schließlich nicht zum ersten Mal hier und hielt damit auch nicht hinterm Berg. »Schau nur!« sagte er. Wir standen inzwischen oben an der Treppe, und Groen machte eine majestätische Armbewegung, als wäre er der alleinige Besitzer des Schuppens. Auf dieser Etage gab es nicht nur Kabinen, sondern auch Dutzende schlanke Farbige in Strapsen und Panther-Outfit, die lächelnd Männer ansprachen, auf sich und die Kabinen deutend.

»Vertu dich nicht«, sagte Groen strahlend. »Hier wird nicht gefickt. Das sind die Frauen, die dich in ihre Kabine locken und dir dann hinter kugelsicherem Glas eine Runde Fake-Ekstase vorführen. So wie überall also. Nein, wir müssen nach dort hinten, wo mehr Kreativität geboten wird.«

»Girls Island« schien kein Ende zu nehmen. All die scharfen schwarzen Frauen, die wahnsinnig großen Pornoplakate an der Wand: Fotos von weit aufgespreizten Mösen, so furchteinflößend wie Handgranaten. Dutzende von Luxuskabinen mit Telefon und Klopapierrolle. Und noch immer die Kakophonie der Lichteffekte, die aufleuchtenden Verheißungen: Couple sex, 69 Show, Big tits! Schräg hinter den zahllosen Kabinen befand sich noch ein weiterer Raum, in dessen Mitte ein jahrmarktartiges Glitzerhäuschen stand, umgeben von kreisförmig angebrachten orangefarbenen Türen.

»Aha!« sagte Groen fest entschlossen, und danach öffnete er kommentarlos eine der Türen und verschwand. Auch ich suchte mir eine freie Kabine.

Es war finster hinter der orangefarbenen Tür. Ich nahm einen Chip aus der Jackentasche und verriegelte die Tür. Tastend versuchte ich herauszufinden, wo der Chip eingeworfen werden mußte. In dem engen Kabuff roch es nach Bubble Gum. Nachdem der Chip in dem entsprechenden Schlitz verschwunden war, leuchtete ein grellgelbes Lämpchen auf. Vor meinen Füßen lagen mindestens zehn zerknüllte Papiertaschentücher. Die Sichtblende fuhr runter, und ich schaute in eine Art Zirkusmanege, in der zehn, zwanzig schlanke nackte Frauen umhergingen. Das heißt, ich sah nur Beine und straffe runde Pobacken. Und weiße Pumps. Und Strapse. Die Manege lag erhöht, und auch als ich mich vorbeugte und nach oben schaute, waren die Gesichter der Frauen kaum zu sehen. Aufgrund der Kreisform der Manege sah ich nicht nur die Beine, sondern auch fast alle anderen Luken. Aus nahezu jeder staken grapschende Arme. »Tipping! Tipping!« – die Frauen in der Manege riefen nichts anderes. Sie gingen tänzelnd von Luke zu Luke. Keine Glasscheibe! *Es gibt keine Glasscheibe in den Luken!* Wie eine Art Werbeslogan blitzte mir der Satz durchs Hirn. Fast alle Männer, die ihre Arme durch die Luken gestreckt hatten, wedelten wie wild mit Dollarnoten.

Zwei dunkelbraune Beine bewegten sich in Richtung meines Kabuffs, beugten sich, und vor mir hockte eine feuchtschimmernde junge Farbige. Sie hatte ein lächelndes Whitney-Houston-Gesicht. »Tipping?« Natürlich. Tipping. Trinkgeld. Ich schüttelte den Kopf. Das Gesicht der Schwarzen erstarrte, sie erhob sich rasch. Kurz huschten vor meinen Augen ihre Brüste vorüber, ihr Bauch, ihr schwarzglänzendes Schamhaar. Und weg war sie, in Richtung der nächsten Luke trippelnd.

Nach etwas weniger als einer Minute erlosch das Licht in der Kabine. Ein zweiter Chip, ein dritter. Allmählich blickte ich durch: Die Frauen gingen zielstrebig von Luke zu Luke, nahmen die Scheine aus den winkenden, grapschenden Händen und hockten sich hin, woraufhin dann ein oder zwei mit Adern bedeckte Hände zwischen den Schenkeln der vor der Luke knienden Frau verschwanden, die währenddessen meist ihr Gesicht hinter ihren Armen verbarg. All die Männer in den Dutzenden von Kabinen, von denen nur die Arme zu sehen waren ... sie alle waren ein einziger riesiger Krake. Ihre Arme waren seine Tentakel. Ich meine, genau danach sah es aus. Von Tentakeln gehaltene Dollarscheine.

Links von mir hatte eine blonde Frau ihren Hintern einer der Luken zugewandt. Mit raschen Bewegungen fuhr eine breite weiße Hand über ihre Pobacken, zwischen ihre Schenkel. Hinein. Er steckte zwei Finger hinein. Shit! Ein weiterer Chip, der vierte. Das farbige Mädchen von vorhin kam auf mich zu. Ich erkannte sie an ihren Pumps. An dem Kettchen um das Fußgelenk. Erneut beugte sie sich zu mir herab. Erneut das strahlende Lachen, das in dem Moment verschwand, als sie zum zweiten Mal mein Gesicht erblickte.

»Okay«, sagte sie, »whadda ya want? Y'have to pay here, ya know.«

Schweigen.

Die Frau seufzte.

»I don't understand«, sagte ich. Meine Stimme klang lächerlich, als wäre ich ein Kastrat. I don't understand. Ich begriff es nur allzu gut, aber aus irgendeinem Grund hatte ich nicht das Gefühl zu lügen.

»Okay«, sagte sie wieder, »for one buck y'can touch m'here«

– sie streichelte über ihre Brustwarzen – »for two it's my pussy and for three I tunnaround. Right?«

Es war alles andere als right. Mir fehlten die Worte.

»Well?« sagte sie schnippisch.

»What's your name?« fragte ich stumpfsinnig, benahm mich jetzt schon minutenlang wie ein totaler Idiot. Sie hatte sich bereits wieder erhoben, erwiderte aber noch: »Names? Yours is Jack, mine is Jill, take a ride along the hill.«

Und das war's. Wieder schloß sich die Luke. Das gelbe Licht in der Kabine war erneut erloschen. Ich entriegelte die Tür, ging hinaus und stieß auf Groen.

»Und?«

Ich sagte nichts und schaute nur auf die hinein- und hinausgehenden Männer. Sie hatten es eilig, in die Kabine hineinzukommen. Und sie hatten es noch eiliger, wenn sie die Kabine wieder verließen. Groen hantierte umständlich mit den Pullovern, die er sich um die Schultern gelegt hatte. Er hatte sich eine Dose Pepsi light aus einem Automaten gezogen.

»Was stehst du da rum, Raam?« fragte er. »Du hyperventilierst ja regelrecht, du Hirni!«

»Groen, das kann einfach nicht sein. Ich meine, die Frauen dort, sie sind alle *schön!*«

»Ach, ja? Raam, wir sind hier in New York und nicht in der holländischen Provinz, in Appelscha oder so. Nur damit du's weißt. Krieg dich wieder ein, Mann. If you can't take it, fake it. Verstehst du?«

Um uns gingen Männer herum. Schlendernd, eilig. Burschen von sechzehn, siebzehn, Junkies, speedy, geil. Alte Männer, routiniert. Schwarze. Puertoricaner. Chinesen, viele Chinesen. Vor allem aber viele weiße Angeber mit Aktentaschen, die Middle class in gefütterten Mänteln, auf quietschenden Lackschuhen vorwärts hastend.

»Ich besorg mir noch ein paar Chips.«

»Aha! Unser lieber, guter Raam findet es also doch spannend«, sang Groen vor sich hin. Er setzte die Dose an seine Lippen.
»Spannend?« sagte ich. »Spannend?«
Ich lachte viel zu laut, man drehte sich zu mir um.

Ich habe eine Handvoll Chips in der Tasche. Ich checke die Beine, suche das Whitney-Houston-Mädchen.
»Tipping?«
Ich gebe ihr drei Dollar. Das farbige Mädchen dreht sich um, beugt sich hinunter, bewegt die Hüften, schwenkt ihren Hintern vor meinem Gesicht. Die Beine gespreizt. Und beugt sich noch ein wenig weiter vor. Eine kleine, kerzengerade Möse, alles proportioniert, keine offenstehenden Saloontüren also, die Haare ordentlich und beruhigend darum drapiert – eine Möse wie ein kleines Tier, ein Biber, der Rücken eines Bibers. Ich strecke meinen Arm aus und lege meine Hand zwischen ihre Schenkel, als würde ich ein Schüsselchen halten. Bis ich an meinem Handgelenk spüre, wie die Luke sich schließt und gegen meinen Arm drückt. Und wieder einen Chip, wieder drei Dollar. Das Mädchen nimmt die Scheine, sie hat einen ganzen Stapel in der Hand.

Ich berühre sie nicht mehr. Es ist nichts zu sehen, nur ihre Pobacken, ihre Schenkel, ihre nahezu symmetrische, vertrauenerweckende Möse. Immer nur diese Wölbung vor meinen Augen, fest, trocken, formell.
»Ya pay for it, y'can touch me, hunney«, sagte sie noch. Ich erwiderte, das müsse nicht sein. Mein Gesicht, ich wünschte, ich könnte mein Gesicht hineinlegen. Ich wünschte ... ich wünschte ... Ich wünschte, ich wäre klein, viel kleiner als das farbige Mädchen, ich wünschte, ich wäre so klein, daß ich durch die Luke klettern könnte, ich wäre ebenso klein wie die Möse des Mädchens. Dann könnte ich mich zusam-

menrollen, die winzig kleinen Knie an den winzig kleinen Brustkorb gezogen, ich würde das farbige Mädchen fragen, ob sie mich nach der Arbeit in ihrer Manteltasche oder ihrer Handtasche mitnimmt, in ihr Apartment, in ihr Schlafzimmer. Dann würden wir uns schlafen legen, sie in ihrem Bett und ich, immer noch winzig klein, zwischen ihren Schenkeln. Ihre gerade, feste Möse wie ein Bett, die Schamlippen würden Decke und Laken sein. Anschließend müßte sie mich zudecken und mich und sich selbst streicheln, in den Schlaf wiegen, bis ich ganz weg wäre, aufgelöst, in ihrer Wärme verschwunden. Nie mehr aufwachen, für immer zu Hause.

Nach etwa einer halben Minute oder so stand ich in der nun wieder dunklen Kabine, die Schulter an die geschlossene Luke gelehnt.

Groen wartete an der Treppe auf mich.

»Soso. Du hast aber lange gebraucht. Und du hast sogar die Jacke dafür ausgezogen.« Groen schaute mich an, etwas zu lange für mein Empfinden. Er sagte: »Du bist leichenblaß, Mann, du siehst aus wie ein Zombie. Was hast du da drinnen angestellt?«

»Absolut nichts, Groen, ab-so-lut nichts.«

Wir gingen die Treppe hinunter. Horny show! Tits! Pussy Pussy!

»Ja, ja«, erwiderte Groen, »das sagen alle. Hauptsache, du hast dir die Hände gründlich abgewischt.«

Groen zog seine Pullover an, ich meine Lederjacke. Draußen erneut diese fuckin' Eiseskälte, die mich wie Kokain durchschnitt, als hätte ich mich inzwischen in ein riesiges Nasenloch verwandelt, das nur dazu diente, die ganze Kälte aufzusaugen.

»So«, sagte Groen, »das war der erste Schuppen. Jetzt gehen wir nach nebenan, ins ›Lafayette‹. Dort gibt es etwas mehr zu sehen, härtere Shows. Los komm, laß uns den Laden kurz inspizieren.«

Ich sagte Groen, er müsse erstmal ohne mich auskommen.

»Was?«

Nur ein krummgewachsener alter Puertoricaner mit einer riesigen Pelzmütze auf dem Kopf schaute kurz zu uns auf.

Groen blieb stehen.

»Aber ... die besten Acts hast du noch gar nicht gesehen«, sagte er beleidigt.

»Das mach ich dann morgen.«

»Morgen, tomorrow, mañana, was ist das für eine Einstellung?«

Ich hatte keine Lust auf noch mehr Gelaber und sagte deshalb, ich hätte Hunger und Durst, ob wir nicht ein Steak oder so essen gehen könnten. Wir standen an der Ecke 42. Straße und 10. Avenue. Hier gab es weniger Straßenbeleuchtung, mehr alte Neonreklamen, eine ziemlich heavy Atmosphäre. Viele schreiende Farbige in langen schwarzen Ledermänteln, auf der anderen Straßenseite zwei brennende Mülltonnen, um die ein knappes Dutzend Schatten standen, die ihre Hände wärmten. Mitten auf der Kreuzung zwei blauweiße Polizeiwagen. Das Ganze sah aus wie eine Fernsehserie aus den siebziger Jahren.

Teil 1: Oktober

Mondrian-Schmetterlinge

Als ich sie frage, wie spät es ist, sagt das Mädchen mit der Sonnenbrille, daß sie schrecklich, schreck-lich glücklich sei und daß sie alles wissen wolle, außer ob es jetzt früh oder spät oder vielleicht sogar zu spät ist.

Es ist also wahrscheinlich zu spät. Auf der Tanzfläche hotten nur noch ein paar alberne Studenten und eine Handvoll hyperaktive Schwuchteln ab. Ein Stück weiter entfernt stehen Eckhardt und Groen an der Bar und unterhalten sich über Computerkunst und über Steuern. Und vor allem über die neueste Droge ... denn was das angeht, kommt man heute kaum noch hinterher.

Vor rund drei Jahren habe ich beschlossen, in Momenten wie diesen in Diskotheken nicht länger darüber nachzugrübeln, was ich hier mache und warum und bis wann und wie ich in Gottes Namen nach Hause komme, wenn niemand mehr da ist, um das Taxi zu bezahlen. Was ich damit sagen will, ist, ich bin einfach dort. Und ich warte noch kurz, bis nicht das Mädchen mit der Sonnenbrille, sondern ein schwarzhaariger, ungeschminkter und hochhackiger Weekend-Vamp vom Klo wiederkommt und auf der anderen Seite der Tanzfläche wieder an ihrem Whisky-Cola nippt. Dann habe ich wenigstens was zum Glotzen.

Ich habe vergessen, nach wem ich heute abend sonst noch geglotzt habe. Es müssen auf jeden Fall viele gewesen sein, sehr viele, denn das Mädchen mit der Sonnenbrille hat mir früher am Abend minutenlang erläutert und gezeigt, wer alles mit wem fickt. Und wer mit wem gefickt hat.

»Kannst du dir das alles merken, was ich dir erzähle?« fragte sie. Ich erwiderte, ich würde mir alle Mühe geben. Doch sie hörte nicht auf, darüber zu sülzen, daß ich mir all das merken müsse. Sie bestellte einen Bessen Genever (für sich) und Glenfiddich (für mich). Mit Eis.

Abgesehen von der Sonnenbrille hat sie durchaus was. Als sie mir zum soundsovielten Male aufgetragen hatte, alles zu behalten, erwiderte ich, daß ich all die Leute, die sie mir gezeigt hatte, überhaupt nicht kannte und auch nicht wußte, wie sie hießen. Sie sah mich ungläubig an. Ließ ihre Sonnenbrille sinken.

»Sag bloß, *kennst* du all diese Leute wirklich nicht?« fragte sie bestürzt.

Ich deutete auf Eckhardt und Groen und sagte, die beiden würde ich kennen. Sie wiederum kannte Eckhardt und Groen nicht, aber sie war enttäuscht, als ich erzählte, die beiden würden über Drogen schwafeln.

»Ääähhh, wie altmodisch, Dope, wie banal. Jeder Jurastudent im dritten Semester hat heute ein Röhrchen und ein halbes Gramm Koks in der Tasche. Absolut öde. Wenn ich zum Beispiel irgendeinen blutjungen Burschen mit nach Hause nehme, einen witzigen Gymnasiasten, dann muß er sich unbedingt eine Line reinziehen, bevor wir ficken. Nein, nein, ich steh mehr auf Natur pur. Ohne Drogen und ohne Kondom. Und ansonsten trinke ich nur hin und wieder einen Schnaps. Ganz solide.«

Der ungeschminkte Weekend-Vamp mit den hohen Absätzen ist wieder auf die Toilette zurückgekehrt und hat sich geschminkt. Und die Haare hochgesteckt. Mitten auf der Tanzfläche unterhält sie sich mit einem stark transpirierenden Homo mit Bizeps. Der Homo mit Bizeps legt seine Hand in ihren Nacken, und als Run-DMC durch den Raum dröhnt, beginnen sie zu tanzen. Der Homo abgehackt und konzentriert, der Weekend-Vamp mit geradem Rücken und schnellen Schrittchen.

Gimmick, keine Sperrstunde. Ein großer Schuppen, für Amsterdamer Verhältnisse jedenfalls. Zwei Etagen und eine Cocktailbar, Art Déco, High-Tech, Minimal-Barock – eine Diskothek mit einem Mischmasch an Stilen.

Der Barkeeper bringt mir einen Glenfiddich. Eine Runde von Eckhardt. Groen schaut in meine Richtung. Is it tears or is it cheers? Ich nicke einfach nur und mache danach einen fragenden Schwenk mit dem Kopf in Richtung Mädchen mit der Sonnenbrille, das sich inzwischen mit einem vollkommen kahlen Farbigen mit vorstehenden Augen unterhält, der beide Hände auf ihren Hintern gelegt hat. Groen zuckt die Achseln. Kennt sie nicht. Also weiß niemand, wer sie ist, doch sie kennt mehr oder weniger alle und weiß, wer es mit wem treibt, und zur Not auch, wie oft.

Die Tanzfläche leert sich allmählich, aber der muskulöse Homo und das hochhackige Mädchen geben immer noch ihr Bestes – zu einem Klassiker von Smokey Robinson jetzt. *The Tracks of My Tears*. »My smile is my make-up I wear since my break-up with you.« Singt Smokey mit gequetschtem Stimmchen. Groen gestikuliert irgendwas wie »gute Mittelklasse«, nachdem ich ihn, auch mit einer Handbewegung, gebeten habe, das Mädchen mit der Sonnenbrille zu taxieren. Als sie auf mich zukommt, fällt mir wieder ein, daß ich wissen wollte, wie spät es ist. Und ich weiß nicht, wieso, aber plötzlich juckt es in meinen Kniekehlen.

»Mit wem fickt der kahle Schwarze eigentlich?« frage ich sie. Die Musik dröhnt, ich schreie.

»Quatsch nicht!« ruft sie zurück und fragt mich, was ich trinken möchte.

»Und du, mit wem fickst du?« schreie ich ihr ins Ohr. Und sind das tatsächlich zwei zerknitterte Zweihundertfünfzig-Gulden-Scheine in ihrem Portemonnaie?

»Na ja, ich dachte mit dir, du Idiot«, sagt sie, schreit sie. Und geht mit zwei Bessen Genever mit Eis zu dem Farbigen, der ihr die ganze Zeit auf die Beine gestarrt hat.

Über der Tanzfläche gehen die Saallampen an. Es ist also sechs Uhr, der Laden schließt. Aus den Lautsprechern kommt noch ein Rap von LL Cool J, *Going Back to Cali*. Die letzten Besucher gehen unwillig in Richtung Garderobe, nur ein paar Studenten tanzen weiter. Der Weekend-Vamp schlingt die Arme um den Homo mit Bizeps, der vielleicht kein Homo ist oder vielleicht gerade doch, denn viele hübsche Mädchen stehen auf Homos, die dann einmal so tun, als wären sie keine Homos, und die dann aus lauter Bockigkeit mit jemandem ins Bett gehen, auf den sie überhaupt nicht stehen. Es gefällt mir ganz und gar nicht, daß das Neonlicht angegangen ist. Ich habe es eilig. Das heißt, ich finde, ich sollte es eilig haben.

Das Mädchen hat wahrscheinlich auf das Neonlicht gewartet, um dann ihre Brille abzunehmen. Der kahle Schwarze sieht ihre Augen und macht umgehend die Biege.

»So«, sagt sie zu mir, »was hab ich wieder viel erlebt!«

Ihre Augen sind matt und angeturnt zugleich, und sie hat Ringe unter den Augen, sie ist alt, zu alt, vielleicht dreißig oder so. Die Musik verebbt. Ich betrachte ihre Beine. Schwarze Netzstrümpfe. Turnschuhe (Haarlem Stars), schwarzer Wickelrock, Baseballjacke und darunter ein T-Shirt, auf das der freakige Kopf von Albert Einstein gedruckt ist.

»Tja, komm einfach mit zu mir nach Hause«, sagt das Mädchen und steckt die Sonnenbrille ein. Überall ist jetzt das Anzug tragende Personal der Disko eifrig damit beschäftigt, Gläser einzusammeln.

Draußen steht der Weekend-Vamp – Jackett von Mexx, Wrangler-Jeans, schwarze Pumps, orangefarbene Schleife im Haar – und streitet sich mit dem Homo.

»Wieso bist du eigentlich so schrecklich glücklich?« frage ich das Mädchen mit der Sonnenbrille. Sie hat mir ihr Fahrrad in die Hände gedrückt.

»Fahr du«, sagt sie. Weil sie hintendrauf so zappelt, stoßen wir beinahe mit einem vorbeiwankenden und jammernden alten Kerl zusammen.

»Was hast du vorhin gesagt?« ruft sie.

Es wird bereits ein wenig hell, und sie reicht mir ihre Sonnenbrille. Sie kneift mich kurz in die Seite. Sie dirigiert mich zu ihrer Wohnung, und als wir vor der Haustür stehen, weiß ich nicht, was ich sagen soll, und sie auch nicht. Ihr Mascara ist zerlaufen, und sie sucht umständlich nach den drei Schlüsseln ihrer Fahrradschlösser, und daher frage ich sie schließlich eben noch einmal, warum sie so schrecklich glücklich ist. Ich bin wieder mal nicht betrunken. Das Mädchen wird mit einem Mal sehr ernst. Sie sieht schlecht aus, sie legt die Hand auf meine Wange und schwankt kurz, als sie sagt: »Heute abend haben zwei Leute zu mir gesagt, daß sie neidisch auf mich sind, weil ich so glücklich aussah. Das kriegt man nicht oft zu hören.«

Sie küßt mich und knallt mir mehr oder weniger ihre ganze Zunge in den Mund. Ich lasse das Fahrrad fallen.

»Ich habe eine Dreizimmerwohnung, und alles hier ist neu. Ich hoffe also, daß du nicht ins Waschbecken pißt, sondern ganz normal in die Toilette. Okay? Okay.«

Aber ich muß gar nicht pissen. Ich schaue mir ihr Wohnzimmer ein wenig an. Aluminiumstühle von Philippe Starck, ein etwas zu protziger Dreisitzer aus schwarzem Leder, Glastischchen hier und da, Halogenlampen – design or not design, that's the question. Sie besitzt rund zweihundert CDs und ein paar Reihen Videokassetten. Ansonsten zwei Reproduktionen von Matisse über der Couch, was die Einrichtung wiederum ein bißchen nach Ikea aussehen läßt. Ich gehe in die Küche und nehme mir zwei Marshmallows, die auf dem Kühlschrank liegen. Stecke beide zugleich in den Mund. Die Fahrt mit dem Rad hat mich erfrischt. Ich bin hellwach.

»Hey, Walter.«

Sie steht in der Türöffnung und hat die Sonnenbrille wieder aufgesetzt. Sie ist betrunken. Sie hat die Kleider ausgezogen. Trägt nur noch ein bodystockingartiges Etwas.

»Hey, Walter. Ich finde, du solltest mich jetzt ins Bett bringen.« Ein dritter Marshmallow liegt neben dem Herd, zwischen zwei schmutzigen Töpfen und einem Standmixer.

Als sie auf ihr Doppelbett gesunken und halb unter die Decke gekrochen ist, dreht sich das Mädchen zu mir um.

»Eins mußt du wissen, Walter. Ich werde nicht mit dir fikken. Ich ficke nämlich nicht mit betrunkenen Männern.«

Sie hat die Knie hochgezogen und sich jetzt vollständig unter die Decke gewunden. Ich mache eine zweite Runde durch die Wohnung und schaue in ihren Terminkalender, der neben dem Bang&Olufsen-Fernseher liegt.

Dann gehe ich zurück ins Schlafzimmer und tippe auf die Stelle, von der ich annehme, daß sich dort die Schulter des Mädchens befindet.

»Hast du auch einen Videorekorder?«

Gemurmel unter der Decke.

»Habe ich weggestellt. In den Schrank neben dem Bett. Hauptsache, du machst keinen Lärm. Ich stehe nämlich nicht auf betrunkene Männer, die Lärm machen.«

Ich schleppe den Sony VHS ins Wohnzimmer. Kann wählen zwischen *Die Terrasse, 8½, Storia di Piera, Doktor Schiwago, Der Stand der Dinge* und, mal sehen, *Der letzte Tango in Paris, Kaos, Wie ein wilder Stier* und außerdem noch aus vielen Filmen, sehr vielen Filmen aus Spanien und Italien, Italien und Spanien. Meine Wahl fällt auf – ich habe den Film zwar schon dreimal oder so gesehen, aber für irgendwas muß man sich ja entscheiden – *Der letzte Tango in Paris*.

Marlon Brando rennt hinter Maria Schneider her. Maria Schneiders Titten, La dee da. Ich erinnere mich daran, daß Marlon Brando irgendwann so etwas sagt wie »Es ist aus, nun fängt es eben wieder neu an« – aber wann sagt er es, in der Mitte, am Ende? Ich spule das Band vorwärts und wieder zurück und wieder vorwärts und entscheide mich schließlich für ein paar Clips auf MTV.

Wenn man eine Stunde lang Videoclips schaut, dann sind immer zwei oder drei darunter, die einem gefallen. An diesem Morgen gibt es viele alte Clips. Robert Palmer mit lauter Frauen um sich herum. Bryan Ferry mit noch mehr Frauen um sich herum. Ich stelle den Fernseher leiser und rufe ein paar 0190-Nummern an. Rauche wie blöd Gauloises Blondes, die ich in der Küche gefunden habe. Trinke eine halbe Packung Yogi-Drink, Pfirsichgeschmack. Das Mädchen mit der Sonnenbrille wohnt im dritten Stock, und im Treppenhaus ist nun schon seit einer halben Stunde das Geschrei und Gekicher von zwei Jungen zu hören, was mich ziemlich nervt. Schaue mir dann doch noch mal den Schluß von *Der letzte Tango in Paris* an: Wieder liegt Brando da und verblutet.

Als ich mich neben sie lege, ist es zehn Uhr. Ein Zeitpunkt, um ... ja, um was zu tun? Um zum Zahnarzt zu gehen oder so.

Das Mädchen wacht auf. Seufzt. Und sagt: »Ich fand es sehr schön mit dir heute nacht. Gott, bist du gut, Mann ... du bist wirklich sehr süß.«

Eine Viertelstunde später ist sie hellwach. Die Jungen im Treppenhaus kreischen jetzt. Surinamischer Akzent. Und noch einmal sagt sie, daß sie es »sehr schön« fand.

»Und ich habe nullkommanull Kater!« ruft sie strahlend. Sie sitzt aufrecht im Bett. Sie hat fahlweiße Brüste mit großen dunklen Brustwarzen. »Aber ich muß los, du. Ins Studio.«

Ich stehe durchaus auf Mädchen, die morgens früh in Studios müssen. Ich will ihr sagen, daß ich auch irgendwohin muß, zu Groen, zu Eckhardt, in mein Atelier – aber letzteres kriege ich sowieso nicht über die Lippen. Sie ist aufgestanden und zieht sich an. Warhol-T-Shirt und eine enge schwarze Hose, dazu flache Schuhe mit einem Tigermotiv auf den Spitzen. Sie nimmt eine neue Sonnenbrille aus einem weißen Schubladenschrank, eine Schmetterlingsbrille diesmal. Sie setzt das Ding nicht auf die eigene Nase, sondern – ziemlich grob – auf meine und drückt mich anschließend unter die Decke zurück.

»Schlaf noch ein Weilchen. Das hast du dir verdient.« Und ehe sie zur Tür hinausgeht, sagt sie kichernd: »Und vergiß bitte nicht, die Blumen zu gießen.«

Schlafen will ich erst, nachdem ich Sammie angerufen habe.

Doch Sammie hat ihre Morgenmuffelstimme. Sie hat noch geschlafen.

»Sam, stell dich nicht so an. Ist es zu früh, um dich anzurufen, oder zu spät?«

Sam hat ein Doppelbett und Bezüge mit komischen rechteckigen Schmetterlingen darauf. Rote, blaue und gelbe Schmetterlinge. Eine Art Mondrian-Schmetterlinge.

»Es ist zu früh *und* zu spät.« Sie knurrt.

»Was machst du gerade?« Ma-hachst, jammere ich.

»Ich denke nach und möchte schlafen.«

Ich will darauf noch etwas erwidern, doch sie hat bereits aufgelegt.

Natürlich ist es jetzt am besten, nach Hause zu gehen. Aber vorher suche ich noch ein paar CDs aus, um sie mitzunehmen. Ich stecke zwei von Billie Holiday aus ihrer Sammlung in die Tasche. Bleibt mir nur noch, einen Höflichkeitsbrief zu schreiben – aber das Mädchen mit der Sonnenbrille hat ihre Sonnenbrille mitgenommen, und daher muß ich etwas anderes finden, auf dem ihr Name steht. Unten, unten an der Haustür gibt es ein Namensschild.

»Motherfucker«, sagt einer der surinamischen Jungen, als ich die Treppe hinuntergehe. In dem Moment, als ich unten die Tür öffne, höre ich oben eine andere zuschlagen. Ich renne wieder nach oben. Ist es vielleicht die Tür der Nachbarn, die Tür der surinamischen Jungen?

Es ist nicht die Tür der surinamischen Jungen.

»You son of a bitch (sanoffabits)«, sagt der andere surinamische Junge.

Okay. Ihre Tür ist zugeschlagen. Und: In ihrer Wohnung liegt meine Jacke, und darin sind meine Hausschlüssel und die Schlüssel zu meinem Atelier.

Der eine Junge hat ein zu kleines Streifen-T-Shirt an und trommelt fröhlich auf dem unbedeckten Stück Bauch herum. Der andere hat sich breit auf die Treppe gesetzt.

»Mußt du schon wieder vorbei, du Hirni?« Der Junge, der auf den Stufen sitzt, hat inzwischen sein Taschenmesser hervorgeholt und prokelt damit das Holz vom Geländer.

»Geht ihr lieber mal los und nehmt mit dem Messer eine alte Frau aus, ja.«

Die beiden Burschen kugeln vor Lachen beinahe die Treppe hinunter. Als ich die Haustür hinter mir zuziehe, rufen sie mit sich überschlagender Stimme: »Laß dich mal untersuchen, Motherfucker, laß dich mal untersuchen!«

Are you attracted to famous men?

»Gutes Timing, Raam! Gar nicht übel! Was führt dich her?«
Groen boxt gerade gegen seinen mit Graffiti übersäten Sandsack. Er wohnt in einem brandneuen Gebäude, in dem zehn Studios an Künstler vermietet werden. Das von Groen mißt vierzehn mal sechs Meter, Schlaf- und Wohnzimmer samt Dusche und so weiter nicht mitgerechnet. In der Mitte des Studios liegen große schwarze Blätter Papier mit goldglänzenden Zeichen darauf, Chinesisch, Japanisch, ich weiß es nicht. Ehe ich ihm antworten kann, weshalb ich gekommen bin, deutet er auf ein paar Gemälde, die in der hinteren Ecke stehen.

»Schau mal, sind diese Arbeiten nun Materie oder Transaktion?«

Ich erwidere, das wüßte ich nicht, ich käme meine Schlüssel holen.

»Schlüssel, Schlüssel! Shit, Raam, lenk nicht vom Thema ab, right? Ich meine, du schneist hier einfach rein, und du fängst sofort an, über Schlüssel zu labern! Welche Schlüssel meinst du übrigens?«

»Die Reserveschlüssel zu meiner Wohnung. Die habe ich dir doch gegeben?«

Ein ziemlich kleines, aber tough wirkendes Mädchen kommt aus der Küche, in den Händen zwei Tassen Kaffee. Das Mädchen geht in Ballettschühchen und trägt ansonsten nur eins von Groens weißen Hemden. Es reicht ihr bis zu den Knien.

»Jajajaja«, sagt Groen rasch, als er bemerkt, daß ich zu dem Mädchen rüberschaue. »Darf ich dir kurz meine neue Rettungsweste vorstellen? Du kennst sie nicht, das ist Dolfijntje. Dolfijn, das ist Raam.«

Die beiden Arbeitstische von Groen liegen voller Zeitschriftenstapel (*Interview, Flash Art, Playboy*), und deswegen stellt das Mädchen die Tassen auf den Boden. Sie hat große dunkle Augen, südlicher Typ. Eine Perle mit halblangem schwarzen Haar, Fünfziger-Jahre-Frisur. Sie kommt strahlend auf mich zu. Die richtigen Beine, der richtige Move.

»Guten Tag. Walter van Raamsdonk.«

»Hallo. Ich bin Tamara.« Ein leichter Den Haager Akzent, etwas enttäuschend.

Groen vollführt Boxbewegungen. Ich verspüre aufkommende Kopfschmerzen.

In meiner Jackentasche waren also noch mindestens drei Upper.

»Raamsdonk? Raaaamsdonk?« sagt Groen schneidend. »Das ist schlicht Raam, Mensch. Und Dolfijntje ist Dolfijntje. Soweit ich weiß.«

»Möchtest du Kaffee?« fragt Dolfijntje.

Groen schlägt mir ziemlich hart auf die Schulter. »Sind diese Gemälde nun Materie oder Transaktion, Raam? Mann, Mann, Mann, ich muß dir wieder alles mögliche beibringen, Dummkopf. Diese wahnsinnig guten Bilder sind Antimaterietransaktionen, Raam. Antimaterietransaktionen. Ich meine, du verstehst doch?«

Ich habe noch nie von Antimaterietransaktionen gehört, doch Groen berichtet, irgendein Amerikaner habe vor fünf Jahren in Rio de Janeiro die ersten Antimaterietransaktionen ausgestellt, und Europa und vor allem Amsterdam seien jetzt reif für das Konzept der Antimaterie in Verbindung mit der Transaktion. Groen hat dafür ein Stipendium beim Kunstrat beantragt, sagt er.

»Vierzigtausend. Zwanzig für die Arbeiten, sechs für die Brötchen, zehn für die Mädchen und vier für das kalte Buffet.«

»Wo hast du Dolfijntje aufgegabelt?« frage ich.

»Fuck, Raam, steck deine Scheißnase nicht in anderer Leute Angelegenheiten! Bleib du mal fein bei deinen Schlüsseln.«

Dolfijntje bringt mir Kaffee. Wir trinken Armagnac dazu. Ich schaue auf die Brüste unter Dolfijntjes Hemd, während Groen die Texte auf den schwarzen Blättern deklamiert. Irgendein japanisches Kriegsdokument. Groen erzählt, er habe die Texte zusammen mit einem japanischen Freund übersetzt und anschließend eine entscheidende Änderung angebracht. Überall, wo »die japanische Armee« stand, steht jetzt »westlicher Sex«.

»DER WESTLICHE SEX IST DISZIPLINIERT UND MIT UNERSETZLICHEN MITTELN AUSGERÜSTET!« Er schmettert es regelrecht durchs Studio. »NUR MIT HILFE DES WESTLICHEN SEX IST DER FORTBESTAND DER JAPANISCHEN TRADITION GESICHERT!« Ich frage mich, wo und wann Groen jemals Japanisch gelernt hat. Währenddessen nippt Dolfijntje in hohem Tempo am Armagnac. Ich frage Groen, woher er das Dokument hat. Groen erwidert, ein anderer japanischer Freund habe es für ihn geschrieben.

»Also ist es gar kein Originaldokument?« frage ich.

Groen reagiert ein wenig gereizt.

»Original, Original, was soll das bedeuten? Original? Sind die Ringe unter deinen Augen auch original? Ja? Nun, be sensible, Raam. Dann laß sie dir im Krankenhaus wegmachen und frage, ob du sie mit nach Hause nehmen darfst. Dann kannst du einen japanischen Text darüber schreiben.«

Eine nur ihm verständliche Assoziation nennt Groen Humor. Also lacht er ausgelassen und stößt dabei seinen Kaffee um. Dolfijntje kratzt sich am Bauch. Sie stochert mit dem kleinen Finger in ihrem Bauchnabel herum, schaut von Groen zu mir und dann wieder zu Groen. Ich sage zu Groen, er solle nicht so gestreßt reagieren. Groen meckert, er sei überhaupt nicht gestreßt, ich solle nicht so dämlich darauf rumreiten, was original ist und was nicht. Und ob ich nichts anderes zu erzählen hätte.

»Original. O-rri-gi-nahl«, sagt Dolfijntje. »Wenn man es ein paarmal nacheinander sagt, klingt es total komisch. Wie eine Krankheit.«

»Genau«, sagt Groen. »Mit Dolfijn kann man sich wenigstens unterhalten. Sie hat recht. Original ist eine Krankheit. Wir lieben alles, was falsch und unecht ist. Nicht wahr, Dolfijn?«

Dolfijn schnüffelt an ihrem kleinen Finger. Groen liest noch ein paar Sätze vor. Erst auf japanisch, danach auf französisch. Und schließlich auf niederländisch.

Dolfijntje beginnt zu kichern. Groen meint, die halbe Welt sei unecht und der Rest noch unechter. Dann legt er eine CD von Otis Redding auf.

»Hat Dolfijn mir heute morgen geschenkt, die CD. Ist das nicht nett von ihr?«

Dolfijntje ist aufgestanden, um zu tanzen. Sie tanzt auf den schwarzen Blättern. Ab und zu rutscht sie um ein Haar aus. Das Papier wirbelt über den Fußboden. Groen baut inzwischen einen Joint. Ich frage Groen, ob er heute abend zur Eröffnung ins Dixit geht.

»Dixit?«

»Die Ausstellung eines Deutschen«, sage ich.

»Eines Deutschen?«

»Bleichfeld.«

»Bleichfeld?«

»Kennst du den nicht?« frage ich.

Groen dreht Otis Redding etwas lauter.

»Idiot!« brüllt er. »Natürlich kenn ich Bleichfeld. Klar!«

Groen lacht wieder laut, reicht mir den Joint und gesellt sich zu Dolfijn, um zu tanzen. Afghane. Dolfijntje beginnt Groen ein wenig anzutanzen. Ich gehe in die Küche. Ich öffne eine Dose Grolsch. Groen ruft aus dem Studio herüber, daß meine Schlüssel in der Schachtel neben dem Portable liegen. Groen hat einen tragbaren Fernseher von

Philips in der Küche. Und eine Mikrowelle. Und außerdem allerlei Geräte, auf denen »Turbo« steht. Alle von Philips. Ich schalte den Fernseher an. Clip von Nick Cave. Groen hat Otis Redding noch ein wenig lauter gestellt. Ich trinke mein Grolsch, schaue fern. Clips von Cindy Lauper, den Wee Papa Girl Rappers und von Sting. Trinke ein zweites Bier. Groen weiß, daß ich auf ihn warte. Erst vorige Woche hat er sich auf meine Kosten insgesamt rund zwei Gramm reingezogen. Folglich ist er jetzt an der Reihe. Als ich wieder ins Studio komme, wedelt Groen mit den Händen.

Sein Kopf ist knallrot, und er tanzt sich die Seele aus dem Leib. Ich begebe mich zum Verstärker und schalte die CD aus. Ich sage, ich gehe dann jetzt mal wieder.

»Okay, okay, okay«, sagt Groen besänftigend. Und: »Hab dich nicht so, Mann.«

Ich frage Dolfijntje, ob sie mir hundert Gulden leihen könne.

»Dolfijn, gib Raam mal 'ne Line. O sorry, das reimt sich ja.«

Dolfijn kichert inzwischen nur noch albern und geht hüstelnd in die Küche. Ich folge ihr. Ich nehme ein Stück Chorizo aus dem Kühlschrank. Dolfijn kramt ein wenig in den Küchenschränken, nimmt eine Rasierklinge und einen HEMA-Spiegel und bildet zwei sparsame Lines. Neben dem Mülleimer liegt eine *Cosmopolitan*. Auf dem Umschlag die Frage: »Are you attracted to famous men?« Daneben der phantastische Augenaufschlag eines anonymen Nastassja-Kinski-artigen Models.

»Wenn du mich fragst«, sagt Dolfijntje, »dann findet Groen Otis Redding schlicht Scheiße.«

Ich erwidere, ich wisse nicht, ob Groen Otis Redding Scheiße findet. Ich fände ihn jedenfalls nicht Scheiße. Dolfijn zuckt die Achseln.

»Ich finde ihn echt ziemlichen Mist«, sagt sie.

Ich reiße ein Stück vom *Cosmopolitan*-Umschlag ab und gebe Dolfijn den Papierstreifen.

»Nein, nein, ich hab schon«, sagt sie hastig. Sie nimmt einen Zehner aus der Brusttasche des Hemds und rollt den Schein auf. Sie hantiert noch ein wenig mit der Rasierklinge entlang der Lines und schnupft.

Das Koks ist schlecht. Ich trinke ein Glas Wasser, schlucke ein paarmal. Dolfijntje schaltet den Fernseher aus. Ich lege die *Cosmopolitan* auf die Anrichte.

»So«, sagt sie.

Sie wirft die Zeitschrift und die leeren Grolschdosen in den Mülleimer. Sie bückt sich. Auf der Rückseite ihrer Beine, gleich unter dem Hintern, sehe ich rote Striemen.

»So«, sagt sie noch einmal.

»Gutes Koks«, sage ich.

Dolfijn schmiert ein Butterbrot. Groen kommt in die Küche. Er ist naßgeschwitzt.

»Dixit, ja? Bleichfeld, ja?« ruft er. »Nun, dann werden wir eben alle dort sein, würde ich sagen.«

Bei der Wohnungstür liegt eine Jeansjacke, die ziehe ich an.

Auf meinem Anrufbeantworter ist Eckhardt, der sagt, Groen, er und ich seien zu einer Gruppenausstellung junger Künstler im Stedelijk Museum eingeladen. Jemand, den ich nicht kenne, will etwas über die Herstellung von Siebdrucken für die AMRO-Bank wissen. Und ob ich zurückrufen könne. Meine Mutter sagt, bei ihnen sei ein Brief vom Finanzamt für mich angekommen. Und daß sie einen gebrauchten Fiat Ritmo als Zweitwagen angeschafft hätten. Ein Mädchen atmet schwer, lacht und legt auf. Dasselbe Mädchen sagt, ich hätte meine Schlüssel und meine Jacke bei ihr vergessen. Aha, das Mädchen mit der Sonnenbrille also. Und sie sagt, in meinem Portemonnaie seien zweihundertfünfzig Gulden. Meine Mutter sagt, sie müsse noch mal kurz anrufen, um zu sagen, mein Vater habe den Brief aufgemacht, es handele sich um irgendeinen nachträglichen Steuerbescheid. Sammie sagt, ich solle nicht mehr morgens früh anrufen. Daß ich überhaupt nicht mehr anrufen solle. Groen fragt, ob ich schon zu Hause sei, und wenn nicht, daß ich mir nicht in den Kopf setzen solle, jemals mit Dolfijntje vögeln zu können. Und wenn ich doch zu Hause sei, ebenfalls.

Ich rufe bei »Italian Top« an, um eine Pizza Bolognese zu bestellen. Es ist kurz vor sechs. Ich laufe noch schnell los. Kaufe drei Schachteln Marlboro und zwei Päckchen BenBits-Kaugummi. Kaufe eine Zeitung und die neue *Vanity Fair* und sowohl die französische als auch die amerikanische Ausgabe von *Penthouse*. Klaue die *Viva,* die *Vogue* und unbeabsichtigterweise zwei Exemplare derselben *Newsweek*-Ausgabe. Ich bin gerade noch rechtzeitig für den Pizza-Kurier wieder da. Habe soeben mein letztes Bargeld ausgegeben und muß also einen fuckin' Barscheck für eine Pizza ausstellen. Der Pizza-Bote, ein Marokkaner mit Hasenscharte, starrt mich an. Kein Trinkgeld. Keine Zeit.

Im amerikanischen *Penthouse* steht Janine, »a 22-old brunette having a secret wish: making motionless love in space«. Janine liegt in einem Lehnstuhl und spreizt mit beiden Zeigefingern die Schamlippen ein wenig auseinander. Janine steht unter der Dusche und streichelt eine Brust. Janine:»I like men to be self-conscious but I also like them to be patient and gentle. If they are, I'll be patient with them ...« Die Pizza ist glühendheiß und total versalzen.

Sky Channel zeigt eine alte Lucy-Show. Und eine alte Folge von *Drei Mädchen und drei Jungen*. Und ein Konzert von Dionne Warwick. Ich rauche zwei Joints.

Das Mädchen mit der Sonnenbrille hat ihre Telefonnummer hinterlassen, und ich rufe sie zurück.

»Hey, Walter, hallo, mein Kleiner«, sagt sie. »Was machst du gerade?«

Sie will wahrscheinlich ein richtiges Gespräch beginnen. Ich sage, daß ich mir Dionne Warwick anschaue und daß ich meine Jacke wiederhaben möchte. Und ob die zweihundertfünfzig Gulden noch in meinem Portemonnaie sind. Sie sagt, ich solle mich nicht so holländisch benehmen und daß sie heute nur mit ihrer Videoarbeit das Doppelte verdient habe. Labert irgendwas von einer Modereportage für irgendeine Sendung auf *Veronica*.

»Guter Sender«, sage ich, »guter Deal. Kriege ich meine Jacke irgendwann wieder?« Ich will noch etwas sagen, doch sie hat bereits aufgelegt. Ich rufe erneut an, sie geht ran, ich stöhne kurz in den Hörer und lege auf. Ich ziehe den Telefonstecker heraus.

Bis jetzt ist mein Abend also versaut. Mir bleibt nichts anderes übrig, als rauszugehen. Aber es ist noch zu früh für die Eröffnung bei Dixit, und daher rufe ich Sammie an. Ich warte auf den Piep und sage, sie soll ihren Anrufbeantworter ausschalten, weil ich weiß, daß sie zu Hause ist, und danach lege ich auf. Ich rufe sie erneut an und sage dem Anrufbeantworter, daß all ihre Tagebücher, die Platten von Astor Piazzolla und auch ihre Sommerkleider noch hier sind. Und ob sie die Sachen noch holen kommt.

Bei Dixit bin ich der fünfte Besucher. Zwei Idioten von der Presse, der Galerist, ein Pseudo-Interessierter, der nur gekommen ist, um Gratis-Wein zu trinken, und ein blonder Bursche, dem ein Fotoapparat vor der Brust baumelt.

»Hey, Raam«, sagt der Galerist. »Du bist aber früh dran.«

Der blonde Bursche macht ein Foto von mir. »Das ist für die Society-Seite der *Holland Post*«, erklärt er. Und fragt mich dann, wie ich heiße und was ich Interessantes mache. Und ob es voll wird heute abend. Ich antworte höflich auf alle drei Fragen. Der Bursche nickt und will wissen, ob ich berühmt bin.

Yo!

Viele Schwule mit Geld und Geschmack bei Dixit, aber auch ein paar solariumbraune Schwuchteln mit Schnäuzer. Ansonsten ziemlich viele Künstler, Journalisten und wenig Frauen. Allerdings viele Mädchen. Der blonde Bursche macht Fotos. Die Mädchen tragen wie immer viel Schwarz: trägerlose Kleider, Stiftröcke, Blusen mit Trikotkrägen, Blazer, oversized. Schwarze Pumps oder – herrlich betulich – geflochtene Slipper. Bleichfeld selbst ist nicht anwesend, ist offenbar noch in Dordrecht oder so. »God knows why«, sagt jemand im grünen Anzug. Ein anderer will vom grünen Anzug wissen, ob Bleichfeld vielleicht ein Freund von ihm sei, und der grüne Anzug erschrickt angesichts der Frage: »O nein«, sagt er, »Georg Bleichfeld ist nur ein Bekannter. Ich habe gar keine Freunde, nur Bekannte. Von Freunden kriegt man doch nur Paranoia.«

An der Wand hängen zwanzig Bilder mit gemalten Kruzifixen, von denen inzwischen drei verkauft sind. Jedes Gemälde zeigt ein anderes Kruzifix mit jeweils einem anderen Touch. Ein neo-expressionistisches Kreuz, ein Mondriankreuz, ein Kruzifix aus TV-Monitoren – so in dem Stil.

Eckhardt unterhält sich mit Stoop, der mich einem Dichter vorstellt. Der Dichter heißt auch Walter, nennt sich aber Freddie Ursang.

Freddie Ursang erzählt, er arbeite an einem epischen Lehrgedicht.

»Ein episches Lehrgedicht?« wiederholt Eckhardt. »Worüber?«

»Nun ja«, sagt Ursang, »ich bin nicht wirklich der Typ für achtzig vollgeschriebene Seiten. Ich weiß also noch nicht, worüber. Und du, was machst du?«

Ursang hat die Frage an mich gerichtet. Ich sage, ich sei auch nicht der Typ für achtzig vollgeschriebene Seiten.

»Raam macht zu wenig, das ist eigentlich das Entscheidende«, sagt Eckhardt und zieht nachdenklich an seiner Zigarette. Stoop holt Wein. Ursang hat eine Freundin dabei, ein strohblondes Dichtermädchen, das den Mund hält. Ein seltsames Paar. Ursang in einem altmodischen, aus den siebziger Jahren stammenden Soldatenmantel, sie auf hohen Absätzen und im Minirock bis zum Anschlag unter einer schwarzen Satinbluse.

»Du siehst gut aus«, sage ich, »hübsche Klamotten.«

»Selbstgemacht«, erwidert sie.

Sie hat eine hohe Stimme und errötet. Stoop trinkt Wein und berichtet von seiner Arbeit. Er ist in New York gewesen und hat zehn Tage lang in SoHo und in Greenwich Village mit seiner Kamera auf der Straße gestanden. Hat ansonsten nichts getan. Einfach gewartet, bis irgendein vollkommen durchgeknallter New Yorker sich vor die Kamera stellte und lospalaverte. Er habe dort sein halbes Stipendium verjuxt, erzählt er.

»Dein halbes Stipendium?« wiederholt Eckhardt mitfühlend. Und fragt, ob es das wert gewesen sei. »Wie ist der Film geworden, Stoop?«

»Na wie schon, gut natürlich. Was hast du denn gedacht?« sagt Stoop.

Eine Ausstellung eröffnet man um fünf Uhr nachmittags oder am Wochenende, aber der Galerist von Dixit, ein fröhlicher Lockenkopf mit falschem Blick, wollte gegen den Strom schwimmen und legt die Eröffnungen seit kurzem auf Abende an Werktagen, um acht Uhr. Ein Erfolg ist das nicht. Alle haben gerade gegessen oder müssen noch essen, das kann es also nicht sein.

Der blonde Bursche von der Society-Seite geht noch immer aufgeweckt umher und macht Fotos. Ein Mädchen quatscht ihn an.

»Vorige Woche hast du ein ab-scheu-lich-es Porträtfoto

von mir veröffentlicht«, sagt sie laut. »Man hätte meinen können, ich wäre geschlagen worden.«

Der blonde Bursche murmelt irgendwas und geht weiter. Dann sieht das Mädchen, daß ich zu ihr rüberschaue. Sie schaut zurück, scheint aber eigentlich überhaupt nichts zu sehen – vermutlich Speed. Ich nehme keinen Wein, sondern Orangensaft, esse ein wenig Lachs und auch ein paar Happen Waldorfsalat. Die Galerie füllt sich mit Rauch. Ein polternder kahler Fettsack mit Bart betritt den Raum. Am Arm hat er eine schwarze Superbraut. Dem nervösen Getrippel des Galeristen zufolge muß das Georg Bleichfeld sein. Es wird geküßt, gelacht. Bleichfeld fängt sofort an zu saufen und brüllt alles mögliche durch die Galerie. Lebt wahrscheinlich noch in den sechziger Jahren. Eckhardt und Groen schütteln ihm die Hand. Vor allem Eckhardt hat es bereits seit einiger Zeit geschafft, alle, die er für wichtig hält, zu kennen.

Wo Stoop hingeht, geht Ursang auch hin, stelle ich fest. Und seine Freundin ebenfalls. Also stehen wir wieder zu viert beisammen. Stoop schlägt vor, den Hiphop- und Rap-Abend im Akhnaton zu besuchen.

»Sollten wir nicht vorher noch etwas essen gehen?« fragt Ursangs Freundin. Niemand antwortet. Die Freundin errötet.

Hinter uns unterhält man sich über die zum Beginn der neunziger Jahre angesagte Frisur.

Der Galerist hat ein viertes Bild verkauft. Bleichfeld brüllt und spuckt Eckhardt dabei regelrecht ins Gesicht. Eckhardt lacht breit, schlägt Bleichfeld auf die Schulter, schaut zu mir, schaut zu der schwarzen Superbraut. Die Superbraut trinkt Rotwein und schaut zu mir, schaut zu Eckhardt. Ich schaue zu Bleichfeld.

Ich schaue zu der schwarze Superbraut, die zu Eckhardt schaut.

Ursang spricht über irgendwas, worin der Dichter Gerrit Achterberg vorkommt.

»Was ich sagen will, Stoop, wußtest du, daß Achterberg jemanden ermordet hat?« fragt Ursang.

Ich schaue zu Eckhardt, der dem Galeristen einen kleinen Umschlag in die Hand drückt.

»Tatsächlich? Wen denn?« fragt Stoop.

Die schwarze Superbraut lächelt Eckhardt zu. Sie hat zwei Goldzähne.

»Keine Ahnung, woher soll ich das wissen?« sagt Ursang.

»Einen anderen Dichter?« fragt Stoop.

Der Galerist gibt den Umschlag an Bleichfeld weiter, der damit nach hinten geht.

»Ja, ja«, sagt Ursang, »verdammt, du hast recht, einen anderen Dichter.«

Ursangs Freundin muß zum Klo. Eckhardt folgt Bleichfeld nach hinten. Die schwarze Superbraut gähnt.

»Diese Dichter«, sagt Ursang, »die bringen sich einfach gegenseitig um.«

Stoop sagt, er gehe jetzt ins Akhnaton. Der blonde Society-Bursche quatscht ihn an.

»Zeig deine Zähne, Schätzchen«, sagt der Bursche. »Stoop muß mit seinen Zähnen auf das Foto in der *Holland Post*. Ich will ein bewundernswertes Lächeln von dir sehen, Stoop.«

Stoop stellt sich auf die Zehen, streckt die Zunge heraus und leckt am Objektiv.

Bleichfeld und Eckhardt haben sich wieder zu der schwarzen Superbraut gesellt. Eckhardt lacht und steckt den Umschlag zurück in seine Innentasche. Der Galerist strahlt. Alles könnte nicht besser laufen.

Es gibt nichts, das besser laufen könnte.

Bleichfeld schneuzt sich die Nase und rülpst.

Der Eintritt ist kostenlos, und folglich sind ziemlich viele Leute im Akhnaton, die dort eigentlich nichts zu suchen haben. Die Schwarzen geben heute abend natürlich den Ton an. Viele farbige Jugendliche mit Gel in den Haaren, dicken Sonnenbrillen und Goldkettchen um den Hals. Trainingsanzüge, Baseballschuhe, Highschool-Kappen und Sweater mit unterschiedlichen Aufdrucken. *Public Enemy!, Yo! is the place to be!, Rapping it all!*

Stoop wird sichtbar munterer und bestellt vier Whisky-Soda. Ursang schaut sich um, als suche er einen Bekannten. Auf der Bühne des Akhnaton drei schwitzende Burschen in blauen Bomberjacken: die Second Cover Fill Blow Rappers. Oder so ähnlich. Siebzehn sind sie, nicht älter, und ihr Gescratche und Gerappe kommt ein wenig dünn rüber.

Ursangs Freundin hätte lieber Rotwein gehabt.

Ursang schweigt und Stoop auch. Es ist mehr oder weniger unmöglich, die Musik zu übertönen. Die blutjungen Farbigen im Saal tun ihr Bestes, cool zu wirken: nicht tanzen, nicht lachen und vor allem nicht jubeln. Nur zwei weiße etwa fünfzehnjährige Jungs breakdancen vor der Bühne. Ein farbiges Mädchen mit kurzem Haar und hohen Nikes schürzt die Lippen in meine Richtung.

Stoop amüsiert sich. Meistens verzieht er keine Miene, wahrscheinlich weil er selbst nur zu gut weiß, daß er ein ziemlich dämliches Lachen hat. Doch jetzt gefällt es ihm. Also gefällt es Freddie Ursang und seiner Freundin auch. Also stimme ich eben in ihr Lachen ein – also lächele ich dem farbigen Mädchen zu, und das farbige Mädchen lacht zurück. Keine Dealer im Saal: Rap is no dope.

Die Show der Second Cover Fill Blow Rappers ist zu Ende. Die nächste Crew beginnt sogleich mit dem Line-up. Währenddessen spielt der Diskjockey lauter britische und amerikanische House Music. Bomb the Bass, Public Enemy, Krush und natürlich Stetsasonic, Def Joe B. und LL Cool J.

Stoop bestellt immer neue Whisky-Soda. Die Schwarzen im Saal brüllen jetzt gemeinsam den Yo!-Schrei. Von Minute zu Minute wird es voller, beengter, exzessiver. Eine erste Kette aus unechtem Gold fliegt durch den Saal. Ursang schreit mir etwas ins Ohr. Ich nicke zustimmend. In einer hinteren Ecke zwei kämpfende Farbige. Stoop schaut auf die Bühne und brüllt mir wer weiß was ins Ohr – ich nicke weiterhin. Das dunkelhäutige Mädchen mit den kurzen Haaren und den hohen Nikes schaut in eine andere Richtung.

B. F. S. M. heißt die Hiphop-Gruppe, die jetzt die Bühne betritt. Top-Act. Sechs Farbige und zudem noch vier weiße Jugendliche mit Pickeln. Und natürlich sieht nur der schwarze Teil der kleinen Gesellschaft gut aus: verspiegelte Sonnenbrillen, angeberische Glitzerhosen. Und: zwei Mädchen in Militärpolizeijacken, darunter nur einen bunten, fluoreszierenden Tangaslip. Der Saal ist sofort geplättet – jetzt wird sehr wohl gejubelt, getanzt. Auch Ursang macht Anstalten, auf den heißen Hiphop von B. F. S. M. tanzen zu gehen. Er schlängelt sich durch die wogende Menge. Stößt ab und zu gegen einen anderen. Zwei Schwarze ticken aus.

Stoop strahlt und bestellt vier Whisky-Soda.

Ursang tanzt. Kriegt ein Bierglas an den Kopf und einen Tritt in den Magen. Er blutet aus dem Ohr.

Als wir bei Stoop zu Hause sind, motzt Ursang immer noch rum.

Stoop hat die allererste Roxy-Music-LP aufgelegt und wärmt in der Küche Nasi auf. Ich rauche eine Marlboro und schaue mir das Videoband an, das Stoop in den Rekorder geschoben hat. Stoop hat versucht, es Ursang und seiner Freundin zu erklären. In Diskos kann man tanzen, doch auf den obskuren Hiphop- und House-Partys ist der Farbige der Star. »Und dann muß man einfach am Rand bleiben, das leuchtet dir doch sicher ein, oder?« sagte Stoop. Ursang beschwerte sich daraufhin über die umgekehrte Diskriminierung; jeder müsse doch das machen können, was er wolle. Niemand muß was, sagte ich daraufhin. Und Stoop meinte, Ursang habe schlicht um Ärger gebettelt. Manche Sachen gehen nun mal und andere eben nicht, verstehst du? Du gehst doch auch nicht in ein Kaufhaus, um dort deinen Schwanz aus der Hose zu holen? Nun, genauso ist es, wenn man als Weißer versucht, den Farbigen auf einer Hiphop-Party die Show zu stehlen. Daraufhin sagte Ursangs Freundin, dies sei ein absolut lächerlicher Vergleich. Auf ihrem Hals erschienen lauter rote Flecken, so sehr ärgerte sie sich, und Stoop sagte, sie habe nicht ganz unrecht, aber sie verstehe doch wahrscheinlich, worauf er hinauswolle, und dann sagte Ursang, er wolle nach Hause, was mir keine schlechte Idee zu sein schien, aber seine Freundin hatte Hunger. Also ging Stoop in die Küche, jedoch nicht ohne vorher zu fragen, ob alle Lust hätten, sein New Yorker Kunstvideo anzusehen.

Ein alter Mann mit langen grauen Haaren deutet auf die Kamera, zieht eine Show ab. Ein Mädchen zeigt ihre linke Brust. Ein Mann mit Aktentasche schaut mißtrauisch in die Linse und sagt dann: »Instead of human beings there are only cameras in New York City.« Ein Hardrocker schwenkt seinen Bon-Jovi-Schal. Ein Hispanic ruft irgendwas über Crack. Jemand stößt die Kamera zu Boden.

»Hey, Stoop, wer war das?«

Stoop zuckt die Achseln.

Dann wieder der alte Mann mit den langen grauen Haaren: »Tits and cunts and tits and cunts and tits and cunts!« Er hüpft im Kreis.

Tits and cunts and tits and cunts and tits and cunts and ...

Die Kamera zoomt auf den Kopf des Alten. Sabber rund um den Mund. Ursang reckt den Daumen.

Stoop hat es mit dem Sambal übertrieben, das Nasi ist also ungenießbar.

Tits and cunts.

And tits.

»Wirklich ein guter Film«, sage ich. Ich finde, das meine ich ernst.

Dann geht Stoop zu seiner Anlage, schaltet den Videorekorder (Pioneer) aus und sagt: »Was Jackson Pollock auf der Leinwand gemacht hat, mache ich mit der Kamera. Pollock ließ das Material das Werk bestimmen, und eigentlich tue ich das auch.«

So habe ich Stoop noch nie reden hören. Das klingt eher nach Eckhardt.

Ursang und seine Freundin schaufeln das Nasi in sich hinein. Zwischen zwei Happen küßt die Freundin Ursang auf das verletzte Ohr.

»Ist das Materie oder Transaktion, Stoop? Ist es Materie oder Transaktion?«

Stoop grinst.

»Arschloch«, sagt er.

Plötzlich wollte Ursangs Freundin unbedingt ins Gimmick. Stoop meinte, es sei noch nicht einmal zwölf Uhr und folglich viel zu früh. Aber die beiden gingen dennoch – wahrscheinlich nach Hause.

Bei den meisten Künstlern, die viel Geld verdienen, sitzt man auf postmodernen Stühlen, die pro Stück viertausend Gulden kosten, doch Stoop hat unverändert die Möbel vom Flohmarkt auf dem Waterlooplein in seiner Wohnung stehen, an deren Unterseite noch die Popel von zwanzig früheren Besitzern kleben.

»Was machst du mit deinem Geld?« frage ich ihn.

»Was machst *du* mit deinem Geld?« fragt er.

Ich sage, daß ich weniger verdiene als er. Stoop verkauft

seine Werke an Museen, Unternehmen und Sammler, ich eigentlich nur an Unternehmen und Sammler, allerdings an viel weniger Unternehmen und Sammler als er. Stoop sagt, ich quatsche zu viel, was mich aufregt, denn schließlich hat er damit angefangen, von Jackson Pollock und so zu reden. Stoop macht Kaffee. Ich krame ein wenig in einer seiner Schreibtischschubladen. Voller Artikel mit Stoops Foto daneben. »In den Arbeiten von Hansmaarten Stoop ist Raum für das Spannungsfeld zwischen Material und Formtechnik. Stoop konstruiert Bedeutung, indem er mit Fotocollagen experimentiert, und er schafft es, an einen diffusen Wirklichkeitsbegriff zu appellieren.« »*Dancing with new shoes,* das neue Videoprojekt von H. M. Stoop, zeigt uns die Greuel, mit denen der heutige, fragmentierte Orpheus zu kämpfen hat. Stoop blendet den Mythos, lädt die dionysische Ekstase zu einer alles verwirrenden Implosion auf.«

Zwischen den Artikeln liegen überbelichtete Sexfotos, die Stoop von einer türkischen Ex-Freundin gemacht hat.

»Hast du Filme da?« frage ich.

»Was?«

»Filme.«

»Was für Filme?«

»Keine Ahnung. Filme.«

»Alte Filme?«

»Ist mir egal. Hast du Filme da? Du mußt doch irgendwelche Filme haben?«

»Ich habe alle gelöscht.«

»Alle?«

»Nun ja, ich habe noch irgendwas Verrücktes mit Greta Garbo. Und zwei Filme von Wim Wenders. Und zwei aus der Reihe *Freitag der 13.,* Teil drei und Teil sechs.«

»Was machst du mit deinem Geld?« frage ich ihn.

»Geld?«

»Ja. Verdienst du viel Geld? Du verdienst viel Geld.«

Stoop sagt, er verleihe viel, und fängt an zu husten.
Wir schauen uns *Freitag der 13.* auf Video an. Teil 6. Stoop will telefonieren und läßt das Band schneller laufen, als ihm der Horror von *Freitag der 13.* zu langatmig wird. Wir schniefen jeweils drei Lines. Will heißen, ich drei und Stoop fünf. Wir schauen uns das New-York-Video noch einmal an. Stoop fragt, mit wem ich zur Zeit vögele und ob ich Geld dabei habe. Ich erwidere, ich hätte nur zwei Schecks in der Tasche. Und daß ich zweihundertfünfzig Gulden verloren habe.

»Wo sind die Zweihundertfünfzig denn geblieben?« Ich erzähle ihm von dem Mädchen mit der Sonnenbrille. Sage, daß niemand sie kennt. Und daß sie irgendwas beim Sender *Veronica* macht.

»Große Sonnenbrille, bescheuertes Glitzergestell?« fragt Stoop. Und er sagt, er kenne sie sehr wohl. Und daß sie, abgesehen von ihrer Arbeit für *Veronica,* allerlei macht. Kurze Texte für eine Radiosendung schreiben. Eine kleine Boutique in Zeeland. Und dann arbeite sie hin und wieder noch als Stylistin. Und sie spiele in einigen Videoclips mit. Ich frage Stoop, wie es kommt, daß er so genau Bescheid weiß. Und ob er mit ihr im Bett war.

»Ich nicht«, antwortet er. Aber er könne mir aus dem Stegreif vier oder fünf Kerle nennen, die mit ihr im Bett waren.

»Sie konzentriert sich mehr auf, äh ...«
»Worauf? Auf wen?«

Aber Stoop weiß nicht, worauf und auf wen. Er steht auf, schaltet den Fernseher aus. Sagt, er gehe nun schlafen. Und er müsse noch telefonieren.

»Worauf? Auf was konzentriert sie sich?«
»Auf andere«, erwidert Stoop.
Ich frage, auf welche anderen denn.
»Nicht auf uns«, sagt Stoop.

Uns, uns. Es gibt überhaupt kein uns. Stoop macht zum zweiten Mal Kaffee. Ich rufe ein Taxi und bitte Stoop um einen Fuffi. Stoop murmelt etwas vor sich hin. Ich habe langsam die Nase voll. Vielleicht weil ich vermute, daß Stoop allmählich auch die Nase voll hat.

»Was faselst du doch bloß immer für einen Blödsinn«, sage ich.

»He«, sagt Stoop, »Mann, ich kenn sie doch gar nicht. Ich kenne sie überhaupt nicht. War ein Scherz. Das war einfach nur ein Scherz.«

Und plötzlich frage ich mich, ob Stoop, ob dieser verfickte Stoop mit seinen halben Wahrheiten und dämlichen Lügen, ob er vielleicht mal mit Sammie gevögelt hat. Wäre ja schließlich möglich. Theoretisch betrachtet. Stoop meint, es sei Unsinn, ein Taxi zu rufen, weil das Gimmick ja sozusagen um die Ecke liege. Ich sage, ich hätte bereits eins gerufen.

»Dann bestell es ab«, sagt Stoop.

Wenn ich Stoop in die Fresse schlage, kann ich es bestimmt vergessen ... ja, was kann ich dann eigentlich vergessen? Geld?

Stoop setzt sich hin und telefoniert. Er spricht einen bescheuerten Mischmasch aus Spanisch und Englisch. Ich trinke noch eine Tasse Kaffee und gehe.

»Warte«, sagt Stoop. Zu mir oder ins Telefon?

Stoop legt eine Hand auf den Hörer und sagt: »Wir sehen uns.«

Ich nicke.

»Weißt du, was dein Problem ist?« fragt Stoop.

Ich weiß nicht, was mein Problem ist. Ich muß auch nicht wissen, was mein Problem ist. Get up, stay on the scene.

Stoop schaut mich an. Zu lange. »Du gerätst immer so in Panik.«

Karel Appel hat eine Papierfabrik

Es ist wieder ein besonderer Bam-Bam-Abend im Gimmick, und das heißt, man erwartet, daß jeder Besucher sich im Stile der siebziger Jahre kleidet. Vor allem die Mädchen haben sich Mühe gegeben. Haben wahrscheinlich die Schränke auf dem Dachboden geplündert. Manche tragen sogar steinalte Kordhosen mit Schlag und Glitzerblusen mit riesigen Krägen. Außerdem viele Cowboyhüte, alter Schmuck und vor allem Schuhe mit Plateausohlen. Auf dem großen Bildschirm in der Nähe der Tanzfläche läuft *Love Story*. Es wird getanzt, und hin und wieder schaut jemand hinauf zu den roten Wangen von Ryan O'Neal und Ali MacGraw. Der Diskjockey spielt die Hits aus den frühen Siebzigern, von Silver Convention, Amanda Lear, The Jackson Five, The Rubettes, George McCrae, The Pointer Sisters, The Three Degrees. Die schlappen Jahre vor dem Punk.

Bleichfeld ist vollständig paralysiert. Eckhardt ist inzwischen überdeutlich spitz auf die schwarze Superbraut. Und Ursang fummelt die ganze Zeit an seiner Freundin herum, während er mir irgendwas zubrüllt. Ein kleines topless Mädchen schiebt sich an uns vorbei, bestellt sechs Rum-Cola. Ursang brüllt in mein Ohr.

»Ich saß also an meinem Schreibtisch, Raam, und shit, ich schreibe in einem Rutsch drei Seiten voll. Ich renne also zu meinem Computer und stopfe den ganzen Mist sogleich in eine Datei. Und als ich damit beschäftigt war, fiel mir auf, daß es ... daß, was ich gemacht hatte, Gott verdammt noch mal erneuernd war. Maximale Poesie, hast du davon schon mal gehört? Maximale Poesie! Holy cow!«

Je mehr Ursang trinkt, um so mehr holy cows kommen aus seinem Schlund.

»Echt, Mann, vor purer Ekstase hab ich angefangen zu weinen, so brillant war der Text! Ungelogen! Ich schaute auf den Monitor, und mir wurde ganz anders. Wirklich, mir wurde tatsächlich ganz anders. Aber dann sah ich also das Schamhaar auf meiner Tastatur liegen.«

Jemand hinter der Theke reicht mir ein Pils. »Eine Runde von Eckhardt.«

Eckhardt tanzt mit der schwarzen Superbraut. Bleichfeld tanzt mit sich selbst, rudert wie ein Idiot mit den Armen. Angetörnte Mädchen in seiner Nähe verziehen angewidert das Gesicht.

»Ich murmele also vor mich hin, irgendwas wie: Ursang, du magst vielleicht ein Ausnahmetalent und ein waschechter maximaler Dichter sein, so wie du hier an deinem Computer sitzt, du verstehst es vielleicht, hypergeile Poesie über den Bildschirm swingen zu lassen, aber du mußt schon ein bißchen aufpassen, wo deine Schamhaare landen! Kapierst du? Kapierst du, ja?«

Und Ursang lacht sich kaputt über sich selbst, während seine Freundin schlaff an ihrem Wein nippt. Eckhardt führt inzwischen einen fix und fertigen Bleichfeld zur Garderobe. Und flirtet noch mal mit der schwarzen Superbraut. Schnell mit der Hand über ihren Rücken, in ihren Nacken. Der Türsteher hat seinen Posten am Eingang kurz verlassen und blickt sich in dem Schuppen um, mit einem Gesichtsausdruck, als schmisse er allein den ganzen Laden. Bestellt einen Whisky. Der Türsteher schaut zu Ursang hinüber, der immer noch über sich selbst kichert und sich jetzt den Mund mit dem Jackettärmel abwischt.

»Wußtest du«, sage ich zum Türsteher, »wußtest du, daß hier Drogen konsumiert werden?«

Nicht nett. Überhaupt nicht nett sogar. Daher fährt mir die Klaue des Türstehers ans Kinn – Hieb ans Kinn, Schlag aufs Ohr. Dann packt er mich bei den Haaren.

»Albere lieber mit deinem bekloppten Kumpel herum«, zischt er und nickt in Richtung Ursang.

»War nur ein Scherz.«
Man schaut zu uns rüber.
»Von wegen Scherz«, sagt der Türsteher, »du bist ein Haufen Scheiße, Bürschchen, nichts als ein Haufen Scheiße.«
Er läßt meine Haare los. Nachdem die halbe Disko sich das Schauspiel angesehen hat, gehe ich am besten nach Hause und lasse mich in nächster Zeit hier nicht mehr blicken. Ryan O'Neil und Ali MacGraw weinen, und ich habe Lust, es ihnen gleichzutun. Auf der Tanzfläche rasten alle auf den alten Massenkulthit *Voulez-vous coucher avec moi ce soir?* aus. Ein echter Bam-Bam-Abend. Ein baumlanges Mädchen in orangen Hotpants und semi-psychedelischem T-Shirt lächelt elegisch. Will sagen, sie lächelt nicht mir zu. Sondern dem Türsteher. Vielleicht aber auch Ursang.
Eckhardt winkt mich zu sich.

Cocktailbar, zweite Etage, der einzige Ort im Gimmick, wo die Musik etwas weniger dröhnt. Sitze dort mit Eckhardt an der Theke. Eckhardt ist einer der wenigen, die es sich leisten können, dümmlich daherzureden. Wenn er getrunken hat, nennt er mich immer Walter. Und er hat getrunken. Und er redet über Kunst. Und Ursang weicht nicht von unserer Seite.
»Ich meine«, sagt Eckhardt, »was macht dieser Bleichfeld denn? Schlaue Bilder, okay. Ranschmeißerische Kruzifixe. Geschickt, sehr geschickt, derartige Arbeiten werden auf dem Markt gut nachgefragt, er verdient mit diesem Coup in Nullkommanichts fünfundsiebzigtausend. Er weiß nämlich wie alle anderen Schlauköpfe auch, daß man zur Zeit alles machen kann und daß sich niemand mehr über irgendwas wirklich wundert und daß alle alles kaufen. Kunst ist eine Frage des Timings, des Marketings und der conceptual strategy, sag ich mal. Imitiere einen Dalí, und du verkaufst. Male abstrakt, und alles ist okay. Figurativ? Auch hervorra-

gend. Schreibe ein Buch, in dem jede Menge Sex vorkommt, und du hast einen Bestseller. Ein Buch ohne Sex? Ebenfalls ein Bestseller. Behaupte, du machst Konzeptkunst, und du bist ein Liebling der Medien. Wirf einen Haufen Scheiße gegen eine Glasscheibe, und die internationalen Medien vergleichen dich mit Joseph Beuys, und du vertickst die ganze stinkende Scheiße an Sammler in Amerika und Europa.«

Eckhardt bestellt zwei Pils. Er schwitzt unglaublich.

»Mann, die ganze alte Avantgarde-Bande ist tot oder hat ein Haus in der Schweiz oder in New York. Karel Appel hat eine Papierfabrik. Nein, buchstäblich: Er hat eine Papierfabrik! Und er bemalt einen Mercedes. Spielt es letztendlich eine Rolle? Einen Mercedes bemalen oder darin herumfahren, die Zeit diktiert, daß man beides tun muß. Walter, die Kunst und das neue konservative Klima, das sind zwei Seiten einer Medaille. Die Museen zählen mehr Besucher als De Efteling oder Disney World. Mehr noch, das Museum *ist* ein Disney World. Was ich sagen will, ein Autor wie Norman Mailer, der ersäuft schlicht in Aktien, Mann. What's new, pussycat?«

Eckhardt schaut mich triumphierend an, blinzelt dann jemandem zu, den ich nicht kenne und der jetzt die Cocktailbar verläßt. Eckhardt trinkt sein Bier. Er ist wahrscheinlich nicht mehr zu bremsen, und ich werde ihn, fürchte ich, wahrscheinlich nicht mehr los. Aber: Solange Eckhardt weiter schwafelt, hält Ursang zumindest seine maximale Dichterfresse. Ursangs Freundin schaut mit halb offenem Mund zu Eckhardt, friemelt an ihrer selbstgenähten Bluse.

»Willst du etwas mit deinen Gemälden, Walter? Willst du etwas? Ich meine, hast du eine Botschaft? Vergiß es! Es gibt nichts mehr umzustürzen, man kann niemanden mehr provozieren, jede Rebellion läuft ins Leere. Was ich sagen will, Walter, du und ich nehmen nächstes Jahr an einer Gruppenausstellung im Stedelijk Museum teil, und glaubst du, ich werde rebellische Kunst oder irgend so etwas produzieren? Natürlich nicht, so ein Quatsch! Du bist Anfang Zwanzig, ich bin noch keine Dreißig, und wir beide sind viel bourgeoiser als der Direktor des Stedelijk. Hundertpro! Der Direktor ist der Prolet, und wir sind die Geschäftsleute. So sieht es heute aus. Weißt du, wie die Übersichtsausstellung heißen wird? The Amsterdam Dream! Mensch, das sagt doch alles. Künstler werden Popstars, Mann. Popstars und Geldgeber.«

Ich denke, Eckhardt erwartet irgendeine Antwort von mir, und daher zucke ich mit den Achseln, was heißen soll: Du hast recht, du durchschaust das Ganze bis auf den Grund. Eine Geste, die ich vielleicht nicht hätte machen sollen, denn sofort legt er wieder los.

»Es gibt keine Subkultur mehr«, fährt er fort, »alles ist bereits offizielle Kunst, wenn die Farbe noch nicht einmal getrocknet ist, wenn die Schauspieler noch proben und der Vorhang noch gar nicht aufgegangen ist, wenn der Roman nur auf der Floppy ist.« Und: »Es gibt keine guten und keine schlechten Künstler mehr, Walter, es gibt Künstler *mit* Geld und Künstler *ohne* Geld, und die Künstler ohne Geld sind eigentlich gar keine Künstler. Nein, so verhält es sich! Mir gefällt das nicht, dir gefällt das nicht, niemandem gefällt es, niemand ist zufrieden, und jeder hat schon alles gesehen.«

»Mein Ideal ist zweimal modal«, brüllt Ursang plötzlich.

»Zweimal modal?« wiederholt Eckhardt. »Damit habe ich angefangen, Mann, damit habe ich angefangen. Schau, Walter«, fährt er fort, Ursang treffsicher negierend, »ich habe jetzt vier Leute angestellt, die die Arbeit erledigen. Sie malen, ich liefere die Konzepte, liefere das Material. Ich denke an mich selbst. Solltest du auch machen, Walter. Ich denke an meine Gesundheit und an meine Freundin. Ich tue was für meine Kondition, ich gebe Interviews, konzentriere mich auf die internationalen Kontakte. 1992 werden in Europa die Grenzen geöffnet, die allerdings schon seit Jahren nicht mehr geschlossen sind. Ha! Ich fahre in Urlaub, ich arbeite hart, ich ficke zweimal die Woche dieselbe Frau, ich lese Zeitung und rufe meine Mutter an. Alles bestens. Was will man mehr? Ich habe ein paar Dinge gelernt. Um genau zu sein, habe ich gelernt, mich mit den Dingen abzufinden. Das ist es mehr oder weniger. Mein Gott, Mann, es gibt genug, das mir nicht gefällt, die Welt ist ein Sumpf, und es gibt nur ein Mittel dagegen: das Prüfungszeugnis. Das Schwimmprüfungszeugnis. Lerne, in dem Sumpf zu schwimmen, etwas anderes bleibt dir nicht übrig.«

Ursang legt eine Hand auf meine Schulter und die andere auf Eckhardts. »Ich muß gehen, aber ihr seid phantastisch!« sagt er. »Wirklich wahr. Phan-tas-tisch!«

Eckhardt strahlt übers ganze Gesicht. »Du hast eine wahnsinnig tolle Freundin, Freddie«, sagt er, »sie sieht toll aus.«

Und er küßt Ursangs Freundin. »Tschüß, mach's gut.« Und legt eine Hand auf ihren Oberschenkel. Auf ihren Hintern. Dann purzelt er beinahe von seinem Hocker, er lacht und gibt Ursang seine Visitenkarte.

»Any time, Freddie, any time«, sagt Eckhardt großzügig.

Ursang strahlt, und seine Freundin nicht weniger.

»Nimm diesen Ursang«, sagt Eckhardt, als die beiden in Richtung Ausgang gehen, »durch und durch ein Loser. Hat wenig bis gar nichts kapiert. Wenn ich arbeite, sehe ich meinen Hinterkopf, verstehst du. Ich objektiviere immer, betrachte meine Kunstwerke buchstäblich als Produkte, ich bin Produzent. Es kommt darauf an«, sagt Eckhardt und zieht ein paarmal unruhig an seiner Zigarette, »es kommt darauf an, jeden Sendungsdrang zu unterdrücken. Alles ist bereits gemacht, und auch dies hat jeder schon einmal gesagt. Jeder weiß alles schon, und wer nichts weiß, der weiß immer noch zuviel. Die Unschuld kann man nicht mehr verlieren, wenn auf der Welt jedwede Unschuld bereits ausgerottet ist. Darüber mußt du nachdenken, Walter, wenn du den Erfolg, den du jetzt hast, vergrößern willst.«

Und schließlich: »Warum gönnst du dir nicht mal einen Tapetenwechsel, Walter? Urlaub, ausruhen, neue Strategien entwickeln.«

»Verteilst du neuerdings kostenloses Kokain?« frage ich ihn.

»Kokain?« wiederholt Eckhardt. Ziemlich irritiert. Das Echo ist seine Maschinenpistole.

»Der Umschlag bei Dixit, Wim. Der Umschlag für Bleichfeld. Sehr großzügig, Wim.«

Warum sollte ich Eckhardt nicht einmal mit seinem Vornamen anreden? Eckhardt tut so, als habe er mich nicht verstanden und lächelt dem Mädchen hinter dem Tresen umständlich zu. Cocktailmädchen mit großen Brüsten. Sie sieht ein bißchen wie Marilyn Monroe aus, so wie viele Mädchen zur Zeit wieder Marilyn Monroe ähnlich sehen.

»Siehst du das«, sagt Eckhardt, »Elize hat eine gewisse Ähnlichkeit mit Marilyn Monroe.«

Fuck! – Also sage ich, daß ich in dem Moment exakt dasselbe gedacht habe. Jaja, murmelt Eckhardt. Und Elize, erfreut über das Kompliment, spendiert uns Camel Filter und Tequila. Zum Glück: Dann reden wir zumindest nicht mehr über Kunst.

Groen kommt die Treppe hinaufgestürmt.

»Super Bam-Bam-Abend unten auf der Tanzfläche. Jede Menge Sex«, sagt Groen. »Tja, sind eben die fuckin' seventies, was soll man machen. Camp! Davon werden die Mädchen der achtziger Jahre feucht zwischen den Beinen. By the way, Dolfijntje gesehen?«

Groen wirkt aufgekratzt. Hier war keine Dolfijntje. Eckhardt gibt Groen einen beruhigenden Kuß neben das Ohr.

»Die taucht schon wieder auf, Groen«, sagt Eckhardt.

Offensichtlich habe ich irgendwas verpaßt.

»Steck deine Nase nicht überall rein, Raam«, sagt Groen. Augen wie Autoscheinwerfer: Kokain. »Heute abend tauchte Duckie, eine meiner früheren Rettungswesten, einfach so in meinem Studio auf. Total abgefahren, Mann! Kam ihr komplettes Helena-Rubinstein-Makeup-Set bei mir abholen. Das hieß also Duckie gegen Dolfijn, und Duckie hatte Nullkommanull fuck consideration mit dem lieben kleinen Schatz Dolfijn. Kurzum, keifende Frauen in meinem Apartment. Was durchaus auch ein geiler Anblick war, das muß ich schon sagen, doch irgendwann ist Dolfijn zur Tür raus. Einfach so. Weg. Exit.«

Ich habe vergessen, wer Duckie gleich wieder war. Oder vielleicht habe ich sie auch gar nicht kennengelernt. Ich murmle irgendwas in die Richtung, und Groen schlägt mit der flachen Hand auf den Tresen.

»Fuck, Raam! Ich sollte dir wirklich mal beibringen, wie du effizient die Schnauze halten kannst! Es spielt überhaupt keine Rolle, ob du Duckie kennst oder nicht. Also, Duckie machte Ärger, und das ist ziemlich scheiße, aber Dolfijn, Dolfijntje ist mein wirkliches Entchen. Keine Rettungsweste, mit Dolfijntje, das ist eigentlich schlicht langfristige Terminplanung. Dolfijntje ist eine Granate. Shit! Dolfijn ist ... Dolfijn ist ...«

»Dolfijn gehört zu dir, Groen«, beruhigt ihn Eckhardt.

»Genau!« ruft Groen. Er macht ein paar hüpfende Schritte auf der Stelle, begrüßt uns noch ein paarmal. So. Stimmung wieder gut.

»Raam! Eck!« sagt Groen jetzt. »Wie geht es euch eigentlich? Worüber unterhaltet ihr euch? Habt ihr noch was Gutes für den FC Nase?«

»Ich spreche mit Raam über Originalität in der Kunst. Über das Streben eines Künstlers. Und wir meinen, es gibt nichts mehr, wonach man streben könnte.«

»Ach, darüber«, sagt Groen. »Jaja. Schon wieder die Originalität. Dieses Problem geht zurück auf den Streit zwischen Hoeken und Kabeljauwen im Mittelalter.«

»Das stimmt, was Groen sagt«, versichert Eckhardt mir, und er sagt das mit vollem Ernst. »Der Streit zwischen Hoeken und Kabeljauwen.«

»Und auf die Esoterik«, sagt Groen.

»Und auf die Metaphysik.«

»Die Materie, nicht zu vergessen.«

»Und die Transaktion.«

»Das Schwimmprüfungszeugnis.«

»Das Geld.«

»Die Dose.«

»Das Geheimnis.«

Eckhardt bestellt eine Runde Tequila und runzelt die Stirn.

»Nein, Groen«, sagt er, »jetzt liegst du daneben. Tut mir leid, aber es gibt keine Geheimnisse mehr. Jeder weiß alles.«

Einen Moment lang habe ich die Befürchtung, Eckhardt hält uns erneut einen langen Vortrag, doch zum Glück fängt Groen plötzlich an, einen seiner japanischen Texte zu deklamieren. Marilyn Monroe hinter dem Tresen applaudiert. Das Neonlicht in der Cocktailbar geht an. Groen verbeugt sich. Auch Eckhardt klatscht, also schließe ich mich an.

»So«, sagt Groen vergnügt. »Das war mein japanischer Beitrag kurz vor Schließung. Und wie Robert de Niro gestern erst zu mir gesagt hat: ›Neonlicht wurde erfunden, um nicht nur die Stars, sondern alle ins Scheinwerferlicht zu stellen.‹ Vielen Dank für den Applaus, liebe Leute.«

Marilyn Monroe lacht mit viel zu hohen Trillern und schenkt uns noch rasch einen letzten Tequila ein und macht für sich einen Gin Tonic. Und erst jetzt bemerke ich, daß wir die einzigen am Tresen sind. Doch unten wird noch getanzt.

Denke ich. Eckhardt sagt zu Groen, er sei der Ansicht, ich bräuchte mal einen Tapetenwechsel, Groen stimmt ihm zu, warum auch nicht, und geht die Treppe hinunter, das Longdrinkglas mit Tequila in der Hand. Er ist zu speedy, um länger als fünf Minuten mit einem zu reden.

Eckhardt sagt zu mir, er wird mich anrufen. Wegen der Gruppenausstellung im nächsten Jahr im Stedelijk. Wir müßten die Strategie mal besprechen, sagt er. Ich weiß nicht genau, wovon er redet. Gruppenausstellung? Ich habe keine Lust, der Sache auf den Grund zu gehen.

»Du gehst nach Hause?« sagt Eckhardt freundlich zu mir.

»Ich warte hier noch kurz auf Elize.« Und Marilyn Monroe strahlt. Also vollziehen Eckhardt und ich das Abschiedsritual. Schlag auf die Schulter, mit der Hand durchs Haar. In die Wange zwicken. That's what friends are for. Währenddessen sage ich fortwährend, ich würde dann jetzt mal gehen. Ich habe getrunken und bin erneut nicht betrunken. Und da ist etwas, das mich festhält, aber ich weiß nicht, was. Ich warte auf etwas.

Und verdammt, ein letzter Knuff in meine Seite, und dann sagt Eckhardt mit gedämpfter Stimme: »By the way, das mit Sam weißt du doch sicher schon.«

Marilyn Monroe spült Gläser. Der Türsteher kommt die Treppe rauf. Schaut mich an wie einen Kleinkriminellen und sagt: »Wir haben geschlossen.«

Das mit Sam weiß ich noch nicht.

Eckhardt läßt den Kopf sinken. »Das ist jetzt aber scheiße, Walter«, sagt er. Zündet eine Dunhill an. »Ich glaube, sie vögelt inzwischen wieder mit einem, mein Freund. Ich glaube, sie vögelt inzwischen wieder mit einem.«

Daß ich so wahnsinnig ruhig bin. Und nur denke: Eckhardt weiß mit wem, mit wem Sammie derzeit fickt. Eckhardt der Diplomat, der Stratege. Hat gesagt, daß Karel Appel eine Papierfabrik besitzt. Daß keiner mehr seine

Unschuld verlieren kann, weil alle schon alles wissen. Er hat so viel gesagt. Tja, ich weiß offensichtlich nicht alles, denn ich weiß nicht, mit wem Sammie es treibt. Eckhardt streckt seine Hand nach dem Marilyn-Monroe-Mädchen hinter dem Tresen aus, hakt einen kleinen Finger hinter ihrem ein und sagt so besorgt wie möglich: »Tja, mit wem, mit wem.« Und: »Das sollte Groen eigentlich besser selbst erzählen, finde ich.«

Oh, Traci

Auf dem Boden und am Fußende meines Bettes liegen allerlei Zeitungsausschnitte und Videokassetten sowie zwei Päckchen Lucky Strike, und ich bin schon seit anderthalb Stunden der Ansicht, daß ich aufräumen, irgendwas tun oder irgendwo hingehen sollte, aber der Fernseher ist an, denn auf BBC 2 läuft *Moonlighting,* eine Wiederholung der Folge, in der Bruce Willis Cybill Shepherd zum ersten Mal einen Zungenkuß gibt, woraufhin beide sagen, okay, let's forget what just happened, wobei Bruce Willis charmant mit den Augenbrauen zuckt und Sherpherd mit ihrem turbogeilen, beleidigten Mündchen einen Flunsch zieht. Bin drei Tage nicht vor der Tür gewesen. Nun ja, nicht wirklich. Cheeseburger und Butterbrote und Bananen gegessen und Grapefruitsaft getrunken. Zeitungen gekauft und einen unwichtigen Brief eingeworfen. Ansonsten quatscht meine Mutter das halbe Band des Anrufbeantworters voll. Sie sagt, mein Vater sei morgen früh in Amsterdam, und daß ich, wenn ich Lust habe, mit ihm zurück nach Bergen fahren könne, um einen Tag zu Hause zu sein, und daß sie davon überzeugt sei, daß es mir ganz hervorragend gehe und daß ein wunderschönes Foto von mir im *NRC Handelsblad* war und auch ein wirklich hübsches Porträt von mir auf der Society-Seite der *Holland Post.* »Der Riese von Hamburg, Georg Bleichfeld, lockt mit seiner neo-porno Ausstellung die Amsterdamer Schickeria in die Galerie Dixit, und wir von Society fanden die Stimmung oh, là, là.« Solches Zeug, der typische *Holland-Post*-Ton. Also war der ganze fuckin' Haufen porträtiert worden. »Der wilde Videokünstler Hansmaarten Stoop zeigt, was ihn inspiriert.« Foto von Stoop mit herausgestreckter Zunge. Fotos von der schwarzen Superbraut (»Bleichfelds neue Perle«) und allerlei schläfrig dreinschauende Vierziger. Lese, daß diese Vierziger Direktor, Beamter, Designer oder Couturier sind. »Der aufstrebende junge Maler Walter van Raamsdonk fand die Arbeiten von Bleichfeld schöner als Deutschland selbst. Hier sehen wir van Raamsdonk mit einer unbekannten Dame aus Vernissagekreisen.« Ich bin mit Ursangs Freundin auf dem Foto, und, Mist, mein Mund ist halb offen.

»Maddy, Maddy, please ... don't you understand why the guy is in prison?«

Maddy schüttelt ihr blondes Haar, dreht Runden in ihrem Wohnzimmer, in dem vier Dreisitzer und außerdem noch eine riesige Hausbar stehen. Kurz vor dem Abspann schneidet Bruce Willis sich in Maddys Badezimmer beim Rasieren in die Wange. »Maddy, I'm bleeding, I'm bleeding to death!« Cybill Shepherd zieht ihn unter die Dusche. Gekicher, Lachen.

Natürlich habe ich Groen angerufen.

»Mein Gott, Raam! Was fällt dir eigentlich ein, mich so ganz unvermittelt vollzuquatschen? Bist du Mitglied der Partei für gute Manieren oder nicht? Nein? Ja? Na dann! Also ein wenig Rücksichtnahme, bitte, vielen Dank. Du weißt, daß ich hier bis zum Hals in Problemen stecke. Das Gleichgewicht zwischen Geld und Mädchen, Raam, dieses Gleichgewicht. Verstehst du?«

Mit Groen konnte man also wieder einmal nicht vernünftig reden. Trotzdem wiederholte ich, daß ich nur wissen wollte, ob er mit Sammie gevögelt hat oder nicht.

»Natürlich nicht, du Idiot! Ich habe Streß wegen Dolfijntje, und du laberst mich voll und willst wissen, ob ich mit deiner Ex vielleicht einmal eine meiner berühmten Nummern geschoben habe. Wann lernst du es endlich, dich strategisch zu verhalten, mein lieber Raam?«

Außerdem habe ich meine Mutter angerufen, um ihr zu sagen, daß ich morgen zu Besuch kommen will, und ich habe sie gefragt, wann und wo genau mein Vater mich mit dem Wagen abholt, und gleich danach wurde ich angerufen, und ich dachte, das wird wohl wieder meine Mutter sein, die angeblich vergessen hat, mir etwas zu sagen, doch es war Alex, der mich aus Noordwijkerhout anrief und sagte, daß ich ihn besuchen muß. Besuchen *muß*.

Erst nach drei Serestatabletten schaffte ich es, mir einigermaßen normal Madonna und Prince anzuhören. Von Madonna spiele ich nur kurz *Lucky Star,* aber von Prince höre ich zweimal hintereinander die erste Seite von *Sign o' the Times.* Jedesmal wenn Prince singt, Dorothy sei eine Serviererin gewesen, nehme ich einen Handspiegel, halte mir das Ding vors Gesicht und schau so lange wie möglich auf meinen Mund. Vorher habe ich drei Fotos von Jack Nicholson in Bilderrahmen gesteckt und sie beim Fernseher hingelegt. Der halb psychotische Augenaufschlag von Jack Nicholson.

Am Vormittag habe ich drei Pornofilme mit Traci Lords aus der Videothek geholt, wobei in einem auch Amber und Ginger Lynn, Annette Haven und Lisa De Leeuw mitspielen, die gesamte Fickelite beisammen. Doch Traci ist besser als alle andern, weil die andern nur ficken und blasen und stöhnen und keuchen, und Traci macht dasselbe, aber wenn Traci stöhnt und keucht, dann ist es, als habe sie Schmerzen, als würde sie sterben. Wenn sie fickt und bläst, dann macht sie das so freigiebig, daß es fast zu einem Drama wird. Oh Traci. Fette Kleckse amerikanischen Spermas, das von drei Männern stammt, triefen über ihre Wangen, an ihren Brüsten entlang, über ihren Bauch; Traci schaut befriedigt und trüb in die Kamera und schultert das Gewicht der Welt. Ich schaue mir *Educating Traci* an und warte auf die Szene, in der es irgendein Deckhengst mit Schnäuzer Traci auf dem Sprungbrett eines viel zu blauen Swimmingpools besorgt. Ich habe den Kopfhörer auf, Prince singt *Housequake.* Vor mir auf dem Tisch dreimal Jack Nicholson und daneben der Fernseher, Traci, die mit ausholenden, sorgfältigen Bewegungen dem Deckhengst mit Schnäuzer einen bläst; ab und zu hält sie kurz mit aufgerissenem Mund inne, und ich höre weder Stöhnen noch Keuchen, denn Prince is doing the housequake und Jack Nicholson faltet die Hände und klemmt sie unters Kinn, und wieder spritzt eine Ladung Sperma in das Gesicht und auf die Brüste von Traci Lords, und danach lächelt sie kurz, Traci, die zum Gitarrensolo von Prince lächelt, Traci, die mit beiden Händen das Sperma auf ihren Brüsten verreibt und sich die Lippen ableckt, und noch einmal, und als ich ejakuliere, weiß ich nicht, auf wen und warum.

Mein Vater hat einen BMW 325i Cabrio, er fährt im Moment hundertfünfzig und erzählt, daß mein Onkel in New York gewesen ist und gesagt hat, die Stadt sei bestimmt was für mich, weil es für einen Künstler inspirierend ist, sich dort eine Weile umzusehen. Ich antworte meinem Vater, daß ich schon einmal in New York gewesen bin. Mein Vater schaut mich kurz an und sagt dann o ja, und danach sage ich, daß ich durchaus Lust habe, ein zweites Mal hinzufahren. Mein Vater meint, ich müsse mir mal einen Tapetenwechsel gönnen; er sei der Ansicht, Künstler würden heutzutage nur noch hart arbeiten und zuwenig erleben, und daß sie darum auch keine Lebenserfahrung sammeln könnten. Lebenserfahrung, das sagt er. Und er erzählt, daß er auf der Arbeit immer mehr Geschäftsleute trifft, die sich für moderne Kunst interessieren, und daß dies eine gute Entwicklung ist und daß er und meine Mutter demnächst nach London fahren werden, nur um sich dort eine Kokoschka-Ausstellung in der Tate Gallery anzusehen. Ich sage, daß Eckhardt mir zufällig denselben Rat gegeben hat, nämlich daß ich mal »die Tapeten wechseln« sollte. Ich sage, daß, wenn ich die Tapeten wechsle, ich anschließend von anderen Tapeten umgeben bin, und daß dies mir folglich wenig bringt. Mein Vater fängt an zu lachen und verschluckt sich. Er steckt sich ein extra starkes Pfefferminzbonbon in den Mund und bietet mir auch eins an. Danach kauen wir beide vor uns hin, und mein Vater biegt auf die Umgehung von Alkmaar ab.

Ich schalte das Autoradio ein, doch mein Vater sagt »nein, nein, warte einen Moment« und kramt mit einer Hand im Handschuhfach und schiebt eine vollkommen danebene Kassette in den Rekorder, *The River* von Bruce Springsteen. Er klopft mit dem Zeigefinger den Rhythmus von Bruces *Hungry Heart* aufs Lenkrad und berichtet, daß meine Mutter eine neue Stelle im Alkmaarer Krankenhaus bekommt.

Mein Vater schlägt vor, in Bergen auf einer Terrasse am Plein einen Kaffee zu trinken. Wir gehen ins »Domino«, wo mein Vater zwei Frauen zuwinkt, die ich nicht kenne.

Der Kellner sieht mich eine Weile an, nennt dann meinen Namen und fragt, wie es mir geht. Ich sage, daß es mir gut, sehr gut geht, und lasse meinen Blick über den Plein schweifen, der durch all die Umbauten – Pizzabuden, ein paar sogenannte »moderne« Kneipen – jeden Sommer wieder ein wenig mehr aussieht wie eine Miniaturausgabe des Leidseplein in Amsterdam.

»Walter arbeitet an neuen Bildern für eine Ausstellung«, sagt mein Vater zu dem schlaksigen Kellner. Er nimmt wahrscheinlich an, es handelt sich um einen alten Bekannten oder so von mir, und er fragt den Kellner, ob er seinerzeit meine Ausstellung in der Galerie Dixit gesehen hat. Ich schaue mich wieder um, während ich den Kellner stotternd sagen höre, daß er meine Arbeiten nicht kennt, aber zwei Klassen über mir den Berger Schulenverbund besucht hat und wir damals ein paar Monate lang in derselben Schülermannschaft gespielt haben und daß wir zwar nie ein Spiel gewonnen, aber fürchterlich viel gelacht haben.

»Ja«, sage ich, »schöne Zeiten, schöne Zeiten.«
Und wir lachen alle ein wenig verlegen. Und dann fällt mir plötzlich ein, daß damals noch alle ohne Kondom fickten. Heute ficken immer noch alle ohne Kondom, aber man weiß, daß das Mädchen an Kondome denkt, wenn man ihn reinsteckt, und man selbst denkt eigentlich auch daran, aber man hat keine Lust, darüber zu reden, und das Mädchen auch nicht, denn das lenkt nur ab, und folglich vögelt man einfach los, doch das Grübeln über die elenden Präser lenkt auch enorm ab, und eigentlich ist der Spaß an der ganzen Nummer in dem Moment bereits vorbei, und eigentlich muß das Ganze jetzt nicht mehr sein.

Der Kellner verläßt unseren Tisch erfreut, ich erinnere mich zwar an ein paar Fußballspiele, aber daß ich damals viel gelacht habe ... Jedenfalls habe ich mit *ihm* ganz bestimmt nicht gelacht.

Mein Vater möchte gern einen Cognac zum Kaffee.

Zu Hause sagt meine Mutter, ich solle mich gemütlich eine halbe Stunde in die Wanne legen, was mich auf der Stelle total aufregt. Aber ich halte den Mund und fülle die Wanne mit warmem Wasser, und nachdem ich mich von oben bis unten mit Lady's Own eingeseift habe, bringt meine Mutter mir ein Glas Rotwein, das sie auf den Rand der Marmorwanne stellt, und als sie sagt, ich sehe gut aus, muß ich über sie lachen, und ich sage, sie sei ein Prachtstück, worüber wiederum sie lacht, und sie beugt sich vor und küßt mich auf die Wange und auf mein Ohr, der letzte Kuß ist ein lauter Schmatz, der mir im rechten Ohr dröhnt, und ich lache ein wenig albern, und wie in der Reklame für Zwitsal Babyseife hat meine Mutter eine weiße Schaumflocke im Haar, und ich spritze ihr eine Handvoll Wasser in den Nacken.

»Kleine Ratte«, sagt sie und kichert. Dann erzählt sie, Alex habe diese Woche bereits dreimal bei ihnen angerufen. Er habe sie jedesmal gefragt, ob sie nicht dafür sorgen könne, daß ich ihn in Noordwijkerhout besuche. Ich sage, dazu hätte ich verdammt noch mal keine Lust. Doch meine Mutter meint, ich müsse hingehen, am Nachmittag kurz.

»Komm schon«, sagt sie, »gib dir einen Ruck. Er ist ein guter Freund von dir, und wenn er später wieder nach Amsterdam zurückkommt, dann wird er dir eine Stütze sein.«

»Stütze, Stütze, was für eine Stütze!« krächze ich.

Ich versuche, Groen zu imitieren, und meine Mutter kichert kurz amüsiert, und danach fragt sie mich, wie es Groen geht, und sie sagt, sie findet, daß er ein sehr netter und talentierter Bursche ist. Ich sage, allen geht es gut. Und meine Mutter lächelt, und ich sehe, daß sie mir kein Wort glaubt. Ich frage meine Mutter, ob sie einmal daran gedacht hat, sich einen Liebhaber zuzulegen. Erst jetzt lacht sie wirklich, und sie sagt, daß sie sehr kritisch ist und daß mein Vater all ihre Erwartungen erfüllt und sie nicht weiß, wer ihr Liebhaber werden sollte, und daß nur Groen oder sonst noch der Bäcker an der Ecke in Betracht kommen. Sie sieht mich triumphierend an.

Ich hole tief Luft, ziehe die Knie an und tauche ab. Ich puste Blasen.

Namen und Slogans

Mein Vater mußte plötzlich wieder irgendwohin, und deshalb fahre ich nicht mit dem BMW, sondern mit dem Fiat meiner Mutter nach Noordwijkerhout. Eigentlich bescheuert, denn ich bin gerade erst aus Amsterdam gekommen. Das Autoradio wurde aus dem Fiat gestohlen, und ich habe zudem noch meinen Walkman im Badezimmer in Bergen vergessen, und überhaupt begreife ich immer noch nicht, daß ich mich habe überreden lassen, Alex zu besuchen.

Alex Menkveld ist jetzt schon seit sechs Monaten in der Anstalt, und ich weiß immer noch nicht, warum. Das heißt, ich weiß immer noch nicht, was ihn so hypergestreßt gemacht hat. Aber das wird Alex mir bestimmt noch mal alles erklären. Vor ein paar Wochen hat er mich auch schon angerufen. Da sprach er wieder vom Tod. Ich sagte zu ihm, daß nur Pubertierende, Alte und Neurotiker vom Tod faseln. Alex fand, daß ich ihn aufziehe. Sagte: »Scheiße, Mann, ich bin doch auch ein Neurotiker! Meine ganze Identität basiert auf Neurosen.« Ich nehme mir vor, Alex von jemandem zu grüßen. Aber mir fällt niemand ein. Ich kenne keinen, der andere grüßen läßt. Ich werde ihm sagen, daß meine Mutter an seinem Schicksal Anteil nimmt. Aber dann bricht er bestimmt wieder in sein keuchendes Lachen aus.

Alex redet und redet über sich selbst. Wir sitzen in einer Art Pausenraum. Überall stehen Tischchen und auch ein paar halb verschlissene Sofas. Alex bezeichnet den Pausenraum als Konversationszimmer und lacht zu laut. Von einer Frau mit stacheligen Haaren abgesehen, die zwei Tische entfernt eine Frauenzeitschrift liest und versucht, uns zu belauschen, sind wir die einzigen. Alex erzählt mir, daß alle hier geschlechtslos sind, was mich durchaus interessiert, doch dann fängt er an zu erklären, wodurch das kommt.

»Weil alle eine Krise haben«, sagt er, und er braucht mindestens zehn Minuten, um zu erzählen, wie geschlechtslos und verzweifelt und apathisch man durch eine Krise wird. Ich rauche beinahe die halbe Schachtel Philip Morris Super Lights von Alex. Er berichtet, daß er sich kaum konzentrieren kann. Und daß es hier nicht nur psychisch Angeschlagene gibt, sondern auch echte Schwachsinnige und Mongoloide. Er erzählt, daß nicht weit entfernt extra ein Dorf für Mongoloide gebaut worden ist.

»Du gehst zum Beispiel hier durch den Park«, sagt Alex, »und dann springt plötzlich ein masturbierender Mongo grinsend aus den Büschen. Das ist doch unglaublich, daß hirnlose Idioten, Schwachsinnige und psychisch Kranke in ein und dieselbe große Anstalt gesteckt werden? Ist alles eine Folge der Einsparungen. Und was soll man zu so einem Mongoloiden sagen, der sich mitten auf dem Waldweg einen runterholt? Ich sag dann immer, er soll sich nicht so blöd benehmen.«

»Ich dachte, hier ist jeder geschlechtslos?«

Alex seufzt, während ich mir noch eine Philip Morris anzünde.

Alex sagt, Mongoloide sind in der Regel turbo-genital ausgerichtet. Und daß er nicht von ihnen gesprochen habe vorhin. Ich frage ihn also, wie er sich fühlt und ob Amsterdam oder die Kunst seine Nerven so angegriffen haben. Doch an den beiden liegt es nicht.

Alex erklärt mir, was die Ursache ist.

Danach frage ich ihn, ob er hier in der Anstalt noch malt. Wir gehen durch die Flure zu seinem Zimmer. In den Fluren riecht es nach Turnschuhen und alten Büchern. Das ganze Gebäude wirkt im übrigen auf mich ein wenig ranzig. In seinem Zimmer stehen drei Bilder mittleren Formats. Acryl auf Leinwand, insgesamt ein bißchen betulich. Abstrakt.

Alex setzt sich auf sein Einzelbett. Ich stehe am Fenster und sage, daß er eine schöne Aussicht hat. Bäume und so. Alex fragt mich, was ich von seinen Bildern halte. Er sagt, sein Psychiater bewundert ihn wegen seines Durchsetzungsvermögens, und er meint, daß er noch ein paar Dinge tun will, ehe er Selbstmord begeht. Daraufhin muß ich natürlich fragen, welche Dinge. Also frage ich ihn. Mir fällt auf, daß er keinen Fernseher in seinem Zimmer hat, wohl aber eine Stereoanlage. Und unter seinem Bett liegen ein paar Computerspiele. Vor zwei Jahren hat Alex in Amsterdam, Den Haag, Lyon und Düsseldorf ausgestellt, und er verdiente mehr als hunderttausend, weniger als das Jahreseinkommen meines Vaters und ganz bestimmt weniger als das von Eckhardt. Damals sagte er einmal im Fernsehen, daß er Kunst langweilig findet und Geldverdienen noch langweiliger, und prompt stieg der Preis seiner Werke.

Ich habe noch nie hunderttausend in einem Jahr verdient. Vielleicht dreiviertel dieser Summe, das heißt, fast dreiviertel. Alex fragt mich, ob ich ihm auch zuhöre. Ich frage ihn, ob er weiß, wie es kommt, daß ich in letzter Zeit mit meinen Bildern weniger Geld verdiene.

»Weißt du das, Alex? Weißt du es?«

Alex sagt, daß er alles weiß, daß es überhaupt nichts gibt, was er nicht weiß, und daß dies eben gerade das Problem ist. Daß er deshalb hier ist. Und er fängt wieder von den Dingen an, die er noch tun will, bevor er Selbstmord begeht. Ich sage, tu nicht so abgefreakt, nur amerikanische Schulkinder begehen heutzutage noch Selbstmord, daß Selbstmord, kurzum, total veraltet ist. Und ich frage ihn, ob hier viele Drogen konsumiert werden und ob auch Frauen im Dorf für die Mongoloiden wohnen und ob man ihnen auch die Pille unters Essen mischt.

Alex steht vom Bett auf und geht im Zimmer hin und her. Sagt, ich soll nicht so blöd daherreden. Mir fällt jetzt auf, daß sein Zimmer tatsächlich aussieht wie das Zimmer einer

Anstalt. Ich meine, was soll man schon in so einer Anstalt. Fernsehen im Gemeinschaftsraum. Zu sich selbst kommen. Hier sieht es aus wie vor zehn Jahren.

»Ich will einfach noch ein paar Leute treffen. Und ein paar andere ordentlich zusammenscheißen.«

»Wer will das nicht«, sage ich. Allmählich wird mir die Zeit zu lang. Ich biete ihm an, die drei Bilder mit nach Amsterdam zu nehmen, um sie zu fotografieren und zu sehen, ob ich ... Doch Alex läßt mich nicht ausreden.

»Ich brauche kein Geld«, sagt er. »Keine Kunst, kein Geld, kein Dope, keinen Urlaub, nichts, nada. Allerdings würde ich gern noch einmal jemandem einen blasen. Dir zum Beispiel, Raam.«

Ich sage, daß ich mich sehr geehrt fühle. Ich weiß, er meint es ernst. Also sage ich noch einmal, daß ich mich sehr geehrt fühle, daß ich aber auf überhaupt nichts Lust habe. Alex läßt mich erneut nicht ausreden und sagt, daß wir die Geschichte von vor fünf, sechs Jahren, als ich nach einer Party mit ihm im Bett seiner Ex-Freundin gelandet war, nie zu Ende gebracht haben.

»Vor fünf Jahren! Da war ich noch keine zwanzig, Mann. Damals war Sex noch so etwas wie einkaufen gehen.«

»Jaja«, sagt Alex desinteressiert. Er ist schon auf mich zugekommen und fängt an, mir vorsichtig in den Hals zu beißen.

»Du begehst keinen Selbstmord«, sage ich.

»Nein, natürlich nicht«, erwidert Alex. Und sagt, ich soll mich nicht so anstellen. Inzwischen ist er mit seinen Händen unter meinem Pullover.

»Die Bilder«, sagt er. Er presst seinen Mund an mein rechtes Ohr. »Nimm die ruhig mit. Häng sie bei dir zu Hause auf. Setz dich drauf, laß Groen ein Konzept dazu entwickeln, sag meinetwegen zu einem potentiellen Käufer, in diesen Arbeiten stecke das Beste von Alex Menkvelds Künstlertum.«

Er quatscht nun zuviel, und daher weiß ich, daß er sehr bald nicht nur richtig geil, sondern auch ausschweifend sein wird. Dann komme ich hier gar nicht mehr weg. Alex lehnt sich bereits an mich. Hat blitzschnell seinen Schwanz hervorgeholt.

»Die Bilder soll ich also mitnehmen«, sage ich.

Alex drückt mich aufs Bett und kniet sich neben mich hin, er holt sich einen runter, schiebt meinen Pullover hoch und knöpft meine Hose auf.

»Ja«, sagt er.

»Ich kann also damit machen, was ich will?«

»Ja.«

»Das, was mir am besten erscheint?«

»Ja.«

»Du schenkst sie mir im Prinzip. Sie gehören also eigentlich mir.«

»Ja«, sagt Alex noch einmal, und dann sagt er, ich soll nicht quatschen, das macht ihn nervös, ich soll den Mund halten und mich zurücklehnen. Und mich nicht so anstellen.

Meine Mutter findet die drei Bilder von Alex natürlich wieder, keine Ahnung, »spannend«, »interessant«, und mein Vater will nicht hinter ihr zurückstehen und sagt mehr oder weniger dasselbe. Ich erzähle ihnen, daß es Alex sehr gut geht, und erwähne die Klinikflure, die nach Turnschuhen riechen. Meine Mutter fragt, ob ich bei ihnen übernachte, ich sage, ich habe Hunger und tigere ein wenig ziellos durchs Wohnzimmer. Meine Mutter ist ein bißchen beschikkert, was ich immer recht lustig finde.

Ihr Haus sieht von innen aus wie die Häuser in manchen hippen Fernsehfilmen, die im freisinnig-protestantischen Sender laufen. Meine Mutter kauft ihre Kleider in Amsterdam in der Van Baerlestraat und in Haarlem, sie liest Gabriel García Márquez und hat eine gewisse Vorliebe für italienische Spielfilme von vor 1968. Meine Eltern haben das *NRC Handelsblad* abonniert, aber mein Vater kauft auf dem Weg zur Arbeit auch oft noch schnell *De Telegraaf.* Mein Vater ist mit zwei Abgeordneten befreundet, mit einem Piloten, einem hyperlinken Rechtsanwalt aus Rotterdam, einem Berufsberater, und sein bester Freund macht in Software. Ansonsten tummeln sich viele medizinische Knacker bei uns, weil meine Mutter im Krankenhaus arbeitet. Die beiden kennen auch jemanden, der Fleurbaay van Gasteren heißt, ein jovialer Fünfziger mit einer Stimme wie ein Hafenarbeiter und einem Bierbauch, der schon seit Jahren arbeitslos ist, aber immer Geld hat und total auf ostasiatische Kunst steht. Vor zehn Jahren hat meine Mutter all ihre selbstgeknüpften Wandteppiche auf den Dachboden geschafft, und mein Vater geht schon seit langem nicht mehr zum Psychiater. Eine meiner Schwestern ist Au-pair in London, und die andere reist nun schon seit anderthalb Jahren mit einem Halbkriminellen von den Antillen durch Europa. Meine Mutter trinkt am liebsten Cognac oder roten Port, mein Vater schwört auf Jameson. Sie sprechen beide fließend Französisch. Früher schauten sie sich hin und wieder einen Porno an und haben damit auch »ü-ber-haupt kein Problem«. Meine Mutter meint oft, daß ich knapp bei Kasse bin, was in den letzten anderthalb Jahren auch so ist, und sie steckt mir regelmäßig ein paar Tausend Gulden zu. Ich bin mir nicht sicher, aber ich glaube, mein Vater hat sich während der ersten Jahre ihrer Ehe außer Haus blödgefickt. Ihren letzten Joint haben sie vor zwölf Jahren geraucht. Mein Vater wird endlich kahl, und meine Mutter bleibt einfach hübsch. Sie haben kein zweites Haus gekauft, denn das finden sie eigentlich nur ziemlich ordinär. Mein Vater mag italienischen und englischen Fußball und Edith Piaf. Sie finden linke Katholiken »so rührend«, sie sprechen nie über Aktien oder Steuern, wohl aber über ihre Arbeit.

Beide haben sie alles von Shere Hite gelesen. Mein Vater macht ab und zu einen Witz über Reinkarnation, meine Mutter errötet, wenn sie von ganz früher erzählt. Mein Vater hat eine Dunkelkammer. Er ist kein Macho, und meine Mutter ist eigentlich nie ein echter Vamp gewesen. Einmal, vor etwa acht Jahren, hat meine anderthalb Jahre jüngere Schwester mir in ihrem Zimmer plötzlich ihre Muschi gezeigt und mir danach zweimal hintereinander einen runtergeholt, wobei ich sie »anfassen« durfte, und ich weiß, daß sie ziemlich verdattert darüber später meiner Mutter berichtet hat, die das Ganze mir gegenüber zum Glück nie erwähnt hat. Meine Eltern können beide verdammt gut kochen. Wenn sie sich streiten, dann tun sie das sehr beherrscht. Sie glauben nicht an Gott, wohl aber an die Sozialdemokratie und vor allem an ihre Kinder. Als ich vor einem Monat fünfundzwanzig geworden bin, habe ich von ihnen einen CD-Spieler und eine Mikrowelle bekommen. Mein Vater wird kurzatmig. Meine Mutter ist verrückt nach ihren zwei getigerten Katzen.

Als ich zwölf war, fingen meine Eltern an, mich zu irritieren. Als ich fünfzehn war, haßte ich meine Mutter und vor allem meinen Vater. Mit achtzehn ging ich nach Amsterdam, und seitdem ist mir nichts mehr eingefallen, worüber ich mit ihnen streiten könnte. Alles, was sie tun, tun sie mit Routine. Manchmal beruhigt mich das.

Ich bleibe nicht über Nacht.

Meine Mutter bringt mich mit dem vor kurzem gekauften Fiat Ritmo zum Bahnhof in Alkmaar. Sie fragt, wie es mir jetzt eigentlich geht. Und ob ich noch etwas von Suzan gehört habe. Ob ich sie vermisse. Hinten im Fiat die drei Gemälde von Alex. Die muß ich jetzt im Zug mit nach Amsterdam schleppen. Ich erzähle meiner Mutter, daß Suzan, daß Sammie immer noch nicht alle ihre Sachen aus meiner Wohnung abgeholt hat, und ich frage sie, ob das nun ein gutes oder ein schlechtes Zeichen ist. Meine Mutter ergeht sich in einer längeren Erklärung, und ich bringe es nicht über mich, ihren Ausführungen zu folgen. Nicht im Zug, sondern erst als ich mir in Amsterdam ein Taxi nehme, frage ich mich, warum sie mir diesmal kein Geld zugesteckt hat, und wären es auch nur fünfhundert Gulden gewesen.

Neun Nachrichten sind auf meinem Anrufbeantworter.
Sechs Leute rufe ich zurück.

Es geht auf Mitternacht zu, die Bilder von Alex fangen an, mich zu irritieren, und ich deponiere sie erst einmal in der Abstellkammer, um sie dann später mit ins Atelier zu nehmen.

Ich bin 1963 geboren, warum also mache ich nicht ein hübsches postmodernes Porträt von John F. Kennedy? Warum male ich nicht ein Plattencover oder Buchumschläge ab? Oder irgendwas mit Zahnpasta: Elmex, Zendium, Prodent, Aqua Fresh. Oder ein wahnsinnig plattes Gemälde mit den Flakons von Head & Shoulders, Palmolive, Badedas, Andrélon. All the names are so poetic. Nietzsche meets Zsa Zsa Gabor, Alfred Hitchcock goes aerobics, there's a Sputnik waiting for Monroe. Und nicht zu vergessen auch die Idee, die ich neulich hatte, ein Gemälde über dieses Zitat vom schielenden Sartre. Irgendwas mit heaven and hell. Oder nur die Hölle, ich weiß es nicht mehr. Ein Porträt von Romy Schneider aus der Zeit, als sie schließlich Krähenfüße hatte. Oder vielleicht Literatur, Burroughs, Baudelaire, Beckett. Waiting for Bardot. Kurzum, es geht in der Kunst um Namen und Slogans, man muß in der Kunst einfach nur hart arbeiten, und was das angeht, hat Eckhardt recht. Morgen gehe ich in mein Atelier (nein: mein Studio) und kaufe ein neues Episkop, neue Leinwände, neue Ölfarben und einen neuen Computer. Warum nicht?

Morgen kaufe ich zwei Gramm kolumbianisches Kokain.

Raumfahrt

Weil die guten Vorsätze gefaßt sind, habe ich beschlossen, noch kurz auf die Piste zu gehen. Und heute mal nicht ins Gimmick.

Im De Adel stehen etliche Gockel im Jackett, die vor allem vom Ausland reden. Aus manchen Gesprächen höre ich heraus, daß man soeben aus New York, Buenos Aires oder Peking wiedergekommen ist, beziehungsweise sehr bald dorthin fahren wird. Streß, Streß, Streß. Im De Adel läuft regelmäßig die falsche Musik, und der Tiefpunkt wurde erreicht, als einmal an einem Samstagabend eine halbe Stunde lang die Dire Straits gespielt wurden. Ich trinke zwei Pils, entdecke keine Bekannten, wenn man einmal von Eckhardts neunzehnjähriger Schwester absieht, die mich nicht bemerkt, weil sie sich gerade von einem früh gealterten Schleimbeutel mit weißem Schal und armseligem Zweitagebart anmachen läßt. Auf der zweiten Etage des De Adel amüsieren sich jede Menge Studenten. Viele Resopaltische und auch ein wenig Art-Déco-Einrichtung in diesem Stockwerk. Das Licht ist grell, und wer häßlich ist, sieht zu, im Gegenlicht zu stehen. An der Bar lüpft ein Mädchen kurz ihren geblümten Trikotrock für zwei Kerle in Leinenanzügen. Sie deutet besorgt auf etwas auf ihrem schwarznylonen Oberschenkel, und die beiden Burschen nicken ernst.

Im Efforts, eine Gracht weiter, sind alle mehr trendy als im De Adel. Ich trinke dort nichts, sondern höre statt dessen zwei Mädchen zu, die sich ebenfalls darüber unterhalten, wo sie gewesen sind und wie beschissen Amsterdam doch ist. Die eine trägt einen Dreiteiler aus schwarzem Satin und erzählt von einem Freund, den sie loswerden wollte, und daß sie deshalb nach Paris gefahren sei. »Weißt du, ich hatte schon lange genug von ihm, aber Amsterdam ist einfach zu klein, um eine solche Beziehung ordentlich zu beenden, verstehst du?« Die andere, ein heißer Feger mit kurzen blondierten Haaren, einem schlichten blau-weiß gestreiften T-Shirt und einer vollkommen verschlissenen Jeans, die aussieht wie Madonna im *Papa Don't Preach*-Clip, nickt ihrer Freundin eifrig zu und versteht ihr Problem nur allzugut. Meint, in Amsterdam würden alle mit Plattfüßen an den Grachten entlang tigern: Das Niveau sei zu niedrig. In Paris müsse man wenigstens auf den Zehen gehen. Verstehst du? Und das versteht das Mädchen im Satinanzug ihrerseits wiederum nur allzugut.

»Obwohl«, sagt sie, »obwohl ... Manchmal habe ich das Gefühl, daß man Paris inzwischen auch vergessen kann. Die Stadt wird doch auch schon seit Jahren immer blöder.«

Exit Efforts.

Neben dem Efforts ist das Zola, doch da gehe ich bereits seit einem halben Jahr nicht mehr hin. Alle hatten mich vor der Inhaberin Mimi gewarnt, aber trotzdem wollte ich unbedingt mal mit ihr ins Bett, und als sich schließlich die Gelegenheit bot – Mimi hatte mich nach Schließungszeit zu irgendeinem freaky Apartment in Zuid mitgenommen, das einem Bruder von ihr gehörte, der auf Geschäftsreise war oder so –, da verstand ich so langsam den Grund für die Warnungen, denn innerhalb einer Viertelstunde hatte sie den Getränkeschrank ihres Bruders geplündert, war voll wie eine Strandhaubitze und redete mit surinamischem Akzent allerlei Unsinn, und das, obwohl Mimi strohblond ist und Apfelbäckchen hat. Als ich eine Bemerkung über ihr Gefasel machte, fing sie an zu jammern, sie wäre so gern eine Farbige, weil Farbige ausnahmslos ficken, als müßten sie die tausend Meter Hürden gewinnen: running ladies, diese schwarzen Panther. Mimi war beleidigt, als ich sie fragte, woher sie das alles wisse und ob sie es schon einmal mit einer Farbigen getrieben habe. Sie legte mir ausführlich dar, was für ein Arsch ich sei, und sagte mit immer noch demselben surinamischen Akzent, die Nummer mit ihr könnte ich vergessen, was ich nicht wirklich bedauerte, denn während sie mich ausschimpfte, hatte sie sich ausgezogen, und unter ihrem chefmäßigen Outfit (hochgeschlossene weiße Bluse, schwarzer Wickelrock) war ein trostloser Klumpen weißen Fleischs zum Vorschein gekommen. Mimi stellte sich genau vor mich, und während sie mit unsicherer Hand an meiner Hose rumfummelte, wiederholte sie nochmals, daß ich mir keine Hoffnung auf »eine Nummer« zu machen brauchte, und blasen würde sie mir auch keinen, denn sie war, wie sie gestand, Vegetarierin. Danach sagte sie, ich sollte mir eben selbst einen runterholen, das sei schön, das fände sie schön, und dann würde sie meinen Samen auffangen – und sie bildete mit ihren beiden Händen eine Schale und hielt sie vor meinen halb aus der Hose baumelnden Schwengel. Nachdem ich ein paar Schritte zurückgetreten war und gesagt hatte, ich wisse Besseres, wo ich reinspritzen konnte, wurde sie so richtig wütend, und eigentlich kann man sagen, daß Mimi mich, unter lautem Geschimpfe mit surinamischem Akzent, aus der Wohnung warf. Und dann stand ich da, in Amsterdam-Zuid. Erst nach einer Viertelstunde fand ich eine Telefonzelle, und anschließend dauerte es noch einmal zehn Minuten, bis das Taxi kam.

Also nicht ins Zola; statt dessen spaziere ich die Gracht entlang in Richtung Leidseplein, denn plötzlich habe ich Lust auf einen doppelten Hamburger. Doch als ich die Leidsestraat erreicht habe, gehe ich nicht zum Leidseplein, sondern biege in Richtung Singel ab. Denn warum sollte ich nicht ins Gimmick gehen? Es gibt mehr Gründe dafür, dennoch hinzugehen, als dafür, nicht hinzugehen. Auch wenn ich nicht wissen will, welche.

Der Grund ist Sam. Sammie. Suzan.

Es besteht schließlich jede Nacht wieder die kleine

Chance, daß sie dort ist – meine Suzanneman, im Gimmick. Denn die elende Erinnerung an Mimi hat mich ihr zum soundsovielten Mal ausgeliefert, ihr, Sam, dem Mädchen mit dem Sex von mindestens zwanzig Mädchen, dem Mädchen, das wie ein Junge lachen kann, und mit diesem Lachen machte sie mich so verlegen und verliebt, daß ich mir meinerseits wie ein Backfisch vorkam. Aber ich war kein Backfisch, ebensowenig wie sie ein Junge war, denn als ich zum ersten Mal mit ihr gevögelt habe, war endlich einmal alles so, wie es sein muß – will sagen, als sie auf mir lag, mit ihrem verschwitzten Gesicht an meinem Hals, und als sie ihre ordentlich gefältelte Möse langsam, behutsam beinahe, über meinen Schwanz schob, sagte sie: »Hey, alles paßt, alles funktioniert. Super, nicht?« Und später streichelte ich ihre Schulter, und sie lag neben mir auf dem Rücken, schaute zu den Spinnweben an der Decke und sagte: »Wie kommt es nur, daß es mit dir so schön ist beim ersten Mal? Ich kenn dich eigentlich gar nicht. Verstehst du das?« Und ich, in heaven, ich sagte, daß mir dies ein absolutes Rätsel sei und daß es vielleicht am Wetter oder so liege, woraufhin Sammie kurz kicherte und sich zu mir umdrehte. Sie zupfte sanft an meinem Ohr und an meinen Haaren, fuhr mit den Fingernägeln über meinen Hinterkopf, zog zugleich die Beine an und legte dann einen Oberschenkel auf meinen Bauch, rollte sich erneut auf mich und flüsterte: »Dann treiben wir es doch einfach noch mal miteinander.« Ihr Gesicht, ein wenig geschwollen, ein wenig blaß, unmittelbar über meinem, sie schaute auf meinen Mund und sagte: »Es fühlt sich an wie Raumfahrt.«

Im Gimmick läuft eine Acid-Party. Zwei Diskjockeys aus London legen jede Menge obskuren Hiphop, House, Acid und New Beat auf. Es ist knallheiß und supervoll, und Sam ist natürlich nicht da; dafür aber Stoop, mit einer Vicky diesmal. Ansonsten viel Fashion-Pöbel, Popper, schniefende Schwuchteln und Ecstasy schluckende Jurastudenten. Auf der Tanzfläche hampelt Groen sich den Schweiß aus den Poren, zusammen mit einer strahlenden Dolfijn. Hinter dem Tresen kennt jemand jemanden, der etwas zu feiern hat, so daß ich die Gelegenheit nutze, in der Toilette kostenlos und üppig mitzuschniefen. In dem breiten Gang, der zur Cocktailbar führt, stehen Dutzende von Besuchern und schauen auf die dreißig aufeinandergestapelten Fernseher, weil dort *Barbarella* läuft, und das ist doch weiß Gott eine gute Mischung aus Disney und Dalí, das ultimative B-Movie, und zumindest sieht Jane Fonda als Barbarella hier wunderbar blond, dumm und scharf aus.

Neben den Fernsehern steht ein schüchterner Schüler und dealt mit Ecstasypillen. Die Diskjockeys spielen einen saulauten südamerikanischen Rap, und Stoop, der neben mir steht, brüllt mir schon zum dritten Mal ins Ohr, wie es mir geht und was ich so gemacht habe, und ich erwidere, daß ich soeben mit Hilfe meiner Nasenlöcher ganz Bolivien annektiert habe, doch er versteht mich nicht und geht los, um Getränke zu besorgen, Whisky für ihn und mich und für Vicky ein Longdrinkglas mit Pisang Ambon.

»Oh no, my little spaceship!«

Wegen der lauten Musik ist Jane Fondas Ruf nicht zu hören, aber Untertitel gibt es schon, und ich kann mich noch genau daran erinnern, wie unschuldig sie in *Barbarella* seufzt und gurrt und miaut. Vicky, Stoops neueste Büchse, erzählt, daß sie Talent hat, »echt wahr«, und im Auftrag der Provinz Gelderland an irgendeiner Skulptur arbeitet, daß sie sich jedoch noch nicht wirklich auf die Arbeit konzentrieren kann, immer noch wegen des Problems mit dem Heroin von vor ein paar Jahren – das alles schreit sie mir ins Ohr, und ich habe ihre Geschichte zuvor bereits viermal gehört; aber das macht heute abend nichts, denn ich befinde mich auf einer südamerikanischen Weltreise, und es gibt genug, was ich in ihr Ohr schreien kann, und so rufe ich, daß ich sehr intensiv an einer Schau, einer Ausstellung arbeite, nächstes Jahr in der Galerie Dixit, »wo ich einst angefangen habe«, sage ich und finde, daß es mir herrlich nostalgisch über die Lippen kommt, und Vicky muß über mich lachen, und Stoop lacht auch und reckt den Daumen in die Höhe, auch wenn ich nicht weiß, warum. Jane Fonda rennt wieder in irgendeiner psychedelischen Plastikkulisse herum, die allerdings mit dem harmoniert, was ich zu sagen habe, denn auch alles fuckin' Psychedelische ist nostalgisch, hey, shit!, rufe ich Vicky zu, eigentlich ist alles Nostalgie, denn etwas Neues findet man selten, und Vicky lacht wieder und zwickt mich in die Wange, sie sagt laut brüllend, ich solle nicht so altklug tun. Sie verpaßt Stoops Hintern einen Klaps und ruft: »Ist dieser Popo in Stoops Jeans Nostalgie? Ich denke, nicht.«

Ich denke auch nicht, obwohl mir absolut nicht klar ist, was sie damit sagen will, aber ich erzähl ihr einen vom Pferd über Sex und Promiskuität und Herpes und AIDS und Kondome mit Erdbeergeschmack und die Arche Noah, und ich sage etwas darüber, wer überleben wird, wenn alle mit allen gevögelt haben, doch Vicky ist schon nicht mehr interessiert und Stoop sowieso nicht, doch auch er hat Kokain, was mich plötzlich leicht irritiert, denn zur Zeit scheine ich der einzige zu sein, der zufällig nichts dabei hat, also schmeiße ich eine Runde und gehe mit Stoop in Richtung Pott und anschließend wieder auf die Tanzfläche. Dort tobt sich gerade nur Groen aus, jetzt ohne Dolfijntje aber mit einem anderen auffällig gekleideten Vamp mit einer Sonnenbrille, die mir irgendwie bekannt vorkommt.

Wegen meiner Jacke natürlich, denn die trägt sie.

Ich will meine Jacke wiederhaben. Und meine Schlüssel. Also gehe ich zu dem Mädchen mit der Sonnenbrille hin und zupfe kurz von hinten an ihrer, nein, meiner Lederjacke. Und sie dreht sich ziemlich verärgert um, muß ich sagen, die Titten einschüchternd nach vorne gereckt und so, ihre Motorik gefällt mir gar nicht.

»Hehehe!« ruft Groen. Mischt sich ein. Übertönt sogar den Diskolärm. Und Groen findet offensichtlich, es sei an der Zeit, seinen Arm um mich zu legen, und mit der anderen Hand packt er das Mädchen mit der Sonnenbrille beim Handgelenk, und ehe ich mich's recht versehe, zwängen wir uns durch die Menge, von der Tanzfläche runter, nach oben, und zu dritt gehen wir an den Toiletten vorbei durch den Gang in Richtung Cocktailbar, wo niemand ist, außer vier Mädchen von etwa achtzehn, die ganz in Schwarz gekleidet sind und mit großen Augen vor sich hin starren, wahrscheinlich auf dem höchsten Gipfel eines unter Preis erworbenen Trips, komplett abgespaced. Aber sie sitzen dort recht hübsch, finde ich. Ich meine, wie beruhigende Dekoration. Groen setzt sich auf einen Barhocker und sagt: »Jetzt guck nicht so böse, Raam. Spendier dieser Beauty einen Whisky und gib ihr einen Kuß auf ihr Corrason.«

Ich: »Worauf?«

Sie: »Ja. Worauf?«

Groen: »Nicht so wichtig, meine Lieben, nicht so wichtig. Diese Dame ist gekommen, um dir deine Jacke und die Schlüssel wiederzubringen, und das ist sehr aufmerksam von ihr. Ich habe mich inzwischen mit ihr bekannt gemacht, und ihr, ihr seid wieder Freunde, und ich schaue jetzt mal schnell nach, ob ich noch etwas bei mir habe in Sachen Nase.«

Es wird eintönig, denn Groen hat folglich ebenfalls Kokain dabei, auch wenn der schnelle Hit auf seine Kosten nicht wirklich gut ist, was aber kaum ins Gewicht fällt, denn der Whisky dämpft das Ganze wieder ein wenig, und inzwischen ist auch Dolfijn zu uns an die Bar gekommen und bedeckt Groen mit Küssen und schmiegt sich räkelnd an ihn, und Groen ruft lachend: »Verstehst du jetzt, warum sie Dolfijn heißt?« Die vier Mädchen in Schwarz starren uns an, und hinter dem Tresen steht wieder das Marilyn-Monroe-Mädchen und kümmert sich diesmal um ihren eigenen Kram. Dolfijn leckt Groen beinahe komplett ab, warum also sollte ich nicht das Mädchen mit der Sonnenbrille ...

»Ich weiß noch, daß du ein schönes Apartment hast. Und auch viele Videofilme«, sage ich.

»Ach ja?«

»Ja.«

»Mensch.«

»Und ich weiß auch, daß du nicht mit betrunkenen Männern vögelst.«

»Stimmt.«

»Und was machst du mit Männern, die nicht betrunken sind?«

»Mit Männern, die nicht betrunken sind, bespreche ich die Weltlage.«

»Die Weltlage?«

»Ja. Oder ich lege sie übers Knie.«

»Übers Knie?«

»Ja. Oder ich bespreche mit ihnen die Weltlage.«

»Und das alles mit Sonnenbrille auf der Nase.«

»Nein, das nicht.«

»Mit etwas anderem?«

»Nein. Sollte ich?«

»Nein.«

Dann rutscht sie vom Barhocker und sagt, ich solle mitkommen.

»Aber du darfst nur mitgehen, wenn du diesmal nichts bei mir liegenläßt. Versprochen?«

Versprochen.

Währenddessen ist Groen ganz außer Atem vor Lachen,

denn Dolfijntje beißt sein Ohrläppchen praktisch entzwei und kitzelt ihn im Nacken.
Ich hätte lieber die Marilyn Monroe von hinter dem Tresen gehabt. Oder Dolfijn. Oder eines der regungslosen achtzehnjährigen Mädchen. Oder alle vier achtzehnjährigen Mädchen. Gleichzeitig.
Aber, nun ja, what would Robert Mitchum do?

Diesmal wird tatsächlich gefickt. In ihrem Bett riecht es nach Zigarettenrauch und Sonnenöl, und ohne viel Drumherum ficken wir sogleich los, woran ich mich jedesmal erst kurz gewöhnen muß, und daher suche ich mit meinem Schwanz kurz ihre Spalte ab, doch sie stöhnt ansatzlos wie wahnsinnig und dreht den Kopf hin und her, sie tut als ob, und daher ficke ich einfach drauflos. Es rauscht in meinem Kopf, ich denke, ich bin bis in die Zehenspitzen voll Koks, und das bedeutet, es kann mindestens eine Stunde lang gefickt werden. Doch das Mädchen mit der Sonnenbrille keucht und stöhnt und gibt Vollgas, sie kreischt und stellt sich wirklich an, finde ich, und plötzlich bricht mir der Schweiß aus, und ich verspüre wahnsinnige Stiche im Nacken und zwischen den Schulterblättern, und als sie später neben mir liegt, kann ich an nichts mehr denken, nur noch an meine Atmung, auf die ich mich konzentrieren muß, und an mein Herz, das zu zerplatzen scheint, und das Mädchen mit der Sonnenbrille tippt mit dem Zeigefinger auf meine Unterlippe und sagt: »Ich mach ganz schön viel Lärm, nicht?«

Ich kann nicht schlafen und sie auch nicht. Also sitzen wir auf dem schwarzen Ledersofa in ihrem Wohnzimmer, sie in einem Laura-Ashley-Morgenmantel und ich eigentlich nur in einem T-Shirt. Sie hat wirklich jede Menge Spielfilme auf Video, und wir schauen uns *Unheimliche Begegnung der dritten Art* an. Aber nach etwa zwanzig Minuten langweilt mich das Getue mit den fliegenden Untertassen gewaltig, ich habe Durst, und wir trinken Earl-Grey-Tee, und es ist morgens, gegen sieben oder so, und wir gucken Hard Rock auf MTV.

Das Mädchen mit der Sonnenbrille sieht hübsch aus nach einer schlaflosen Nacht, fällt mir auf. Sie hat die Stirn gerunzelt, Fältchen um die Augen, leicht eingefallene Wangen und ein keckes Kinn. Ihr Haar ist offen. In ihrem Alter, bestimmt so um die Dreißig, sollte man eigentlich überhaupt niemandem mehr vertrauen müssen. Wir schauen Clips von Saxon, Judas Priest und Def Leppard – lauter semifaschistischer Hard Rock, den man sich aus irgendeinem Grund dennoch ansieht. Aber schließlich schaltet sie das Gerät mit der Fernbedienung aus, und ich sage rasch, daß ich dann jetzt mal gehe. Sie sagt, das sei okay. Und daß sie sich eine Nacht ohne Schlaf eigentlich nicht leisten könne. Denn sie habe viel zu tun. Ich frage, was sie machen muß. Sie verrät es mir nicht. Wohl aber sagt sie, daß sie Lust auf Frühstück hat. Ob ich das rasch zubereiten könne.

»Das habe ich mir wohl verdient«, sagt sie und fährt mit der Hand über meinen Schenkel. Was mich daran erinnert, was ich alles verdienen muß. Geld. Einen guten Namen. Meine Sporen.

»Komm mal her«, sagt sie.
»Wohin?«
»Hierhin. Komm, setz dich vor mich. Vor mir auf den Boden.«
»So?«
»Ja, so. Schau«, sagt sie, »jetzt sitzt du zu meinen Füßen, und so muß es auch sein, denn du bist nämlich ein Hündchen.«
»Oh.«

»Du bist ein Hündchen, und ich bin dein Frauchen. Und ehe Frauchen zur Arbeit geht, darf das Hündchen sie noch kurz überall lecken.«

»Dann will ich aber vorher meine Hände waschen.«

»Schlappschwanz.«

In der Küche wasche ich mir tatsächlich die Hände, warum, weiß ich eigentlich nicht. Ich trinke Fruchtsaft aus einem Tetrapak und finde in einem der Schränke ein Glas Erdnußbutter. Als ich wieder ins Wohnzimmer komme, sehe ich, daß sie den Laura-Ashley-Morgenmantel aufgeschlagen und einen riesigen blauen Fleck auf dem Oberschenkel hat.

Der blaue Fleck ist eine Ader.

Ich sage, daß ich anstatt eines Hundes viel lieber eine Ameise sein möchte, eine ausgehungerte Riesenameise. Sie guckt sehr ernst, als ich ihr die Erdnußbutter zwischen die Beine schmiere. Continental breakfast. Ich frage sie, ob sie wieder so einen Lärm machen wird.

»Ich denke schon«, sagt sie, und sie fügt noch etwas hinzu, doch das verstehe ich nicht, ich bin die Ameise, die Riesenameise, ich arbeite. Am liebsten würde ich bei der Arbeit einschlafen.

Wo ist der verrückte Captain Rogers?

Danije sagt, ich sehe gut aus. Ich erwidere, ich hätte aber die ganze Nacht nicht geschlafen und ziemlich viel um die Ohren. Und Danije fragt, was ich denn so Dringendes zu tun hätte, denn er möchte immer sogleich ein Gespräch über die nebensächlichsten Dinge anfangen. Also sage ich einfach, ich hätte die ganze Nacht über neue Bilder nachgedacht, die ich malen müßte, daß ich aber nicht zu einem Ergebnis gekommen bin. Ich sage zu Danije, daß etwas mit meiner Kontinuität nicht stimmt. Was weiß ich.

»Vielleicht muß ich einfach im Atelier sitzen und arbeiten«, sage ich. »Ein wenig rumprobieren. Jam Sessions auf den Leinwänden veranstalten. Verstehst du?«

Danije nickt und fragt, ob ich vergessen habe, daß ich ihn eigentlich erst hätte anrufen müssen. So wie üblich. Ich habe nicht vergessen, wie wir üblicherweise verfahren, aber ich bin einfach nicht dazu gekommen, ich war heute morgen dem Mädchen mit der Sonnenbrille gegenüber galant, wir haben geduscht und zusammen Kaffee getrunken, und danach mußte sie weg, »ins Studio«, hatte sie gesagt, und ich erwiderte daraufhin, ich sei auch in Eile, aber ich war nicht in Eile. Eile ist nicht okay, man darf nie sagen, man habe viel zu tun, man muß immer sagen, man habe viel zu tun *gehabt*. Aber gut, wir gingen zusammen die Treppe hinunter, das Mädchen mit der Sonnenbrille und ich, und sie fragte mich, wohin ich müßte, und weil ich mir so auf die schnelle nichts ausdenken konnte, sagte ich also, ich hätte in Zuid zu tun, irgendwo in der Nähe der Apollolaan. Und sie brachte mich hin, sie hat einen alten dunkelgrünen Rover, auf den sie stolz ist, und das zu Recht, und für jemanden, der kein Auge zugetan hat, fuhr sie mit großer Geschmeidigkeit, und ich fing tatsächlich an, mich für sie zu interessieren.

»Sorry«, sage ich zu Danije. »Hab's glatt vergessen.«

»Okay, macht nichts«, sagt Danije.

»Danije«, sage ich freundlichst, denn ich habe mit einemmal Lust, ihn ein wenig zu ärgern, »Danije, was bist du gleich wieder? Bist du ein Intellektueller, ein Pfuscher oder ein Kokaindealer?«

Danijes Frau schaut von ihrem PC auf, und Danije selbst legt ostentativ die Hände in den Nacken und zieht die Oberlippe hoch, als rieche er etwas. Sagt dann, daß ich bei ihm keine Show abziehen muß, daß ich in seiner Wohnung ganz normale Dinge sagen kann. »Und niemand wird dich schief ansehen, wenn du dich normal verhältst, Walter«, sagt er und macht dazu wieder ein verständnisvolles Gesicht.

Danije macht irgendwas mit Informatik, doch eigentlich ist er immer zu Hause. Was ich auch machen würde, wenn ich er wäre, denn angesichts der Sechszimmerwohnung, der ganzen Kunst an der Wand, seines erlesen bestückten Bücherregals und seiner ruhigen, klugen Frau Renée in der Nähe würde ich auch nicht mehr vor die Tür gehen. Seine Frau ist zehn Jahre älter als er, sieht aber noch unglaublich jung aus, sogar jünger als Danije mit seiner Hornbrille, seinem Van-Gils-Anzug, seinem kahlgeschorenen Schädel und den bleistiftdünnen Zigärrchen. Auf den ersten Blick hält man ihn für einen hypernervösen Journalisten, der über Tratsch und Partys schreibt. Neben seiner Arbeit als Informatiker verkauft Danije kolumbianisches Koks an Leute, von denen er nicht möchte, daß sie ihren Stoff bei durchtriebenen Betrügern in ihren weißgetünchten Zimmern im Stadtzentrum kaufen, wo Dealer in Lacoste-Shirts und mit Ray-Ban-Brillen auf Krümelkäufer warten, die nicht wissen, mit welchem Waschpulver ihr erworbenes Dope gestreckt wurde. Danije hält sich selbst für eine Art Qualitätsmetzger, für einen Gentleman-Dealer. Solide, altmodisch, seiner Kundschaft verbunden. Will auch über alles reden außer über seine Ware. Er kauft eigentlich lieber von seinen Besuchern. Gemälde, Skulpturen, Handschriften, Erstausgaben, er ist ein echter Fetischist, ein hipper Semi-Intellektueller mit einem Minderwertigkeitskomplex, und der Gute liebt Radfahren in der Bretagne, Haute Cuisine und russische Romane.

So. Wer ist hier der Blödmann?

Ich sage zu Danije, daß ich knapp bei Kasse bin. Danije macht das, was er gut kann. Er nickt. Ich sage etwas über Sex, frage ihn, ob er nicht auch der Ansicht ist, daß alles Sex ist.

»Wie meinst du das?« fragt Danije.

»Ach, Mensch, alles ist doch heutzutage Sex.«

Danijes Frau tippt immer wieder Wörter oder, wer weiß, ganze Sätze in ihr Textverarbeitungsprogramm. Ich erinnere mich nicht mehr genau, was sie macht, sie unterrichtet, glaube ich, an der Universität. Irgendwas mit Europastudien.

»Alles ist Sex«, wiederhole ich kurzerhand, »Film ist Sex, Popmusik ist Sex, Ballett, Mode, Urlaub, Sport, Jugend, Reklame, gute Manieren, Parfüm, Schweiß, Porno, Wohlfahrt, kurze Haare, lange Haare, überhaupt keine Haare, alles Sex.«

»Hmmm«, sagt Danije. Wahrscheinlich erwacht wieder der Therapeut in ihm.

»Was ich sagen will, Felix«, fahre ich fort (hört er gern, seinen Vornamen), »ist, daß die ganze Unterhaltungsindustrie von Sex zehrt, Felix. Oder etwa nicht? Und dann, nicht zu vergessen, all die Varianten, die es gibt! Echt geil, Mann! Harter Sex, mystischer Sex, heimlicher Sex, perverser Sex.«

»Schneller Sex«, sagt Danije.

»Bezahlter Sex«, sagt seine Frau.

»Traumatischer Sex«, sage ich.

»Katholischer Sex«, sage ich.

»Katholischer Sex?« fragt Danije.

»Gemischtrassischer Sex«, sage ich.
»Einsamer Sex«, sagt seine Frau.
»Einsamer Sex?« frage ich.
»Renée meint Masturbation«, sagt Danije.
»Ja«, sage ich, »das auch. Nach Ansicht mancher Leute gibt es auch noch Erotik. Verschleiern und so. Alles Quatsch natürlich. Erotik ist auch Sex.«

Danije nickt wieder, und seine Frau kichert und steht auf. Sie sagt, daß sie oben weiterarbeitet, damit sie sich konzentrieren kann und wir in Ruhe weiterreden können. Also entfernt sie sich, in Wildlederpumps und mit allerlei Zetteln in den Händen. Sie ist schlank, beringt, relaxt. Rock und Bluse stammen aus der P.C. Hooftstraat. Sie hat so eine halbe Brille auf der Nase, was ihr auch sehr gut steht.

Danije schenkt mir Kaffee ein und bietet mir eine Praline an. Aus den Bose-Boxen schwiemelt Sade. Würde man ihn unvermittelt hineinsetzen, würde Danije problemlos im Freundeskreis meiner Eltern aufgehen.

»Du hättest allerdings zuerst anrufen sollen«, sagt Danije erneut, »ich hätte ebensogut jemand anders zu Gast haben können.«

Bei ihm geht es zu wie in einem vornehmen Bordell. Diskretion garantiert. Einmal, als er während eines Empfangs im Museum Boijmans van Beuningen in Rotterdam betrunken war, hat Danije mir verraten, wen er alles zu seinen Kunden zählen darf. Künstler natürlich. Hippe Autoren. Aber auch zwei Stadtratsmitglieder der rechtsliberalen Partei. Ehrgeizige Ballettänzerinnen. Gestreßte Börsenheinis. Jurastudenten. Juristen. Fröhliche Lehrer. Lauter anerkannte Wochenendkonsumenten. Danije strahlte, sagte: »Ich mach das natürlich nur nebenbei, aber es beschert mir ein schönes Einkommen.«

Seit jener alkoholindizierten Herzensergießung sah Danije mich lieber gehen als kommen.

Ich frage ihn, ob er etwas zu essen im Haus hat, aber das hat er nicht. Sagt er. Ich kaufe anderthalb Gramm und gebe ihm zweihundertfünfzig, die ich heute morgen noch aus dem Geldautomaten geholt habe.

»Kauf dir was Schönes zum Anziehen«, sage ich, als ich ihm die Scheine gebe. Danije kann darüber allerdings nicht lachen.

»Fang du mal lieber an zu arbeiten«, sagt er. Und dann wird er mit einemmal richtig schleimig und rühmt mein Talent. Ich unterbreche ihn, indem ich frage, welcher Innenarchitekt gleich wieder ihr Wohnzimmer eingerichtet hat.

»Das habe ich dir schon zweimal gesagt«, erwidert Danije.

»Das weiß ich«, sage ich, »aber du sprichst immer so geistvoll über deine Möbel und so.«

»Sei nicht so banal, Walter.«

»Nein, echt«, sage ich und gucke erstaunt.

Danije rutscht an die vordere Sesselkante und richtet den Oberkörper auf: »Geradeheraus, Walter, ich frage es dich geradeheraus: Wieso hast du solch eine Abneigung gegen mich?«

Ich sage, daß ich gar keine Abneigung gegen ihn habe, daß ich ihn für einen coolen Typen halte, für eine Stütze der Gesellschaft.

»Du gehst jetzt besser«, sagt Danije müde. »Und schau ruhig demnächst mal wieder vorbei.« Dann frage ich ihn, ob ich nicht für ihn arbeiten kann.

Danije hat eine Flasche Remy Martin aus einem der hinteren Zimmer geholt, hat zwei Gläser eingegossen, »ganz gegen meine Gewohnheit so früh am Morgen«, sagt er und hat die Brille abgesetzt. Er trinkt einen Schluck Cognac, setzt die Brille wieder auf, während ich die CD von Sade gegen eine von Duke Ellington austausche.

Und erneut meint Danije, ich müsse mich wieder an die Arbeit machen, echte Arbeit, malen also, und daß ich bestimmt etwas Besseres zu tun habe, als den Job zu übernehmen, um den ich ihn soeben gebeten habe, und wieso sollte ich überhaupt für ihn arbeiten, sagt er, in den Diskos seien genug eifrige Burschen unterwegs, die Kokain verkauften, wobei noch hinzukomme, daß ich wahrscheinlich in dem Job gar nicht gut bin und daß die besten Kunden nicht auf der Straße unterwegs sind oder in Diskos tanzen, nein, die interessantesten Kunden finde man im Stadttheater oder in der Oper, und dieses Publikum kaufe immer an vollkommen ungefährlichen Orten, daher wohnten die schlauesten Dealer zwischen den Familien und Senioren in Buitenveldert oder im Gooi. Und Danije schlägt vor, ich solle nur mal versuchen, die soeben erworbenen anderthalb Gramm auf der Straße zu verkaufen, dann würde ich sehen, daß das keinen Spaß macht, ganz bestimmt nicht. Jajaja, er verstehe, daß ich in kurzer Zeit ein bißchen Geld verdienen will, aber: »Da bist du bei mir an der falschen Adresse«, sagt Danije integer. Und er zitiert irgendeinen französischen Schriftsteller, und im selben Moment, als Danije in holperndem Französisch irgend etwas Unwichtiges behauptet, kommt seine Frau wieder nach unten, die keinen Cognac haben möchte, sondern ein Glas Mineralwasser, und Danijes Laune bessert sich zusehends. Er streichelt seiner Frau kurz über den Rücken und bricht dann, aus welchen Gründen auch immer, in ein albernes Lachen aus und erzählt irgendwas über Bandwürmer. Daß Leute, die früher davon befallen waren, eine Schale warmer Milch vor ihren Mund hielten und daß der Bandwurm dann durch Därme und Magen zur Speiseröhre gekrochen kam und einem das Vieh schließlich buchstäblich mit dem Kopf voran zum Hals heraushing und man versuchen mußte, den Wurm aus dem Mund zu ziehen.

»Was sagst du dazu?« fragt Danije.

Er ist rot angelaufen, und seine Frau läßt ihn noch einen Moment kurzatmig dasitzen, denn sie berichtet, daß ihre Oma aus Ungarn einmal einen ungarischen Jungen nackt über die Wiesen laufen sah, der Junge war verzweifelt, ihm hing ein mindestens einen Meter langer Bandwurm aus dem Hintern und er rief immer wieder: »Zieht ihn doch raus, zieht ihn raus!« Doch alle, die den Jungen sahen, überließen ihn seinem Schicksal.

»Ist das wahr?« japst Danije, Schweiß auf der Stirn. »Ist das wahr?«

Er stellt die Frage mir, und ich gebe sie an seine Frau weiter. Renée läßt sich neben ihm auf dem schneeweißen Dreisitzer nieder und fängt an, ihn zu kitzeln.

Ich sage, ich würde dann jetzt mal die Biege machen, und gehe zu dem Ehepaar auf der Couch. Ich küsse Renée auf die Wange und Danije auf den Mund, weil ich weiß, daß er das überhaupt nicht mag, auch wenn er noch so guter Laune ist. Also wird Danije sofort wieder ernst, und er sagt: »Geradeheraus, Walter, jetzt sag mir doch mal ehrlich ...« Aber Renée unterbricht ihn und sagt zu mir: »Siehst du das, Walter? Felix fängt bereits an, ein wenig krumm zu gehen, er wird alt.« Danije springt von der Couch auf und geht mit Trippelschritten um die Sitzecke herum. Duke Ellington klimpert weiter. Gemütlich.

»Warum gehen die Menschen eigentlich aufrecht und nicht gebückt?« fragt Renée sich. »Auf Händen und Füßen kann auch sehr effizient sein. Kein Wunder, daß allen kalt ist, kalter Kopf, kalte Hände. Alle Körperteile sind so weit voneinander entfernt, wenn man aufrecht geht.«

Danije hört auf zu trippeln.

»Der Grund, weshalb wir aufrecht gehen, ist Sex«, sage ich. »Alles ist Sex.«

An der Tür sagt Danije zum soundsovielten Mal, daß ich unglaublich viel Talent habe, und Renée fährt kurz mit der

Hand unter meine Lederjacke und streichelt über mein T-Shirt.

»Das war kein Sex«, sagt sie lachend.

»Nein«, sagt Danije, »aber was war es dann?«

Sie winken mir behaglich hinterher.

Auf dem Dam steige ich aus der Straßenbahn und finde, ich sollte doch einmal versuchen, die anderthalb Gramm zu verkaufen, und zwar an Touristen, und daher biege ich in die Damstraat ein.

Es nieselt, und ich beschließe, murmelnd die Straße entlangzugehen, so wie es die Schwarzen hier in der Gegend immer machen. »Haschisch, Koks, Heroin.« Das funktioniert. Natürlich immer auf Englisch, wollte ich sagen. Also spaziere ich etwas Ähnliches vor mich hin murmelnd rund fünf Minuten herum, aber die wenigen Touristen schauen nur furchtsam, und die Amsterdamer hören es schon nicht mehr oder seufzen nur kurz. Doch zwei häßlich aussehende deutsche Burschen in grellgelben Plastikregenjacken wollen etwas kaufen. Es sind schweigsame Typen, sie sagen nichts, sondern schlendern nur um mich herum, einen fragenden, scheuen Blick in den Augen. »Dann eben ein andermal«, sage ich plötzlich, denn ich habe bereits die Nase voll von dem Ganzen. Warum gönne ich mir nicht selbst eine Nase? Was mache ich hier überhaupt? Die beiden Deutschen schauen mich ziemlich dösig an. Ich kehre um, in Richtung Dam, doch als ich losgehe, trifft mich ein Schlag mit der flachen Hand am Hinterkopf. Die beiden fangen an zu schimpfen. Amsterdamer Akzent. Wer hat denn gesagt, daß sie Deutsche sind? Nun ja, blond, gelbe Regenjacken, grobe Motorik – daher die Einschätzung.

Die beiden belästigen mich, werden laut. Also betrete ich eine Shoarmabude, die Regenjacken folgen mir. Einer von ihnen trägt eine absolut unmögliche weiße Mütze, und es wimmelt nur so vor Mitessern in seinem Gesicht; der andere, der Größere der beiden, hat schneeweißes Haar und lispelt. Beide sind sie höchstens zwanzig.

Der Lange tritt mir gegen das Schienbein, ich torkele vornüber gegen die Theke. Die Shoarmabude ist hell erleuchtet, es riecht nach Chlor, und es ist niemand da außer dem Türken an der Kasse, der auf einem Hocker sitzt, aus dem Fenster schaut und uns nicht beachtet. Der Lange holt zu einem zweiten Tritt aus, der mich knapp über dem Knie trifft. Ich peile die Lage: Es gibt nichts zu peilen. Dann hat der Türke offenbar genug und fragt verärgert, was wir bestellen wollen. Den ersten Tritt spüre ich noch am stärksten, ich bestelle Kebab in Fladenbrot und bekomme einen kraftlosen Schubser in den Rücken, vermutlich von der Mütze mit den Mitessern. Jedenfalls ist er es, der mir, als ich ganz plötzlich aus der Shoarmabude flüchte, hinterher ruft, daß ich dableiben muß, daß ich ein elender Drecksack und widerlicher Rassist bin, weil ich abhaue, während der Türke ein Fladenbrot mit Kebab für mich zubereitet. Vor der Tür der Shoarmabude liegen leere Pommestüten und vom Regen nasse Reklame für was weiß ich. Der Lange rennt hinter mir her.

»Wollt ihr das Dope jetzt oder nicht?«

»Dope, Dope, was für Dope?« sagt der Lange. »Red keinen Unsinn, Mann.«

Dann schweigt er. Ich taste die Innentaschen meiner Lederjacke ab. Portemonnaie, Bic-Kuli, Schlüssel. Nichts, um damit zu schlagen oder zu schneiden. Oder zu stechen. Der Lange packt mich bei den Haaren, schleift mich regelrecht zur Theke. »Dein Kebab«, sagt er.

Der Türke hat das Kebab fertig und schaut bereits wieder nach draußen. Ich lege zwei Zehner auf den Tresen und sage zu dem Türken, er solle noch zwei weitere Fladenbrote mit Kebab machen. Die beiden Burschen frage ich, was sie trinken wollen.

»Was willst du trinken?« fragt der Lange die Mütze. Die Mütze hat an einem wackligen Tischchen Platz genommen, hat die Regenjacke geöffnet und ist dabei, einen Stapel Servietten in Fetzen zu reißen.
»Was willst du trinken?« fragt der Lange noch einmal.
»Und du? Was trinkst du?« antwortet die Mütze.
»Äh, ja ... was nimmst du?« fragt der Lange erneut.
»Okay, denkt drüber nach«, sage ich und schiebe die beiden Zehner ein Stück über die Theke in Richtung des Langen. Der Türke starrt bereits eine Weile den Langen an. Drei etwa fünfzehnjährige Jungen kommen rein, mit rotweißen Kappen und gefütterten blauen Jacken.
Draußen regnet es nun heftiger.

Daß ich mir zum Beispiel eine Zigarette hätte anstecken können, um sie kurz darauf blitzschnell in das Auge des Langen zu drücken. Daß ich ihn, wie er es bei mir gemacht hat, an den Haaren hätte packen können. Um ihn anschließend mit der Stirn gegen eine Ecke der Theke zu rammen, mindestens fünfmal.

Der Taxifahrer sagt, daß für heute kein Regen vorhergesagt war und daß dies der nasseste November seit neunzehnhundertsoundsoviel ist. Ich habe wahrscheinlich ausgerechnet den erwischt, der einem ganze Geschichten erzählt, denn Taxifahrer in Amsterdam halten meistens den Mund. Als ich am Amstel-Hotel aussteige, sagt der Fahrer: »Alles Gute.«
Ja, alles Gute ...
Ich gehe zur Weesperzijde. Sammie sagt durch die Gegensprechanlage, daß sie Besuch hat, aber kurz nach unten kommt. Ich stehe also mit ihr im Treppenhaus, ich bin inzwischen vom Regen ziemlich durchnäßt, und als sie fragt, was los ist und warum ich gekommen bin, sage ich, daß ich in einen Streit geraten und schwer verletzt bin.

»Mit wem hast du dich geprügelt?« fragt sie.

»Mit zwei Proleten, die ich nicht kenne.«

Sam sagt, wenn man sich streiten wolle, dann könne man das am besten mit Menschen machen, die man kennt, weil man davon im besten Fall noch etwas hat. Sie raucht noch immer diesen asimäßigen Tabak, sie hält ein Päckchen Samson und Zigarettenpapier in der linken Hand, hat sich eine Kippe gedreht und sagt, man sehe mir überhaupt nicht an, daß ich verletzt bin.

»Mein Bein tut weh. Man hat mir knallhart vors Schienbein getreten.«

Ich frage sie, wer bei ihr zu Besuch ist. Sie fragt, wie es mir geht. Und woran ich zur Zeit arbeite. Ich frage sie, ob ich mir auch eine Zigarette drehen darf.

»Wie geht es dir?« frage ich sie.

»Einigermaßen.«

»Nicht gut also.«

Ich sage das beinahe begierig. Sie fragt mich erneut, was ich zur Zeit mache. Ich sage, daß noch Sachen von ihr bei mir liegen, und sie sagt, daß sie das weiß, was mich irritiert, denn das kann sie nur von Groen erfahren haben, und ich frage mich, ob es stimmt, daß sie sich von Groen hat ficken lassen, und wenn ja, wo, wie und, verflucht noch mal, warum? Ich frage sie, woher sie das von den Sachen weiß, und sie ist überhaupt nicht das Mädchen, das sich ficken läßt, denn wenn sie fickt, dann fickt sie selbst, und ich habe schon wieder die Schnauze voll von dem Gezänk mit ihr, denn sie hält mir vor, daß ich das mit den Kleidern und so, daß ich das selbst auf ihren Anrufbeantworter gesprochen, gebrüllt habe. Und außerdem verfüge sie durchaus noch über so etwas wie ein Gedächtnis, sagt sie, und ich denke, fuck, habe ich sie angerufen?

Was nicht stimmt. Ich kann sie nicht angerufen haben. Habe ich sie angerufen? Doch Suzan will bereits wieder etwas anderes wissen, sie fragt mich zur Abwechslung, was ich zur Zeit so alles mache, und ich würde ihr am liebsten ins Gesicht spucken und sagen, daß ich nichts mache, nichts, nichts, NICHTS, aber ich sage, ich hätte die ganze Nacht nicht geschlafen.

»Was willst du eigentlich?« fragt sie.
»Paßt du auch gut auf?« frage ich.
»Aufpassen?«
»Aufpassen. Bei der Arbeit. Im Verkehr. Was weiß ich, beim Sex. Auf dich selbst aufpassen eben.«
»Ich passe immer auf mich auf.«
»So.«
»Du doch auch?«
»Na klar«, erwidere ich stumpfsinnig. Und: »Paßt du auch auf andere auf?«
»Auf wen sollte ich aufpassen müssen?«
»Auf andere. Auf mich. Würdest du nicht auf mich aufpassen wollen?«

Sie wirft den Zigarettenstummel auf den Gehsteig. Im Treppenhaus ist alles bunt angestrichen. Blau und Violett. Sie paßt nicht mehr auf mich auf. Aber sie sieht wieder so wunderschön aus. Jeans und ein weißes Poloshirt, wie das Mädchen in der Levi's-Reklame, die mit dem Eddie-Cochran-Double. »Eddie Cochran«, sagt das Mädchen, »how can I get to Eddie Cochran?« Das Mädchen in dem Werbespot kramt anschließend in ihren »knock-'em-dead«-Klamotten und beschließt, nachdem sie all ihre Kleider vor dem Spiegel anprobiert hat, einfach ihre Levi's 501 anzuziehen. Kurz danach steht sie vor Eddie Cochran, und sie schaut ihn an, wie manche Mädchen in Werbespots schauen können – New York 1958, und ich bin nicht Eddie Cochran, aber früher sah Sam, Sammie, Suzan, früher sah sie mich manchmal mit einem Blick an, mit dem sie hätte berühmt werden können, und wenn sie mich so ansah, dann fühlte ich mich ebenso schön, wie sie war.

Sie sagt, das Wetter mache sie depressiv, und sie müsse jetzt wirklich wieder rein, und sie rufe mich bei Gelegenheit an, und ich frage sie – die Kehle zugeschnürt –, mit wem sie fickt, und Sammie seufzt und sagt: »Ich frage dich doch auch nicht, mit wem du es treibst.«

»Das kannst du mich ruhig fragen. Na los, frag!«

»Walter, das interessiert mich nicht, ich habe dich nichts zu fragen.«

»Nein, natürlich nicht«, sage ich. »Du hast mich nichts zu fragen. Aber fragst du dich vielleicht manchmal, ob ich dich vielleicht etwas zu fragen habe?«

»Nein.«

Ein Krankenwagen fährt die Weesperzijde entlang. Sam winkt einer dicken Marokkanerin mit zwei Einkaufstaschen zu, die auf ein Haus in der Nachbarschaft zustrebt.

»Hey, Walter«, sagt Sam.

»Ja?«

»Ich geh wieder rein. Okay?«

»Okay.«

»Gut?«

»Gut.«

»Dürfte ich mein Päckchen Tabak wiederhaben?« fragt sie.

»Nein.«

»Tja, dann eben nicht.«

»Fickst du mit Groen?«

»Mit wem?«

»Mit Groen.«

»Wie kommst du darauf? Bitte, tu mir einen Gefallen ...«

Ich seufze und sage: »Aber ...«

»Was, aber?«

»Wohl aber mit Groens Vater, mit seinem Bruder, seinem Nachbarn, seinem Buchhalter. Was ich sagen will, warum sehe ich dich nie, Sammie? Warum sehe ich dich nie mehr?«

Sie sagt, daß sie mich anruft. Ich sage, daß ich sie anrufe.
»Nein, ich rufe dich an«, sagt sie.
Sie wird mich wohl anrufen.

Im Fernsehen läuft Super Channel, aber ich habe den Ton ausgeschaltet, denn im Radio berichten Hörer über ihre sexuellen Probleme, und es hat eine Frau angerufen, die sagt, daß sie Marja heißt und daß sie ihren Mann sehr liebt und gern mit ihm schläft, daß sie aber ... »Tja, wie soll ich es ausdrücken«, druckst Marja herum, »nun ja, ich kann den Geruch seines Spermas nicht leiden. Der Geruch ist so, so ... Ich will es so ausdrücken: Der Geruch ist so penetrant.«

»Und deshalb fällt es Ihnen schwer, ihn mit dem Mund zu stimulieren«, hilft die Moderatorin Marja weiter. Und die andere Moderatorin – es gibt zwei – sagt: »Das ist für dich ein Problem und für deinen Mann auch.«

»Nun ja«, sagt Marja, »auch mit der Hand, durchaus auch mit der Hand.«

»Wie meinst du das?« fragt die eine Moderatorin.

Marja schluckt und sagt: »Auch die Stimulation mit der Hand ist ein Problem. Wenn ich, sagen wir, bei ihm zugange bin, und er kommt, sagen wir, zum Orgasmus, dann muß ich mich wirklich abwenden.« Ein Zittern schleicht sich in Marjas Stimme. »Echt, ich kann es kaum ertragen, ich muß dann beinahe würgen!«

»O je«, sagt eine der Moderatorinnen, »tja ...« Und sie reden noch mindestens zehn Minuten mit Marja über Stimulation mit dem Mund und Stimulation mit der Hand, und danach ist Henk in der Sendung, und Henk hat es mit Bondage, und nach Henk berichtet eine Frau, die Anneke heißt, daß sie immer in Tränen ausbricht, gleich nachdem sie einen Orgasmus gehabt hat, und daß sie sich wegen dieser Heulanfälle schrecklich schämt.

»Du meinst, du kannst sie deinem Partner nur schwer erklären«, sagt die Moderatorin.

»Ja«, sagt Anneke, »genau.«

Ich stelle eine Portion Cannelloni in die Mikrowelle.

Erst abends gegen elf wache ich wieder auf. Ich presse drei Orangen aus. Ich mache den Toaster sauber. Ich nehme anderthalb Seresta. Und eine Valium. Und einen Whisky mit Eis, Dimple. Presse drei weitere Orangen aus. Ein Amerikaner mit einer Baseballkappe und einem herabhängenden schwarzen Schnurrbart steht vor einem Schwimmbad und berichtet, daß ein Kopf, der abgehackt wurde, noch fünf bis zehn Sekunden in der Lage ist zu denken. Auf BBC sitzt Stevie Wonder an seinem Klavier, er schwenkt den Kopf kräftig und singt »She doesn't use her love to make him weak, she uses love to keep him strong.« Stevie wiederholt den Satz bestimmt zehnmal. Der Ministerpräsident spricht. Ein Pastor spricht auf einem christlichen Sender. Reklame. Bona, Pampers, Victoria Vesta, Djoez, Linera, 7-Up und Cointreau. John Wayne auf einem deutschen Sender, als Blauhemd sitzt er auf einem Pferd, und was er sagt, ist wieder synchronisiert. »Grüß Gott, Jimmy, wo ist der verrückte Captain Rogers?« Videoclips: Echo and the Bunnymen, Kim Wilde, Peter Gabriel. Eine Operation am offenen Herzen mit sachkundigem Kommentar. Die Aufzeichnung eines Konzerts von Lee Towers im Ahoy.

Nirgends Gefahr, alles in Ordnung.

Dann ruft Groen an. Er sagt, er müsse morgen unerwartet nach Brüssel, habe aber außerdem gute Nachrichten für uns.

»Gute Nachrichten für uns, Raam«, sagt Groen.

Groen hat zwei Apartments auf Teneriffa organisieren können, im Januar, er fährt mit Eckhardt hin. »Und du fährst auch mit.« Und im Anschluß an Teneriffa muß er nach New York, um eventuelle Ausstellungsmöglichkeiten zu erkunden. »Und dahin fährst du auch mit, mein lieber Raam.«

So wird's wohl sein.

»Ich habe konkrete Hinweise darauf, daß es die Möglichkeit einer Ausstellung in einer Galerie in der Lower East Side gibt«, sagt er. Ich sage, er klinge wie ein Scout, doch Groen erwidert, dies sei nicht der Zeitpunkt für dämliches Gequatsche, und fährt fort: »Es bieten sich Perspektiven, Raam, Perspektiven. Keep this frequency clear, verstehst du? Und, fährst du mit oder nicht?«

Und weil er morgen nach Brüssel muß, ist Groen der Ansicht, wir müßten heute abend das ein oder andere besprechen. Ich sage, ich sei müde, ich läge im Bett und erwarte Besuch.

»Wen erwartest du denn, du Idiot?«

»Isabelle Adjani.«

»Jaja«, sagt Groen gehetzt. »Ich sehe dich also, äh ... in einer halben Stunde im Gimmick.«

In einer halben Stunde im Gimmick.

Ich habe Sammies Tabak noch in meiner Innentasche, und in dem Tabak finde ich ein langes Haar, ein langes Mädchenhaar, ein langes Sammiehaar. Das will ich aufbewahren.

Also öffne ich meinen Hosenstall. Ich ziehe meine Vorhaut nach hinten, rolle das Sammiehaar auf und stecke es in die Rille zwischen Vorhaut und Eichel – the best place in town. Nur aufpassen, daß das Haar beim Pissen nicht rausfällt.

Teil 2: Januar

Schöne Aussicht

Der Bahnhof von Florenz ist schön und hell. Ich kaufe die *International Herald Tribune* und auch gleich eines der italienischen Softpornoblätter. Ich schaue mich nach Pet um. Pet war meine allererste Freundin und las früher Multatuli und französische Autoren. Jetzt ist sie auf dem *Istituto per l'Arte e il Restauro,* irgendwas mit Restaurieren also, und es scheint durchaus ein Privileg zu sein, diese Ausbildung machen zu dürfen. Teuer ist es auf jeden Fall, allein die Studiengebühren belaufen sich bereits auf rund elftausend Gulden pro Jahr. Pet war zu der Zeit, als sie meine Freundin war, eine Vollblutpubertierende, sie schämte sich zum Beispiel für ihre Möse oder, besser gesagt, für die Haare drumherum, denn die kräuselten sich eigentlich überhaupt nicht, sondern ähnelten Borsten. Nun ja, mir waren sie ziemlich egal, all die steil aufragenden Spitzen rund um ihr Fötzchen. Allerdings ärgerte ich sie damit ab und zu ein wenig. Dann fragte ich sie, ob ich die Haare kämmen dürfe oder ihnen eine Dauerwelle machen oder so, und daraufhin fing sie an zu schimpfen, machte Schluß, und am nächsten Tag beendeten wir den Streit, indem wir nach dem Unterricht im Zimmer eines Mitschülers vögelten, denn bei ihr oder bei mir zu Hause »ging das natürlich nicht«. Ich war damals fünfzehn oder sechzehn und sie ein paar Jahre älter. Petje war klug und manchmal hysterisch, mit ihr habe ich meinen ersten Joint geraucht und meine ersten Pillen geschluckt, zwei Jahre lang war sie meine Freundin und ich ihr Freund, und später hat sie all ihre Bücher von Multatuli und von den französischen Autoren verkauft und ging voll ab auf das merkwürdige Gefreak aus dem Osten, Zen und das ganze andere Zeug. Sie hatte immer diese Büchlein von Swami Vivekananda oder Krishnamurti dabei, sie schminkte sich nicht mehr und stritt sich mit jedem, denn in ihren Augen waren plötzlich alle verrottet, dumm, lächerlich und vor allem geldgeil. Als ich irgendwann anfing, mit meinen Bildern ordentlich zu verdienen, schrieb sie mir einen Brief, in dem sie mir »die Freundschaft aufkündigte«, und das nachdem ich sie in den Jahren davor insgesamt vielleicht dreimal auf miesen Feten in der Provinz getroffen hatte. Doch kurz bevor sie nach Italien ging, um in Florenz zu studieren, besuchte sie mich unvermittelt. Wir tranken von dem Blue Curaçao, den sie mitgebracht hatte und mit Mineralwasser verdünnte, was natürlich überhaupt nicht Sinn der Sache ist. Doch später am Abend wechselten wir zu Weißwein über, und sie mußte sich übergeben – das tat sie auf meinem Balkon, und seitdem schreibt sie mir Briefe und hat mich sogar eingeladen, sie in Florenz zu besuchen. Deshalb bin ich hier.

Aber: Am Bahnhof ist keine Pet zu sehen. Also gehe ich ins Restaurant und bestelle Cappuccino und Toast Hawaii. Die Bestellung läßt auf sich warten. Der Ober steht trödelnd da, den Teller mit dem Toast in der Hand. In der *Herald Tribune* steht nichts, abgesehen von einem kleinen Bericht über irgendein Benefizkonzert von U2, Simple Minds und dem soften Armleuchter Sting.

Als Pet ins Bahnhofsrestaurant kommt, erkenne ich nur noch ihren nervösen Gang von früher wieder. Sie sieht voll scheiße aus. Die weiten Jeans von damals hat sie gegen einen grauen Blazer mit glitzernden Knöpfen und eine schwarzglänzende Kordhose eingetauscht, und sie hat sich die Haare schneiden und blonde Strähnen machen lassen. Sie sieht aus wie eine Sekretärin. Der Ober, ein dicker Mann mit Schmollmund, bringt mir endlich meinen Kaffee und meinen Toast. Ich verstecke mich halb hinter der *Herald Tribune* und warte auf den Moment, in dem Pet mich erkennt.

Sie erkennt mich sofort.

»Mein Gott, Walter Raam! Wir hatten uns doch auf dem Bahnsteig verabredet. Kein Wunder, daß ich stundenlang rumgerannt bin und dich gesucht habe. Übrigens, du siehst ziemlich schlecht aus, weißt du das? Mager.«

Von Krishnamurti und Zen ist sie längst wieder runter, erzählt sie. Sie raucht nicht mehr, und in einer römischen Privatklinik hat sie sich die Nase richten lassen. Sie hat jetzt ein Näschen. Männer über Dreißig finden sie nun bestimmt attraktiv, mit ihren Strähnchen und der schwarzen, engen, neo-spießigen Hose. Im Taxi redet sie in einem fort, mehr in Richtung des Taxifahrers als mit mir. Sie gibt sich von Anfang an große Mühe, mir zu zeigen, wie heimisch sie sich hier fühlt, denn die Niederlande gingen ihr immer schon auf den Keks. Ich frage sie, ob es ihr gutgeht, und als sie wieder anfängt, auf italienisch mit dem Fahrer zu plappern, frage ich sie, ob die Italiener denn tatsächlich anders, abwechslungsreicher, besser, heißer vögeln als die Niederländer. Pet reckt ihr Kinn und das reparierte Näschen in die Höhe.

»Du hast dich keinen Deut verändert«, sagt sie schnaubend und schaut dann aus dem Fenster.

»Hübsch hier«, sage ich, »enge Sträßchen und so.«

»Wo ich wohne, ist es noch schöner«, sagt Pet.

»Ach ja?«

»Ja, wirklich«, bekräftigt sie und schaut immer noch aus dem Fenster.

»Sehr gut«, ergänze ich, wobei ich ihr zwei sanfte Klapse aufs Knie gebe.

»Was?« erschrickt sie und dreht sich rasend schnell zu mir um. Sie schaut paranoid aus der Wäsche. Drogen? Nein, keine Drogen, das ist nichts mehr für Petje.

»He«, sage ich und küsse sie auf den Mund. Ich zwänge meine Zunge in ihren. Sie läßt mich einen Moment lang machen und fängt dann an zu prusten und zu schnaufen und zieht schließlich kräftig an meinen Haaren.

»Aua!«

Ich muß darüber lachen, eigentlich. Der Taxifahrer, der mir kein übler Kerl zu sein scheint, grinst vorne erheitert vor sich hin. Ich frage Pet, ob sie noch einmal an meinen Haaren ziehen kann, allerdings etwas fester, wirklich kräftig, und sie schaut mich ein wenig blöde an und fragt, warum.

»Einfach so«, sage ich, »fühlt sich gut an.«

Ich rolle ein bißchen die Augen, Petje verzieht angewidert das Gesicht und sagt: »So, so, Herr Raam, tun wir wieder alles dafür, um als Arschloch zu erscheinen.«

Ich kichere albern. Und während der Fahrer mein Lachen mit fröhlichem Grinsen kommentiert, schaue ich kurz auf Pets Hinterkopf, auf ihre dämlichen Strähnchen. Und man kann sich natürlich niemals zu hundert Prozent sicher sein, doch nie zuvor bin ich so felsenfest davon überzeugt gewesen, daß ich Petje nie, nie wieder vögeln werde.

Pet wohnt in einem riesigen Haus am Rand von Florenz, zusammen mit vier anderen Studenten, und die nennen sie schlicht Mariëtte. Die vier anderen Studenten, das sind zunächst mal zwei Jungs aus London, die nie da sind, und ansonsten wohnen dort eine potthäßliche Italienerin und eine kühle Diva aus Hannover mit Allüren. Diese beiden sind oft zu Hause, doch Pet scheint sich gut mit ihnen zu verstehen. Als ich angekommen war, mußten wir, um nur ein Beispiel zu nennen, sogleich zusammen essen. Und vor allem die Deutsche, Ragna heißt sie, löcherte mich mit höflichen, interessierten Fragen, auf die ich nicht so recht antworten konnte.

Pet kochte für uns vier, wobei ihr die häßliche Italienerin, die Clarita heißt, ab und zu half. Von dem Moment an, als ich das Haus betrat, tat Petje pausenlos alles, um auf aus den Niederlanden entwurzelte *ragazza* zu machen. Mir soll's recht sein; wenn ich woanders bin, ich meine im Ausland, dann überkommt mich doch auch die etwas hippiemäßige Neigung, alles und jeden »interessant« zu finden. Also quasselte ich ein wenig mit Ragna und schaute mich hin und wieder in der Küche um. Wir aßen Kalbfleisch mit Ciabatta und Tomatensalat. Es standen drei Flaschen Wein auf dem Tisch. Pet trank routiniert ein Glas nach dem anderen. Ich bemerkte kein bißchen Trunkenheit, auch nicht bei den beiden anderen Mädchen, die mindestens ebenso schnell den Wein in sich hineingossen. Ich bewunderte höflich die Blumen, die anläßlich meines Kommens auf den äußersten Rand des dunkelbraunen Küchentischs plaziert worden waren. Alles ist übrigens antik und alt in diesem Haus: alte, gut erhaltene Möbel, alter Fußboden, alte Wandvertäfelung, alte Reproduktionen alter Kunst.

Nach dem Essen schlug Ragna vor, in der Innenstadt irgendein Kino zu besuchen. Pet und die Italienerin fanden dies eine gute Idee, und daher saß ich wenig später in Ragnas Fiat Uno und fühlte mich aus undefinierbaren Gründen so, als wäre ich wieder in der Schule. Den Film hatte ich schon gesehen und fand ihn da bereits überaus scheiße. *Death of a Salesman* mit einem brüllenden Dustin Hoffman, der dank Schminke und Haarspray aussieht, als wäre er ein sechzigjähriger Opa. Der Film war synchronisiert, und Dustin Hoffman auf italienisch hört sich wirklich schrecklich an. Pet saß neben mir und erläuterte flüsternd, wer was und warum sagte, denn ich hatte natürlich verschwiegen, daß ich den Film kannte. Auf meiner anderen Seite saß Ragna, die mich an eine Fernsehansagerin erinnert, so selbstsicher und deutsch, wie sie aussieht. Mein Ellbogen ruhte an ihrem Unterarm. Es war stickig in dem kleinen Kino, und die Italiener, die vor und hinter uns saßen, waren mucksmäuschenstill, so daß alles, was Petje mir ins Ohr flüsterte und nuschelte, im ganzen Saal zu hören gewesen sein muß. Ragna hatte irgendwann ihren Arm weggenommen.

Später fuhren wir in dem Fiat durch Florenz, und Pet machte mich auf allerlei Gebäude und Kirchen aufmerksam, die ich mir nicht merken konnte. Doch schon bald hatte Pet dazu keine Lust mehr, und die drei Mädchen wechselten in ein schnatterndes Italienisch. Als wir kurz nach Mitternacht aus der Innenstadt hinausfuhren, wurde mir erst so richtig klar, wie hervorragend die Lage ihres Hauses war. Man kann nämlich, wenn man im Vorgarten steht, die ganze Stadt überblicken. Und das taten wir folglich auch, Pet und ich.

»Schöne Aussicht«, sagte ich.

Erneut etwas, das ich nicht hätte sagen sollen. Denn: »Verstehst du jetzt, warum man hier glücklich sein kann und in den Niederlanden nicht?«

»Ja, absolut«, erwiderte ich rasch.

Wenn ich Heimweh habe, weiß ich nie, wonach. Aber, hey, ich habe schon seit Jahren kein Heimweh mehr gehabt, es sei denn, es hatte etwas mit Sammie zu tun. Aber das ist kein Heimweh.

»Sollen wir beide uns morgen einmal schön betrinken?«

»Walter, ich habe es dir bereits geschrieben: Du bist herzlich willkommen, aber ich muß jeden Tag zur Akademie.«

Die Art, wie ihr das Wort »Akademie« über die Lippen kam, die nervte mich total.

»Hast du eigentlich einen Freund?«

»Ja, er wohnt in Rom.«

»Mann, Pet, Wahnsinn!«

»Wie meinst du das?«

»Nun ja, ich finde es eben echt Wahnsinn. Schön, ich finde es schön.«

»Wenn ich dir sage, daß er Manolo heißt, findest du es dann auch noch echt Wahnsinn?«

»Heißt er Manolo? Heißt er wirklich Manolo? Was für ein Heldenname!«

In diesem Moment wurde Pet plötzlich wieder das Petje von vor acht Jahren; ihre Stimme überschlug sich, als sie mir antwortete. Und sie grinste ein bißchen verschwörerisch. Ich fragte sie, was Manolo so macht.
»Manolo studiert Landwirtschaft.« Sie legte eine eiskalte Hand auf meinen Mund. »Nicht lachen, Blödmann«, sagte sie.
Vor dem Schlafengehen gab sie mir den Hausschlüssel und zeigte mir mein Schlafzimmer. In dem Zimmer war es saukalt. Die Matratze hing durch, und außerdem schlich eine miauende Katze ums Haus. Hin und wieder hörte ich jemanden zum Klo gehen. Es war ... wie spät war es? Es war inzwischen drei Uhr, als ich die Treppe hinunter in die Küche ging. Ragna, die Deutsche mit dem glatten Ansagerinnengesicht, saß in einem kimonoartigen Gewand am Küchentisch und rauchte eine Zigarette. »Ich kann oft nicht schlafen«, sagte sie auf englisch. »Ich weiß, wie elendig das ist«, sagte ich auf deutsch. Ich trank ein Glas Milch. Ragna seufzte und stand auf. »Na, dann bis morgen«, sagte sie auf deutsch. »Na, dann bis morgen«, plapperte ich ihr nach. Sie verschränkte die Arme, zog den Kimono so fest es ging um den Körper.
»Tschüß.«
Und ein sich über die Maßen wiegender Hintern entfernte sich von mir und ging die Treppe hinauf, der aber war – ich weiß, ich weiß – nicht wiegend gemeint.

Giotto, Botticelli, Donatello, Cimabue, Michelangelo, Brunelleschi, Paolo Uccello, L-L-L-Leonardo da Vinci – okay, okay, okay, doch zufällig gab es auch in irgendeinem Palazzo eine Ausstellung mit aktueller florentinischer Kunst, und die war zum Totlachen schlecht. Und in Santa Maria Novella, schließlich auch nicht die erstbeste Kirche, hatte man ein paar modern-neuheidnische Bildchen neben alte

Meisterwerke gehängt, und auch die waren der Mühe nicht wert. Und da sieht man mal wieder, wenn man genau hinschaut, findet man immer etwas, das nichts taugt.

Oder man begegnete immer wieder dem Gleichen, denn auch im Winter flitzten in Florenz die unwiderstehlichen Mädchen auf ihren Vespas durch die Straßen. Doch wo sie blieben, wenn es dunkel wurde, war mir ein Rätsel, denn heiße Diskotheken gibt es hier nicht. Und wenn man mal später am Abend einige der nicht allzu schmierigen Schuppen betrat, saßen auch dort schnurrbärtige Italiener und kauten bedeutungsvoll Weißbrot. »Die Menschen hier besuchen einander«, erklärte mir Petje, als ich eine Bemerkung über das betrübliche Nachtleben machte.

Ragna hatte mir ein Moped geliehen, und daher verbrachte ich ein paar Tage mit Herumfahren und Umherirren. Tatsächlich aber machte ich nichts. Ich war schlicht ebenso brav wie alle anderen Touristen und stieg ab und zu von meiner Puch ab, um demütig in irgendeine Kirche zu latschen. Aber ich hütete mich natürlich davor, die ganze Zeit mit der Puch durch Florenz zu knattern, denn schließlich hatte ich während der Stunden, in denen die Damen ihre Ausbildung machten, das italienische Reich in der Via di Bellosguardo ganz für mich allein. Ich schnüffelte in den internationalen Mädchenzimmern herum und fand bei der häßlichen Italienerin eine Handvoll LPs von David Bowie und eine Jauchegrube mit lauter Familienfotos. Bei Petje stieß ich auf einen imposanten Stapel aus Tagebüchern und »Journalen«. Die entpuppten sich als recht eintönig: In ihren Notizen ging es seitenlang nur ums Glücklichsein und Glücklichwerden und darum, wie sehr sie sich über ihre Eltern ärgert. Manchmal wechselte sie in ihren Tagebüchern ins Italienische, und kurz danach gab es ganze Passagen auf französisch. Aber für ihr Liebesleben hatte sie das Niederländische reserviert; ich las alles über ihre Abenteuer mit

Manolo und erfuhr so, daß Manolo erst nach Bernard, Dido und jemandem, der in ihren Aufzeichnungen recht freaky »Klammeräffchen« genannt wurde, an den Start ging. Aber mit Manolo ist die Liebe doch am schönsten, las ich. Petje berichtete in wehmütigen Mädchensätzen, wie Manolo dies bei ihr machte und jenes und anschließend noch einmal, und danach sie wieder, und ab und zu sie beide zugleich, und mit seiner Hand hier und sie mit ihrer da und niedriger und höher und weiter und tiefer und auch ein wenig mit ihrem Mund und er etwas schneller mit seinen Händen, und Manolo dreht sich um und seine Muskeln und sein Rücken und seine Beine und sein Hals und überall Manolo, Manolo, Manolo!

O, Petje!

Ragnas Zimmer bewahrte ich mir bis zum Schluß auf. Ich entdeckte zuerst einen beeindruckenden Getränkeschrank und eine ebensolche Bang&Olufsen-Stereoanlage. Ihre Möbel waren natürlich ziemlich piefig, aber man roch gleichsam noch das Geld, das sie mal gekostet hatten. In ihrem Zimmer hing ein Kronleuchter, und im hintersten Winkel stand ein chromglänzender Hometrainer. Beim Durchstöbern ihrer Wandschränke aus Kiefernholz entdeckte ich mindestens fünf Jogginganzüge und eine Reihe von Nachthemden mit Spaghettiträgern sowie Bodystockings aus schwarzer Spitze. Ansonsten quoll der Schrank über von T-Shirts mit Aufdruck (Lacoste, Naf Naf, Classic Nouveau und Fiorucci). Ein paar Bag-sacks, hohe Turnschuhe (blaue All Stars), zwei wildlederne Baseballjacken. Im nächsten Schrank: ihre Dressed-to-kill-Garderobe. Schwarz, schwarz, schwarz, beige, rot (bordeaux), Flanelljacke, Trikotkleider, sechs Paar Handschuhe. Viel Laura Ashley in ihrem Schrank, ein kleiner Minuspunkt. Parfüms: Chanel N°. 5, Cinnabar, Opium. Zigaretten: Tivoli Menthol. Shampoos: Fortune, Delight, Estée Lauder. Nagellack, Lippenstift, Entferner, Oil of Ulay. Lady's Own, Nivea, Lancaster, Melt, die milde Art der Enthaarung.

    Ich ging in die Küche, um mir ein Sandwich zu machen. Ich ging in mein Zimmer. Ich ging in den Garten. Kalt. Ich ging in die Küche. Ragna und die potthäßliche Italienerin kamen nach Hause. Ich schaute in Petjes Zimmer fern. Ich ging in die Küche. Ich unterhielt mich ein wenig mit Ragna. Ragna unterhielt sich ein wenig mit der häßlichen Italienerin. Die häßliche Italienerin unterhielt sich ein wenig mit mir. Pet kam nach Hause und fragte mich, wie mein Tag war, und ich sagte, daß ich viel nachgedacht habe. Daß ich inzwischen vollkommen zur Ruhe gekommen bin.

    »Das ist gut«, sagte Pet.

Der Tag meiner Abreise ist ein Samstag, und am Abend davor ist Ragna mit ihrem Freund in die Stadt gegangen; nur Clarita, die potthäßliche Italienerin, schlurft an diesem Freitagabend durch die Wohnung. Ich begegne ihr ständig, vor allem in der Küche. Aber zum Glück ist Pet auch da, sie bleibt extra meinetwegen zu Hause, hat sie gesagt. Wir trinken in ihrem Zimmer Wein und essen Chips und Avocados. Pet hat gerade geduscht. Sie hat eine Jogginghose und einen weichen grauen Pullover an. Sie lacht ab und zu und sagt, wie froh und erleichtert sie darüber ist, daß sie fast nichts mehr mit den Niederlanden zu tun hat. Pet findet, wir sind ein mieses Scheißvolk. Sie fragt, wie es in Amsterdam so ist, und ich berichte ihr, daß immer noch alle jede Menge Kokain schniefen.

    »Genau das meine ich!« fährt Pet sogleich aus der Haut. »Widerlich, es ist schlicht wi-der-lich!«

    »Ach, das stimmt so natürlich auch nicht«, erwidere ich, »ich hab nur so dahergeredet.«

    »Nein«, sagt sie, »Holländer wissen alles, Holländer denken immer nur an Geld und jammern und klagen die ganze

Zeit. Und dann die Drogen! Hier, hier ist zumindest jeder zufrieden.«

So, Pet hat gesprochen.

Krishnamurti, Multatuli, die französischen Autoren, von wem hat sie das Gesülze?

»Im Winter erfrieren hier durchaus auch Menschen. Und in Mailand gibt es jedes Jahr fast ebenso viele tote Junkies wie in Amsterdam.«

»Was du nicht sagst«, sagt Pet bissig, »woher hast du das denn?«

»In den Nachrichten gesehen.«

»In den Nachrichten, in den Nachrichten! Nebenan wohnt ein fünfzigjähriger Mann, und dieser Mann weiß *alles* über die Natur hier. Und über Krankheiten und wie man sie heilen kann. Dieser Mann braucht keine Zeitung und auch keine Fernsehnachrichten. Was dieser Mann weiß, das hat, das hat ... Wert! Ich gehe oft zu ihm, um Klavier zu spielen. Für ihn und seine Frau.«

Ich klaue eine Flasche Whisky aus Ragnas Zimmer. Doch je mehr Alkohol Pet in sich hineingießt, um so schlimmer wird es. »Nein, ich mache nicht mit bei den Wahlen!« ruft sie irgendwann. »Ich habe einen Wahlzettel erhalten, um hier in Florenz an den niederländischen Parlamentswahlen teilzunehmen. Jetzt frage ich dich ... bin ich die holländische Scheißpolitik immer noch nicht los? Wählen? Nie wieder! Die *Partei der Arbeit?* Jaja, die Partei des Geldes und der Bevormundung, sollte man wohl besser sagen. In den Niederlanden ist Politik nichts anderes als hier mehr Geld und dort weniger Geld. Und wie sich die Menschen darüber aufregen ... Echt, ich finde das traurig. Meine Welt ist das nicht, das kannst du mir glauben, meine Welt ist das nicht.«

»Nun ja, Pet, du willst vielleicht mit Geld nichts zu schaffen haben, du besuchst hier für Tausende von Gulden im Monat eine Schule und lernst deinen Restaurierungskram.

Dein Vater überweist jeden Monat zweieinhalbtausend Gulden auf dein Konto, und daher hast du leicht reden.«

»Darum geht es doch gar nicht, du verstehst wieder mal gar nichts, Walter Raam!«

Pet beginnt beinahe zu kreischen. Ich frage mich, warum ich ihr derartige Antworten gebe. Wahrscheinlich weil ich mir nicht vorstellen kann, daß wir früher einmal ganz unschuldig Hasch geraucht und Aufputschmittel geschluckt haben. Daß ich sie um Dinge gebeten habe. Daß sie mich um Dinge gebeten hat. Und sie kreischt einfach immer weiter. Trinkt dabei Whisky, schiebt sich einen Avocadoschnitz in den Mund und lästert über die Niederlande und Amsterdam, über Geld, Ehrgeiz, Politik und natürlich auch über mich.

»Pet, Pet, Pet«, sage ich, »haßt du deinen Vater und deine Mutter denn so sehr? Mußt du dich wirklich auf diese Weise abreagieren?«

Sage ich das? Das sage ich. Und wie ich das sage. Man könnte meinen, ich sei ihr Therapeut.

»Auch das ist etwas, was die Holländer sehr gut können, *dumme* Schlußfolgerungen ziehen. Du bist ebenso borniert wie alle andern, Walter Raam, genauso engstirnig. Mein Gott, wie du mich enttäuschst!«

»Ich bin überhaupt nicht engstirnig«, erwidere ich engstirnig.

»Das bist du sehr wohl.«

»Ich will dir mal was sagen: Meistens bin ich engstirnig, aber jetzt gerade zufällig nicht. Du hast einfach nur den einen Haufen Scheiße gegen einen anderen getauscht. Natürlich ist es in den Niederlanden zum Kotzen. Aber das ist es hier auch. Du brauchst dir wirklich nicht an die Brust zu schlagen, weil du nicht geil auf Kohle bist. Ich meine, du verbrätst hier das Monatseinkommen von drei alleinerziehenden Sozialhilfeempfängerinnen, ist dir das klar?«

»Oooh! Immer diese Vergleiche! Der eine hat mehr als der andere, und ein Dritter hat wiederum noch ein bißchen mehr. Du beurteilst die Menschen nicht danach, wer sie sind, sondern du schaust, ob sie Geld haben oder nicht.«

»Ja.«

»Entschuldigung?« sagt Pet.

»Ja.«

»Genau«, sagt sie schnippisch und trinkt einen Schluck Whisky.

»Du auch«, erwidere ich. »Ohne es zu wollen, beurteilst du die Menschen auch danach, ob sie Geld haben oder nicht. Erfolg oder keinen Erfolg.«

»Ach, tatsächlich?«

»Ja, tatsächlich.«

Ich wundere mich darüber, daß ich einfach immer weiter quatsche. Und dann auch noch so wahnsinnig *soft!* Meistens entgegne ich nicht einmal was. Folglich muß da irgendwas sein.

Clarita hat inzwischen den Kopf zur Tür reingesteckt und gefragt, wie es geht. Ob vielleicht irgendwas ist. Es sei so laut gewesen.

»Weißt du«, sage ich zu Pet, »ich finde dich holländischer als neun von zehn Holländern. Du bist ordinär, naiv, verbittert, haßerfüllt, verkrampft und vollkommen weltfremd.«

Ich wußte gar nicht, daß ich mich noch so über Dinge aufregen kann, die mich überhaupt nicht interessieren ... Aber ich habe auf jeden Fall etwas gesagt. Pet spricht kurz auf italienisch mit Clarita, die mich von der Tür aus ansieht, als hätte ich sie soeben besprungen. Sie fummelt an einem Ohrläppchen herum. Geht dann zurück in den Flur. Pet prokelt Chips zwischen ihren Zähnen heraus und fängt dann an zu weinen.

»He«, sage ich und lege einen Arm um sie.

Draußen ist das Geräusch zuschlagender Autotüren zu

hören. Ragna und ihr italienischer Freund kommen nach Hause. Sie gehen kichernd durch den Flur.

»He«, sage ich, »ich weiß eigentlich gar nicht, worum es jetzt geht.«

»Nein«, sagt Pet und legt ihren Kopf an meine Schulter. »Nein, *wüßtest* du bloß mal was. Du bist mir auch nie eine Hilfe gewesen.«

Geschniefe, Geflenne. Mit der Zungenspitze lecke ich eine Träne aus ihrem Augenwinkel.

»Laß das«, sagt Pet. Sie wendet mir ihr Gesicht zu – und küßt mich, auf den Mund. Ihre Zunge preßt gegen meinen Mund, so wie ich vor fast einer Woche im Taxi meine Zunge in ihren Mund gezwängt habe. Sie zieht mich an sich, und mit dem Fuß stoße ich ihre Zimmertür zu. Sie beißt mir auf die Unterlippe, legt die Hände in meinen Nacken, kitzelt mich hinter dem Ohr. Ich lege eine Hand auf ihren Oberschenkel. Sie sieht mich an.

»Wo wandert diese Hand hin?«

»Sie geht auf Entdeckungstour.«

Dumm, dumm, dumm. Pet steht eilig auf. Sie fährt sich durchs Haar, zieht die Nase hoch. Wischt sich mit dem Ärmel des Pullovers die Augen trocken.

»Morgen reist du ab«, sagt sie, und sie sagt es so theatralisch, daß ich nur mit Mühe noch ein ernstes »Ja« herausbringe.

»Laß uns spazierengehen«, sagt Pet. »Ich glaube, du hast die direkte Umgebung noch gar nicht gesehen. Hier am Rande der Stadt ist es wirklich sehr ländlich. Es ist so schön hier.«

»Es ist wunderschön hier«, sage ich.

Die Straßen sind schmal, und bestimmt alle einhundert Meter gibt es eine scharfe Kurve, wo alle Autos hupen, wenn sie sich nähern, und jedesmal, wenn ich das Gehupe höre, springe ich regelrecht in die Böschung, und darüber muß Petje lachen. Auf dem Platz am Ende der Via di Bellosguardo ist es genauso zappenduster wie im Rest des Viertels. Läden vor den Fenstern, ab und zu ruft jemand in einem der Häuser einem anderen im Haus etwas zu. Pet berichtet von Manolo und seiner Paranoia. Die ganze Woche über hockt er in Rom und ist vollkommen auf den Gedanken fixiert, sie könnte währenddessen etwas mit einem anderen Mann anfangen. Mir ist aufgefallen, daß ich betrunken bin, und sie ist es wahrscheinlich auch, aber dennoch muntert Pets Gerede mich auf.

Ich habe plötzlich Lust, ihr von Sammie zu erzählen.

Es ist ziemlich ungemütlich auf dem Platz. Eigentlich ist es überhaupt kein Platz. Ein paar Häuser stehen nebeneinander und dazwischen ein paar Bäume. Das ist schon alles. Es ist so dunkel, daß ich nicht einmal mehr Pets blonde Strähnchen erkennen kann.

»Sammie, Sammie«, sagt Pet zögernd. »Walter, hast du gerade was mit einem ... ich meine ... bist du ...?«

Es gefällt mir, wie Pet mich anstarrt. Ich lasse ihren Blick mindestens eine halbe Minute auf mir ruhen, dann sage ich: »Natürlich, Pet, ich bin homo, aber auch pädo und sado, und ich stecke ihn auch in eine Shampooflasche und in einen Topf mit glühendheißem Kartoffelpüree, ich ficke meinen Vater und lecke meine Mutter.«

Pet stößt einen heiseren Schrei aus, der über den leeren Platz hallt.

»Tu nicht so blöd«, sage ich leise, »beherrsch dich!«

»Sollen wir zurückgehen?« fragt sie.

»Okay, einverstanden, aber mit einem Umweg«, erwidere ich rasch – und ich erzähle ihr von Suzan, von Sam, und ich sage, daß sie, wenn ich in ihrem Bett lag und sie aus der Küche oder vom Klo gerannt kam, daß Sammie dann tatsächlich manchmal wie ein Junge aussah, wie ein zwölfjähriger Junge. Doch wenn sie dann wieder neben mir lag und kräftig an der Decke zog, dann war sie wieder mein Mädchenmädchen, eines mit einem heiseren Lachen, einem frechen Lachen; wenn Sammie neben mir lag und lachte, dann fühlte ich mich plötzlich, als wäre ich wieder acht Jahre alt, und es war, als spielten wir Kinderstreiche. Sam mochte große und kleine Geheimnisse, denn wenn sie mich mit ihren Haaren am Hals kitzelte oder zuerst ihre Zunge in mein Ohr steckte, um kurz darauf meine Wimpern und Augenbrauen zu lecken, dann sagte sie immer »verrat es niemandem, ja«, und dann hob sie mit einem plötzlichen Ruck die Bettdecke hoch, ergriff mit der anderen Hand meinen Schwanz, schlug ihn ein paarmal sanft auf meinen Bauch, drückte ihn, und während sie sich vornüber beugte, sagte sie: »Nun schau doch, wie steif er schon wieder ist. Er ist ein echter Gentleman.«

»Äh ...«, sagt Pet, »will ich das wirklich wissen?«

»Entschuldige.«

»Ich habe neulich zwei Stunden lang mit Manolo geduscht«, sagt sie.

»Ich habe vor einem halben Jahr Sammie dreieinhalb Stunden lang angesehen, während sie schlief.«

»Mit Manolo habe ich eine halbe Woche ununterbrochen im Bett gelegen.«

»Es ist kein Meister so gut, er findet einen über sich, Petje.«

Sie holt den Schlüssel hervor. In dieser Finsternis hätte ich das Haus nicht einmal mehr erkannt. Als Pet die Haustür öffnet, wird eine andere Tür zugeschlagen, die von Ragna. Satie klimpert durch den Flur. Wir gehen in die Küche, Pet und ich, jedoch nicht, ohne vorher noch schnell die Whiskyflasche aus Petjes Zimmer zu holen.

»Heißt sie wirklich Sam?«, fragt sie.

»Du heißt doch auch nicht Pet.«

»Wie heißt sie denn richtig?«
Pet nimmt einen Salat aus dem Kühlschrank und rührt eine Vinaigrette zusammen.
»Walter, wie heißt sie?«
Ist mir die Kehle zugeschnürt? Meine Kehle ist zugeschnürt.
»Suzan heißt sie. Suzan. Möchtest du noch einen Whisky?«
»Was macht sie?«
»Ach ... Whisky oder nicht?«
»Ist sie auch Künstlerin?« Pet stellt die Frage mit ihrer liebreizendsten Stimme.
In Ragnas Zimmer wird Satie ausgeschaltet und durch Bryan Ferry ersetzt. Ich frage mich, ob Ragna und ihr Boyfriend jetzt gerade vögeln. Und auf welche Musik man eigentlich besser vögeln kann: auf Satie oder auf Bryan Ferry?
»Raam, was macht sie? Malt sie auch? Wo hast du sie kennengelernt?«
Pet möchte lieber Wein statt Whisky, also schließe ich mich ihr kurzerhand an und nehme den Korkenzieher vom Tisch. Drehe ein wenig zu schnell. Der Korken zerbröselt. Wein mit Korkkrümeln, wie auf einer Teenagerparty. Pet seufzt und reicht mir das Teesieb. Sie setzt sich mir gegenüber an den Tisch und sieht mich lange an.
»Nun«, sage ich, »sie ist Stewardeß.«
Pet schlägt mit den Händen auf die Tischplatte, biegt sich regelrecht vor Lachen, als wollte sie sich zusammenfalten.
»Wirklich sehr lustig.« Ich versuche es ein bißchen beleidigt zu sagen, was mir nur zur Hälfte gelingt. Statt dessen stottere ich l-l-lustig.
»Stewardeß«, keucht Pet; sie hebt die Augenbrauen und tut so, als ob sie sich Tränen aus den Augen reibt.
»Lach du nur«, sage ich. »Zuerst wollte Suzan Landwirtschaft studieren, aber davon habe ich sie zum Glück abhalten können.«

Pet schnappt nach Luft. »Arschloch«, sagt sie. Dann bricht sie wieder in Lachen aus.

Wir lassen den Salat stehen und trinken Wein, durchs Teesieb eingegossen. Und danach noch den Whisky. Die häßliche Italienerin kommt in einem weißen Schlafanzug in die Küche.

»Psssst«, sagt sie. Und danach noch etwas auf italienisch.

»Sie sagt, sie kann nicht schlafen, weil wir so laut reden.«

»O je«, flüstere ich, »o je.«

Aber Sammie ist überhaupt keine Stewardeß. Das heißt, sie ist es mal gewesen, für einen Monat oder so. Doch Sammie gefiel die Fliegerei nicht, sie meldete sich bei der Modeakademie an und wurde genommen, aber nach einem halben Jahr hörte sie auch dort auf, weil sie eigentlich die Schauspielschule besuchen wollte. Doch vorher wollte sie ein Jahr lang nichts tun und sich einfach nur ein wenig »orientieren«, wie sie es im Stil der siebziger Jahre ausdrückte. Also beantragte sie Sozialhilfe, doch auch Sammie hat fuckin' reiche Eltern, ihr Vater trägt eine coole Brille, hat einen Vogelkopf und ist Professor für Sozialgeographie, und ihre Mutter macht irgendwas mit Public Relations, und zusammen sind sie im Bridgeclub, und daher ließen sie Sam zusätzlich zur Stütze noch jeden Monat achthundert Gulden rüberwachsen.

Es war Eckhardt, der mich auf sie aufmerksam machte. Im Café de Adel, damals noch ein trendiger Schuppen.

»Kennst du sie?« fragte er, und als ich den Kopf schüttelte, sagte Eckhardt, sie sei eine von den zehn wirklich schönen Frauen in Amsterdam ... Und Sammie stand ein Stück weit entfernt an der Bar, wo sie sich mit irgendeinem Weirdo unterhielt, der, als ich mich ein wenig in ihre Nähe begeben hatte, plötzlich zu mir sagte, er hätte Zahnschmerzen gehabt und darum habe er sich den Zahn mit der Kneifzange gezogen. Der Weirdo hatte den Zahn in eine schwarzsamtene Schachtel getan. Er holte die Schachtel hervor und öffnete den Deckel. Das Innere der Schachtel war blutverschmiert. Mittendrin prangte der Zahn. Danach stellte der Weirdo mir Sam vor, und ich titschte gleichsam durch die Kneipe vor lauter spontaner Verliebtheit. Und als de Adel um zwei Uhr schloß, radelte ich mit ihr zum Gimmick, und ich kettete mein Fahrrad an ihres an. »Oh«, sagte sie, als ich das Kettenschloß zwischen ihre Speichen hindurchfummelte. »Oh.« Und ich tanzte mit ihr im Gimmick und brüllte ihr ins Ohr, denn auch damals schon konnte man einander kaum verstehen, und später gesellten sich Eckhardt, Groen und der Typ mit dem Zahn zu uns, und als ich kurz zur Toilette ging, um wie ein echter Geizhals allein zu schniefen, da konnte ich sie anschließend nicht mehr finden, Eckhardt nicht, Groen nicht, Sammie nicht und auch den Weirdo mit dem Zahn nicht. Ich bestellte einen Whisky mit Eis, und als ich eine Viertelstunde später gehen wollte, da standen die vier am Ausgang des Gimmick, und Groen sagte: »Hey, Raam, wo hast du gesteckt? Das Fahrrad der Lady ist mit deinem Scheißschloß an dein Fahrrad gekettet. Sie kann nicht nach Hause, du Idiot.« Aber ich bestand darauf, noch eine letzte Runde zu schmeißen, und darum gingen wir alle wieder nach oben, und dann stand Groen da, mit einem doppelten Whisky in der Hand, und er fragte den Weirdo, ob er das noch einmal zeigen kann, wie er sich selbst den Zahn mit der Kneifzange gezogen hat. Und ich beugte mich zu Sam hinüber und sagte: »Jetzt gehen wir heim.« Ich stellte mein Glas auf den Tresen, ich hatte von diesem letzten Whisky keinen Tropfen getrunken, und wir gingen hinunter, und ich drückte dem Türsteher einen Zehner in die Hand und ...

»Mußt du auch in diese Richtung?«
»Nein, ich begleite dich.«
»Oh. Und dann?«

»Dann übernachte ich bei dir.«
»Oh.«
Ich konnte nicht glauben, daß ich das gesagt hatte. Aber ich hatte es gesagt.
Stille.
»Hauptsache, du bleibst mit deinen Griffeln von mir.«
»Klar, selbstverständlich! Was denkst du bloß von mir?«
In ihrer Wohnung war es ebenso kalt wie draußen. Ihre Gastherme war kaputt.
»Wenn man Liebeskummer hat, läßt man alles schludern«, sagte sie. »Achte also nicht auf das Durcheinander.«
Es herrschte tatsächlich ein schreckliches Chaos. Alle ihre Ikea-Stühle waren kurz vor dem Zusammenbrechen. Und alles in der Wohnung war verschmiert oder verdreckt, sogar ihre Zahnbürste. Das schönste Mädchen in der ekligsten Wohnung, es war schlicht unwiderstehlich.
»Ich habe einen ziemlich lächerlichen BH an. Viel zu groß.«
Ich lag im Bett, sie stand vor mir und tauschte den BH gegen ein T-Shirt mit dem Kopf von Donald Duck drauf.
Sie zitterte, als sie neben mir lag, sie plazierte ihre quasi vereisten Füße auf meinem Bauch, ich schrie auf, und sie lachte, ich hörte ihr Lachen, heiser, und sie verschwand plötzlich komplett unter der Bettdecke, hielt aber immer noch die Füße an meinem Körper.
»Du bist aber warm«, sagte sie. Ein gedämpftes Stimmchen von unter der Decke.
»Du bist aber kalt«, sagte ich.
»Ziemlich, oder?« Noch immer das Stimmchen.
Sie war klein, blaß, schlank. Ein Kind und doch ein Vamp.
Ich wagte nicht, mich zu bewegen. Tat es aber dennoch. Ich drehte mich auf den Bauch. Sie kletterte auf mich, klemmte mir den Arm um den Hals, saß auf meinem Rükken und sagte: »Das ist ein Überfall! Geld oder Leben!«

Sie drückte mir beinahe die Kehle zu und lachte wieder heiser. Sie ließ mich los.

»Dreh dich mal um«, sagte sie.

Sie vögelte mich. Ich lag auf dem Rücken und sie auf mir, Geld oder Leben, meine eine Hand auf ihrem Hintern, die andere zwischen ihren Beinen. Alles im Zimmer stank, nur sie nicht, sie roch nach Naschzeug. Sie lag auf mir und bewegte sich ganz langsam, wie beim Ballett. Ein wenig Spucke klebte an ihrem Kinn.

»Hast du wirklich Liebeskummer?« fragte ich sie am Morgen.

»Na ja, nicht ständig«, sagte sie.

Die Kälte war die Ausrede. Wir blieben im Bett.

»Wer macht dir denn diesen Liebeskummer?« fragte ich am Mittag.

»Hey, wie lustig«, sagte sie, »ich hab's vergessen.«

Am Abend ließen wir chinesisches Essen kommen. Ich kippte um ein Haar den halben Teller Nasi ins Bett. Aber selbst wenn halb China ins Bett gefallen wäre, wir wären einfach liegen geblieben. Mitten in der Nacht fragte ich sie: »Weißt du ihn jetzt wieder, den Grund für deinen Liebeskummer?«

Sie hockte neben mir auf den Knien. Die eine Hand lag auf meinem Bein, mit der anderen fuhrwerkte sie in ihrem Ohr herum. Sie schaute an die Decke, dachte nach.

»Liebeskummer?« sagte sie schließlich. »Davon habe ich schon mal gehört. Was bedeutet das Wort gleich wieder?«

Pet schläft und ich nicht, ich trinke in der Küche Perrier. Ragna sitzt mir gegenüber und nagt an einem Hähnchenschenkel. Ihre Mentholzigarette liegt halb aufgeraucht im Aschenbecher und schwelt vor sich hin. Ihr italienischer Boyfriend ist soeben gegangen, und dabei machte er ziemlichen Lärm. Es ist wieder einmal kalt in der Küche, und ich frage mich plötzlich, wer zu Hause alles auf dem Anrufbeantworter sein wird.

»Wie fandest du es hier?« fragt Ragna.

»Es war eine hervorragende Woche.«

»Ja?«

»Ja«, sage ich. »Hervorragend.«

In meiner Hosentasche habe ich noch zwei Valium, zwei Autorität ausstrahlende blaue Burschen, und am liebsten würde ich sie mit dem lauwarmen Perrier runterspülen und danach noch was trinken, am liebsten Port. Ragna trinkt Port.

»Wenn du mal in Amsterdam bist, dann komm mich doch besuchen.«

»Ja, super«, sagt Ragna, »mach ich bestimmt.«

»Dann zeige ich dir die Stadt.«

»O ja, fein. Eine gute Idee.«

Ich frage sie, ob sie Pet ein wenig kennt. Ob sie, wie sagt man, befreundet sind. Jedesmal, wenn Ragna lacht, sieht man ihr Zahnfleisch.

Ihre beiden Eckzähne stehen schief. In der Küche riecht es nach Knoblauch, und der Kühlschrank fängt an zu brummen.

»Ich kann Mariëtte oder Pet, wie du sie nennst, auf den Tod nicht ausstehen und sie mich umgekehrt auch nicht. Hast du das nicht gemerkt?«

Das habe ich nicht gemerkt. Ragna wirft den abgenagten Hähnchenknochen weg, sie trägt diesmal keinen Kimono, sondern eine Jeans und dazu einen Kaschmirpullover. Sie ist der Typ für eine Levi's 501, doch sie hat eine Ranger an, mit dem auffälligen Etikett auf dem Hintern. Die Jeans ist ein wenig zu weit, gleichzeitig sitzt sie aber sehr wohl recht ordentlich in ihrer Poritze; das hat man immer bei Jeans von dubiosen Marken. Ragna gießt sich noch ein wenig Port nach und fragt: »Was hattest du eigentlich in meinem Zimmer zu suchen?«

Aha! Zeit für ein gutes Gespräch.

»Nichts Besonderes, das, wonach Jungs in einem Mädchenzimmer immer suchen.«

»Und das wäre?«

»Ein Rasierapparat.«

Ich selbst kann nicht darüber lachen, und Ragna schon gar nicht. Es stimmt, was hatte ich in dem Zimmer zu suchen? Habe ich überhaupt irgendwo etwas zu suchen? Ich glaube nicht. Ich dachte nämlich nicht, daß es dort etwas zu finden gibt. Und wenn dort etwas zu finden wäre, dann hätten andere es schon gefunden. Auch wenn ich nicht weiß, welche anderen.

Kurzum, höchste Zeit für das verdammte Valium.

Peter Stuyvesant

»Ragna hat mir erzählt, daß du sie eingeladen hast, dich in Amsterdam zu besuchen«, sagt Pet.

Sie grinst. Wir stehen wieder auf dem Bahnhof von Florenz, es herrscht ziemlich viel Betrieb, und die vielen panischen Familien, die atemlos keuchenden Mütter und brüllenden Väter, die Koffer schleppen, machen mich ein wenig nervös.

»Sie sagte, daß du gesagt hast, daß ich gesagt hätte, sie habe gesagt. All die Geschichten aus achtundzwanzigster Hand ... alles viel zu kompliziert, Pet. Ragna kommt natürlich nie nach Amsterdam.«

»Na, da wäre ich mir nicht so sicher«, murmelt Pet.

Sie leckt an ihrem Mickey-Mouse-Wassereis, Himbeergeschmack. Ich habe ein Cornetto mit Haselnüssen.

»Vielleicht hast du recht, vielleicht kommt sie tatsächlich. Schließlich haben wir eine recht ordentliche Nummer geschoben. Das war ein Witz. Ein schlechter. Ein sehr schlechter.«

Schlecht oder nicht, Pet ist schon wieder auf der Palme.

»Ein Witz, ein Witz«, äfft sie mich nach. »Wie du das sagst, so belabbert. Man könnte meinen, du bist Ron Brandsteder.«

Ich kleckere mit dem Scheißcornetto. Vanilleeis tropft auf meine Regenjacke. Aber daß Pet von Ron Brandsteder spricht, erstaunt mich. Wie lange lebt sie nicht mehr in den Niederlanden, sechs Jahre oder so? Und gab es damals schon den Fernsehshowmaster Ron Brandsteder?

»Na klar!« sagt Pet, »Ron Brandsteder, Sonja Barend, Jos Brink, Ivo Niehe, André van Duin, Wiegel, den Uyl, van Agt, Lubbers, Mies Bouwman, Willem Ruis, Willem Duys, die alle gab es schon. Die Niederlande ändern sich kein bißchen, das hab ich dir doch schon gesagt.«

»Na ja«, erwidere ich, »zufällig ist Willem Ruis tot.«
»Ach ja?« sagt Pet. Sie nagt an ihrem Mickey-Mouse-Eis. »O Mann.«
»O Mann«, sagt sie noch einmal – und dann tue ich, was getan werden muß, ich umarme Pet, sie schmeckt Vanille und ich Himbeeren.
»Wassereis, das ist doch wie gefrorener Kaugummi«, sage ich zu ihr, aber das stammt nicht von mir, sondern von Sam, sie sagte es immer, wenn ich im Vondelpark ein Calippo-Eis für sie kaufte. Pet sagt: »Paß auf deinen Koffer auf. Siehst du die Zigeuner nicht?«
Pet nickt kurz nach links, wo ich nur mit ihrem Gepäck beschäftigte Italiener sehe und zwei kleine, etwa zehnjährige Mädchen, die Passanten barfuß um Geld anbetteln. Ich sage zu Pet, sie solle nicht so paranoid sein, mein Koffer sei zweimal so groß wie die beiden Mädchen zusammen. Pet meint, man dürfe sie nicht unterschätzen. Also wuchte ich, um das Thema zu beenden, meinen Koffer in den Zug, secundo classo, und wir sind noch nicht einmal losgefahren, da riecht es im Waggon bereits nach Schweißfüßen und verbranntem Plastik. Mir ist, als hätte ich vergessen, Pet etwas zu sagen. Etwas in Sachen Niederlande. Aber es fällt mir nicht ein. Pet winkt mir hinterher und hält mit der anderen Hand ihren gefütterten langen Mantel zu. Sie sieht auf einmal alt aus, verdammt, sie guckt besorgt, und als ich mich umschaue, ist im Abteil auch alles grau, man könnte meinen, wir befänden uns im Zweiten Weltkrieg, so dramatisch winkt Pet mir zu. Aber dann wird sie kleiner und kleiner, und sie sieht wahrscheinlich nicht mehr, daß ich ihr jetzt auch zuwinke. Nicht zu glauben, ich *winke* wirklich, wie Königin Juliana seinerzeit, und als ich mich schließlich hingesetzt habe, da weiß ich auch wieder, was ich Pet noch hatte sagen wollen: Den Uyl, der ist jetzt auch tot.
Man ist doch ziemlich lange unterwegs nach Mailand,

etwa drei, vier Stunden oder so. Meine Mitreisenden sind drei Fregatten mit ziemlich vielen Haaren auf dem Kinn. Ich schließe die Augen und nehme mir vor, sie nicht mehr zu öffnen, am liebsten für die Dauer der Fahrt. Und das wird mir nicht schwerfallen, denn ich habe gerade Madonna im Walkman – o, diese schlaue Madonna Ciccone, die sich der Tatsache bedient, daß Sex, seit dem Aufkommen von AIDS und so, viel weniger eine Frage von Schwanz und Möse als von Augen und Ohren ist. »Get into the groove, boy, you've got to prove your love to me. Just let the music set you free. Touch my body, move in time. Now I know you're mine.« Durch Phänomene wie Madonna ist die Welt manchmal für einen Moment eine einzige große Highschool. Baseball, Graffiti, Kaugummi, Sonnenbrillen, Minirock, French fries, Lippenstift, Kino, *Into the Groove, Like a Virgin, Dress You Up, Material Girl, Papa Don't Preach.* Der beste Kitsch, mein geilster Traum. Und wenn ich bedenke, daß ich unterwegs zu Madonnas größtem Hit bin, *La Isla Bonita.* Schwer symbolisch!

Alitalia war pünktlich, aber Groen läßt auf sich warten. Während des Flugs trank ich Mineralwasser, und es passierte nichts, so wie es sich auch gehört. In Flugzeugen haben Passagiere das Maul zu halten. Stewardessen müssen nach einem neutralen Deodorant duften, und sie müssen kultivierte Schweißtröpfchen auf der gepuderten Stirn haben. Und wenn man gelandet ist, gerne ein kleiner Applaus für die Besatzung – und abhauen. That's it. Doch im Café des Aeropuerto Tenerife herrscht ein holländisch-deutsches Lärmen, das sich gewaschen hat, herrührend von – jawohl – plärrenden Kindern, hypernervösen Müttern und röchelnden alten Männern. Draußen bellt ein Hund, drinnen reißt eine Papiertüte, und es zersplittern drei steuerfreie Flaschen Four Roses. Gejammer, Geseufze. Ein Dreißiger mit fettigen Haaren und einer karierten Hose nimmt seinen Ghettoblaster in Betrieb, und nun stimmt auch noch die überaus populäre Anita Meyer in den Lärm mit ein.

An einem Novemberabend erklärte Groen mir, daß Las Islas Canarias die postmodernste Inselgruppe ist, die man sich denken kann, weil es dort nämlich keine Künstlerkolonien gibt so wie früher auf Ibiza, Kreta und so weiter. »Verstehst du, Raam, dort ist alles so banal wie nur sonst was. Bierbäuche, Vergnügungsparks, Sonnenöl auf rotverbrannten Proletenrücken, künstlich-weiße Strände, kurzum: genau das Richtige für uns.« Und während Groen alles mögliche über Teneriffa verkündete, hörte Eckhardt kopfschüttelnd zu. Wir saßen wieder einmal in der Cocktailbar des Gimmick, und das Marilyn-Monroe-Mädchen hinter der Theke hatte an diesem Abend nur ein Top mit Schottenkaros und eine modisch zerrissene schwarze Kunstlederhose an.

»Was Groen sagen will, ist, daß niemand mehr nach Teneriffa fährt, weil jeder denkt, alle, die dorthin reisen, sind lauter Benidorm- und Torremolinos-Touristen.«

»Was laberst du da?« fragte Groen. »Niemand, alle, das versteh ich nicht. Ist denn jetzt *niemand* auf Teneriffa, reist jeder dorthin, oder sind wir *alle* dort?«

»Nichts davon, Groen, nichts davon«, erwiderte Eckhardt geduldig, denn er ist an die ermüdenden Wortklaubereien von Groen gewöhnt. Doch Groen fing erneut an, Teneriffa in den Himmel zu loben, bis Eckhardt sehr wohl ausrastete. Er brüllte Groen an, daß er, wenn es sein muß, nicht mit ihm auf die Scheißinsel fährt. Woraufhin Groen sagte, es sei ihm egal. Daraufhin schlug Eckhardt vor lauter Wut ein Whiskyglas auf der Theke kaputt, wobei er sich den Daumen verletzte. Es war nur eine lächerliche Menge Blut, die aus der Wunde sickerte, doch Eckhardt steckte gequält den Daumen in den Mund und lutschte darauf herum.

»Paß auf, Mann«, rief Groen, »wenn dein Daumen seropositiv ist, bist du es auch.«

»Fuck you«, murmelte Eckhardt.

»Ja«, erwiderte Groen eilig, »du kannst es dir bei allem holen, nur nicht beim Vögeln. Das nenn ich Glück im Unglück.«

Erst nachdem ich eine Dreiviertelstunde auf dem Flughafen rumgehangen habe, taucht Groen auf. Sonnengebräunt, wie sollte es anders sein. Schwarze Espadrilles an den Füßen und dazu eine vielfarbige Bermuda und eines seiner Lacoste-Shirts, pastellgelb diesmal.

»Gut siehst du aus.«

»Keine Sorge, mein Lieber, keine Sorge. Nach zwei Tagen in der Sonne siehst du auch gut aus.«

Wir gehen nach draußen zum Parkplatz. Ich ächze mit meinem Gepäck in Richtung Taxistand, doch Groen tippt sich mit zwei Fingern an die Stirn und sagt: »Raam, dir fehlt es mal wieder an Durchblick, was. Da mußt du hin, dorthin!« Und er deutet auf einen weißen Austin Mini, auf dessen Motorhaube eine unglaubliche Zuckerschnitte hockt, die offenbar etwas für Kontraste übrig hat: weißes Auto, scharf geschnittenes weißes Spencerjäckchen, weißes T-Shirt und weiße Pumps, während sie selbst wahnsinnig braun und ihr hochgestecktes Haar schwarz ist, schwarz, beeindruckend schwarz – und mir geht durch den Kopf, daß solche Frauen sonst nur in der Coca-Cola-Werbung und in den Videoclips von Prince vorkommen.

»Wo hast du die nur wieder aufgetrieben?«

Groen seufzt und sagt: »O je, unser Raam will sogleich wieder in tiefgreifende Nachforschungen einsteigen.«

Groen stellt sie mir vor, mich ihr aber nicht. Er sagt nur: »Raam, das ist Petra, doch dieser Name ist mir zu holländisch für eine spanische Perle, und daher nenne ich sie, des perfekten Clichés eingedenk, Rosita. Und diesen Namen findet Rosita ganz wunderbar. Nicht, Rosita?«

Rosita lacht mich an, bückt sich und fummelt dann an ihren Pumps herum.

»Sie spricht praktisch kein Englisch und ich noch weniger Spanisch, es ist also, äh ... *complicado.* Nicht wahr, Rosita?«

Das Letzte sagt er mit einem hohen Stimmchen und gleichsam singend, ungefähr so, wie meine Mutter mit ihren beiden getigerten Katzen spricht. Rosita lacht darüber, was soll sie auch sonst tun. Sie setzt sich ans Steuer des Minis, und um die Sache ein für allemal zu klären, frage ich Groen, ob er Rosita vögelt.

»Bist du verrückt, Mann«, erwidert er grinsend. »Wir kuscheln uns nachts nur aneinander, wie zwei Löffelchen. Und überhaupt, die Frauen hier lassen sich nur schwer vögeln, Raam, auch wenn es so aussieht, als wären hier alle heiß und geil.«

Ich sitze hinten, und Rosita versteht es, den Mini durchaus zügig zu bewegen. Ich glaube Groen natürlich kein Wort, doch er grinst weiterhin und sagt noch mindestens dreimal: »Nein, echt, wie zwei Löffelchen, mehr läuft da nicht.«

Wir sind auf einer wenig befahrenen Schnellstraße unterwegs. Alles um uns herum ist braun, rostfarben, gelb und körnig. Doch unten in der Ferne glitzert das Meer (»glitzert das Meer«, mein Gott!).

»Sollten wir nicht Englisch sprechen, um Rosita ein wenig einzu...«

Ich beende den Satz nicht, warum auch. Groen hört mich nicht, sagt, daß ich heute abend »alle« kennenlernen werde. »Doch zuerst fahren wir mit dir zu einem hübschen Strand. Dann kannst du dich ein wenig erholen, Raam. Hey, Rosita? Vamos a la playa, würde ich mal sagen. Oder? Anyway, der Zufall will es, daß Rosita auch in Kunst macht. Wie findest du das? Eine winzige Insel, und ausgerechnet unsere Rosita besucht die hiesige Kunstakademie. Stell dir darunter aber bitte nicht zuviel vor. Sie macht Sculptura. Nicht wahr, Rosita?« Rosita nickt und schaltet das Autoradio an. The Eurythmics, der Name des Hits fällt mir gerade nicht ein.

»Yes«, sagt Rosita, »I'm studying art.« Auch das noch: Sie hat die perfekte Stimme für eine 0190er-Nummer. Und das mit einem vorbildlichen Akzent.

Rosita sagt: »I want to be a ...«

Stille.

»A painter?« frage ich.

Groen hat sich eine Marlboro angezündet und fängt an zu prusten.

»No, no«, sagt Rosita. »A sculpture.«

»Wow!« ruft Groen, »wie findest du das, Raam? She wants to be a sculpture! Wo gibt es so etwas noch, Mädchen, die eine Skulptur sein wollen, wo gibt es so etwas noch?«

Ich frage ihn, ob er in Rosita verliebt ist.

Sofort macht Groen ein ernstes Gesicht. Er wedelt warnend mit Mittel- und Zeigefinger, zwischen denen die Marlboro klemmt.

»Ich bin immer verliebt, Raam. Im-mer. Allerdings verliebt in zwölffachen Anführungszeichen. Nicht wahr, Rosita?«

Groen erklärt mir, daß wir auf der südlichen Schnellstraße fahren und die Touristenkolonien links liegen lassen. Und daß es gut ist, daß wir Rosita dabei haben, denn sie kennt natürlich die besten Stellen auf der Insel. Und daher verlassen wir dann irgendwann die Schnellstraße und rumpeln auf staubigen Wegen an grauen viereckigen Blöcken vorbei, von denen Groen sagt, es handele sich dabei um Wohnhäuser. Es wird ziemlich heiß im Mini, und wir drei werden kräftig durchgeschüttelt, als Rosita den Wagen in eine Art Karrenspur lenkt.

»Warte es ab!« sagt Groen.
Als Rosita ihren Mini zum Stillstand bringt, ist um uns herum noch immer alles grau. Vor den Fenstern der bunkerartigen Häuschen klappern halb verrottete Läden. Doch hinter den Häuschen liegt das Meer, und das Meer ist blau. In der Ferne flattern zwei Pepsi-Fahnen. Als wir aussteigen, wirft Groen mir eine grellbunte Boxershorts zu, und Rosita sagt: »I go change«, und bleibt am Steuer sitzen, um sich in einen neongrünen Badeanzug zu zwängen. Wir klettern über die Felsen nach unten, in Richtung eines versteckten Stückchens Küste, das aussieht wie die Strände von Barcardi Rum und Martini Bianco (*Biancooo*). Rosita hat ihre Pumps gegen Slipper getauscht, und am Arm hängt ihr eine große geflochtene Tasche, aus der sie, als wir unten am Strand sind, ein riesiges Handtuch hervorholt, das sie zusammen mit Groen auf dem Sand ausbreitet. Als Motiv ist auf dem Handtuch das Plakat von *Vom Winde verweht*. Und während Rosita und Groen zusammen ins Wasser rennen, setze ich mich auf den Kopf von Clark Gable. Ich sehe, daß die zwei Pepsi-Fahnen zu einer gammeligen Strandbude gehören, vor der drei Tischchen und zwölf Stühle auf einem hölzernen Podest stehen. Es befinden sich etwa dreißig Leute auf diesem winzigen Stück Strand, und die Hälfte von ihnen ist nackt, doch die schönsten sind mit Shorts oder Badeanzug bekleidet, denn schließlich ist nackt hoffnungslos altmodisch, auch hier. Ich ziehe meine Levi's 416 aus und die Boxershorts an und schwimme in Richtung Rosita und Groen, die einander abwechselnd unter Wasser drücken. Das Wasser ist klar. Der Himmel ist blau, genau wie das Meer. Die Felsspitzen flimmern in der Sonne. Es wird gesurft. Aus der heruntergekommenen Bude erklingt softe spanische Popmusik. Zwei Mädchen, jeweils mit schwarzem G-String, stehen bis zu den Knien im Wasser. Sie sind beide höchstens sechzehn und potentielle Centerfolds. Mit

kerzengeradem Rücken werfen sie einander eine Frisbeescheibe zu. Rosita und Groen verlassen Arm in Arm das Wasser und trocknen sich gegenseitig mit dem *Vom Winde verweht*-Handtuch ab. Ein Hütehund spielt mit einem kaputten Ball. Ein breitschultriger Mann mit einem Sonnenschirm an der Stirn trinkt eine Dose Sprite in einem Zug leer. Alles hier hat Bildqualität. Und dennoch gibt es keine Kameras. Doch als ich aus dem Wasser gehe, gehe ich nicht aus dem Wasser, sondern spiele, daß ich aus dem Wasser gehe. Denn schließlich ist doch die Welt von Peter Stuyvesant die beste aller denkbaren Welten. Und dafür muß man was tun. Obwohl es bei anderen von ganz allein geht. Bei Rosita zum Beispiel. Rosita liegt auf der Seite auf dem Handtuch, eine Hand unter dem Kinn, die andere auf der Hüfte. Shit, irgendwie ist ihre Pose gar keine Pose. Groen hockt daneben und reibt ihre Schultern mit Delial ein.

»I'm thirsty«, sagt Rosita.

Groen kramt eine Zeitlang in der geflochtenen Tasche und wirft mir dann ein weißes Portemonnaie zu. »Hey, Raam, hol du doch mal drei Pepsi dort bei der Bude und sag dem Muchacho hinter dem Tresen, er soll die Musik etwas lauter drehen. Dieses Geplätscher aus den Lautsprechern, man könnte meinen, man sitzt im Wartezimmer.«

Die beiden Mädchen mit den G-Strings kommen aus dem Wasser, die eine hat die Frisbeescheibe in der linken Hand.

»Do you understand something of our Dutch language?« frage ich Rosita ein bißchen dämlich. Ich rede mit ihr, als wäre sie schwachsinnig oder so, langsam und mit vielen Gesten. »I mean, Dutch«, sage ich. Und erneut Gebärdensprache, ich deute auf mein Ohr und frage: »How does it sound, Dutch?«

»Ah!« sagt Rosita und steckt den Zeigefinger in die Luft. Sie schüttelt den Kopf und sagt: »Something like ggk ggk ggk ggk!«

La Isla Bonita

Die Party findet im El Corcho statt. Die Kneipe hat der Galerist Sergio Valla gemietet, ein kleiner Kerl, etwa Mitte Dreißig, mit einer sehr lauten Stimme und einer kleinen Warze auf der Nase. Seine Frau ist nicht größer als er, hat einen Kopf wie ein Eichhörnchen und lächelt die ganze Zeit allen zu. Eckhardt sitzt mit seiner Freundin an der Bar und trinkt Cocktails. Sie ist schon seit Jahren seine Freundin, aber dennoch weiß ich wenig über sie. Sie studiert Medizin, Musikwissenschaft oder Marketing, auf jeden Fall irgendwas mit M. Sie heißt Elma, ist strohblond und lacht praktisch nie. Eckhardt und Elma unterhalten sich mit Martin Moreno, der eigentlich einfach nur Martin Paardekooper heißt, doch als Kunstfotograf will er schon seit Jahren international ... deshalb. Was ihm jetzt auch gelingen wird, denn in wenigen Tagen eröffnet Moreno seine Ausstellung in Sergio Vallas Galerie Mozo de Cuerda, ein Name, der eine Bedeutung hat, allerdings weiß ich nicht mehr, welche.

»Die europäischen Trendsetter sind anwesend, Raam«, erklärt Groen mir ungefragt und deutet auf eine Gruppe von sechs deutschen Künstlern, von denen einer mit Bart und einem Kopf wie ein Büffel mir irgendwie bekannt vorkommt. Als ich den Büffel erwähne, zischt Groen: »Idiot! Du siehst doch wohl, daß das Georg Bleichfeld ist. Dem gehören hier zwei Häuser.«

Nach Groens Auskunft erkenne ich nicht nur Bleichfeld, sondern auch seine schwarze Superbraut. Sie fühlt sich hier ganz offensichtlich wohler als damals in Amsterdam. Inzwischen hat sie sich eine Rastafrisur verpassen lassen, und sie hat sich so stark geschminkt, daß sie wie ein Transvestit aussieht. Sie trägt einen violetten Bodystocking und einen schweren Gürtel um die Taille. Abgesehen von Eckhardts Freundin Elma, die sich in ein schwarzes Amsterdamer Outfit gehüllt hat, sind alle Frauen hier überhaupt geil angezogen. Viele Strumpfhalter und Tops aus Spitze, hypermoderne Bademode und enge Bermudas. Doch von allen Frauen ist Rosita der Killer: Sie trägt eine Jeans, jedoch nur deren Hosenbeine, denn den oberen Teil hat sie abgeschnitten, so daß sie jetzt eine Art stone washed Strumpfhose und darüber einen Minirock aus Lederimitat anhat. Vor allem der Kunstfotograf Martin Moreno fährt total auf sie ab.

Martin Moreno erweist sich als gutmütiger Wichtigtuer, sehr muskulös und mit einem Smile auf dem Gesicht, als wäre er nicht auf einer Party, sondern im Himmel. Was er vielleicht auch ist, denn er hat gleichsam einen ganzen Seesack voller Ecstasy dabei.

»Tolle Insel hier. Tolle Party auch«, sagt Martin Moreno zu mir. »Nur schade, daß meine Freundin in den Niederlanden ist. Ich vermisse sie. Es fühlt sich an, als hätte ich meinen Paß verloren.«

»Was für Fotos machst du eigentlich?« frage ich ihn – und das hätte ich nicht tun dürfen, denn Moreno hält mir sogleich einen langen und erschöpfenden Vortrag. Währenddessen prahlt Bleichfeld herum: »Ich habe in San Francisco, New York und Köln ausgestellt ...« – »Und in Amsterdam«, ruft Groen. »Und in Amsterdam«, brüllt Bleichfeld, »aber unser Freund Sergio Valla ist der Meister der Galeristen!« Alle applaudieren; Sergio Valla macht beschwichtigende Gesten.

Der Diskjockey des El Corcho hat kurz den Salsa und den Merengue durch etwas obskuren britischen Post-Wave ersetzt, und dann tönt Belinda Carlisle aus den Boxen: »You can't go against nature, 'cause going against nature is part of nature too.«

»Tolle Platte. Toller Abend auch«, sagt Martin Moreno zu mir.

Die Musik wird lauter gedreht.

»Amüsierst du dich ein wenig?« brüllt Eckhardt mir ins Ohr. Seine Haare sind voller Konfetti, und auch auf seinem giftig violetten Cocktail treiben bunte Papierpunkte.

»Amüsierst du dich?« brülle ich zurück.

»Ich habe dich gefragt, ob du dich amüsierst«, brüllt er wiederum.

Die schwarze Superbraut in ihrem Bodystocking tanzt in unsere Richtung. Sie blutet aus der Nase und leckt sich lachend die Lippen.

»What an island!« ruft sie, und sie umarmt Eckhardt, und Eckhardt umarmt mich, und zu dritt stehen wir dann etwas wacklig da und stecken die Köpfe zusammen, und danach schwoft die schwarze Schönheit wieder weiter.

»Du hast Blut auf der Wange!« rufe ich Eckhardt zu. Ich will noch etwas sagen, bekomme aber einen Zungenkuß von Martin Moreno. Auf seiner Zunge liegt eine Pille, die er mit einem kurzen Lecken auf meiner deponiert.

»Amüsierst du dich ein bißchen, Raam?« fragt Eckhardt. Ich zerre ihn durch die tanzende Menge hinter mir her in Richtung Toilette. Aus der Damentoilette dröhnt Bleichfelds Stimme. Eckhardt betrachtet sich im Spiegel und sagt: »Gott, da ist ja Blut auf meiner Wange.«

Moreno kommt in die Toilette geschwebt. Er wirft seinem Spiegelbild einen Handkuß zu. Eckhardt legt drei dünne, sparsame Lines auf das Bord unter dem Spiegel.

Moreno schüttelt den Kopf und sagt: »Ich bin heute abend auf Ecstasy, daher diesmal ohne mich, okay?«

»Für mich auch nicht, Eck«, sage ich.

Eckhardt seufzt, schiebt die drei Lines mit seiner Rasierklinge zu einer zusammen. Mit einem Schniefen ist sie verschwunden. Er hält den Kopf unter den Wasserhahn, wäscht sich die Hände. Danach holt er einmal tief Luft, sagt »tss« und »brr« und knöpft die obersten Knöpfe seines Hemdes zu.

»Sag, Eckhardt, haben wir denn jetzt das Apartment von diesem Sergio gemietet?«

»Wie kommst du darauf? Sergio gibt seinen Künstlern immer Villen am Meer. Wir wohnen mitten in der Stadt. Nächsten Monat, wenn ich eine Ausstellung bei Sergio geregelt habe, bekomme ich auch so eine Villa. Nein, für uns heißt es noch ein Weilchen Geduld haben, Raam.«

Eckhardt wäscht sich erneut die Hände.

»Von wem mieten wir dann?«

»Ich hab keinen blassen Schimmer.« Eckhardt macht sich auf die Suche nach einem Handtuch. »Wir mieten von uns, denke ich. Mensch, Raam, mach kein Theater. Nerv nicht. Morgen führen wir beide ein gutes Gespräch über Kunst. Amüsierst du dich übrigens ein bißchen?«

Es wurden sechs Taxis bestellt. Ich sitze mit Eckhardt, seiner Freundin und einem der Deutschen in einem. Der Deutsche sitzt vorne und sagt, er habe Arbeiten von mir in Düsseldorf gesehen. Ich sage, daß er mich wahrscheinlich mit Eckhardt verwechselt.

»Stimmt«, sagt Eckhardt, »Düsseldorf, 1987. Alles verkauft damals.«

»Jeder verkauft derzeit alles«, erwidert der Deutsche, und ich finde ebenso wie Eckhardt, daß dies eine gute Bemerkung ist, denn er nickt ganz eifrig. Elma sitzt zwischen uns, und ich frage sie flüsternd nach dem Namen des Deutschen. Elma wedelt nur kurz mit der Hand; ich gehe ihr auf die Nerven. Ich wiederhole meine Frage. »Weiß ich nicht!« sagt sie ganz laut. Und dann, leiser: »Bei sich zu Hause hat er jedenfalls zwei Kiefer und einen Baselitz hängen. Und einen Gilquo für sechzigtausend Dollar. Dollar, Mann, Dollar. Nicht Gulden.«

Der Deutsche fragt, welche Art von Kunst ich mache. Ich habe meine Wange an das kühle Seitenfenster des Taxis gelegt und gebe eine Antwort, in der viele Fachbegriffe vorkommen.

»Walter Raam macht phantastische Arbeiten«, sagt Eckhardt. »Nach Groen und mir ist er derzeit der erfolgreichste junge niederländische Maler.«

Der Deutsche dreht sich um und nickt mir lebhaft zu. Ich konzentriere mich auf die Kühle des Seitenfensters. Neben mir, einen kleinen Handspiegel vor dem Gesicht, schminkt Elma sich schmollend. Eckhardt sagt zu dem Deutschen, daß ich an einer neuen Idee arbeite. Ist das so? Na, so wird es dann wohl sein. Jemand im Taxi macht ein merkwürdiges tickendes Geräusch.

»Alle arbeiten an neuen Ideen«, sagt der Deutsche und dreht sich wieder nach vorn.

»Shit, ist der Bursche basic«, flüstere ich Elma zu.

Elma wedelt wieder mit der Hand. Noch immer das Tikken, irgendwo in der Nähe.

»Raam, ich habe eine unangenehme Nachricht für dich.« Elma steckt den Handspiegel in ihre Tasche. »Du stinkst ein bißchen aus dem Mund. Ein bißchen viel. Du stinkst nach Katzenfutter.«

Ich schaue hinaus. Es sieht hier aus wie in Florenz, Hügel und so. Sich windende Straßen. Viel Grün. Hier sieht es natürlich einen Scheißdreck aus wie in Florenz. Aber dennoch. Erst als ich erneut meine Wange an die Seitenscheibe lege, bemerke ich, daß das Ticken kein Ticken ist, sondern das Knirschen meiner Zähne.

Versuch nie, eine Party an einen anderen Ort zu verlegen.

Alle gehen ein wenig unbehaglich in Bleichfelds Wohnung herum. Sein Haus ist so etwas wie ein Art-Déco-Bauernhof, viel Gelb, Beige, Schwarz und Rosarot – eher die Inneneinrichtung einer früh gealterten Modeschwuchtel als die eines Neandertalers wie Bleichfeld. Er fragt Moreno und mich, wie wir das Haus finden. Als wir nur zögerlich nicken, sagt Bleichfeld: »Ich habe nicht den blassesten Schimmer von Innenarchitektur, ich weiß nur, daß der weiße Marmor in der Toilette und im Flur aus Italien kommt und der blaue in der Küche aus Brasilien. Das ist, was ich weiß, und ich finde, das ist mehr als genug.«

Die schwarze Superbraut ruft aus der Küche, daß nur noch Bier und Cinzano im Haus ist, doch Sergio Valla holt zwei Flaschen Ballantines aus einer Tasche, die Ähnlichkeit mit einem Arztkoffer hat. Rosita hat die Taxifahrt gerade so überlebt: zerzaustes Haar, verwischter Mascara und Schweiß auf der Oberlippe. Ich frage sie, wie es ihr geht und ob sie sich amüsiert heute abend.

»I only like him«, erwidert sie und deutet dabei auf Groen. Sergio Valla gesellt sich zu uns, und die beiden quatschen miteinander auf spanisch.

»Gibt es eine Top 3 oder so?« will ich ein wenig später von Eckhardt wissen.

»Wie meinst du das schon wieder?« fragt er. Er sitzt in einem Stuhl, der mehr Design als Stuhl ist. Hinter ihm steht Elma und massiert seinen Nacken.

»Nun ja, du hast im Taxi davon gesprochen, daß ich nach dir und Groen der erfolgreichste Maler in den Niederlanden bin. Es gibt also eine Art Hitparade. Oder nicht?«

»Please, please«, sagt Eckhardt. Und sagt danach nichts mehr.

Bleichfeld hat eine Dachterrasse. Die Sonne geht auf. Rosita sitzt auf einem umgedrehten Blumentopf und raucht eine Zigarette. Ich habe es mir auf einer Liege bequem gemacht und massiere meine Schläfen. Ich betrachte Rositas Rücken.

Rosita fragt, wo Groen ist. Sie fragt, ob sie jetzt mal die Liege haben darf. Gebärdensprache. Sie versteht nichts.

Ich verstehe nichts. Ich gehe die Treppe hinunter und betrete ungewollt ein Schlafzimmer, in dem niemand vögelt. In dem niemand liegt. Ich gehe noch eine Etage tiefer, und im Wohnzimmer ist ebenfalls keiner. Im Garten sitzt Martin Moreno.

»Welch ein Paradies«, sagt Moreno.

Ich frage ihn, wo die anderen geblieben sind. Moreno sagt wieder was von einem Paradies. Sein glückseliges Lächeln läßt einen anhaltenden Ecstasytrip vermuten.

»Ich liebe nur die definitiven Dinge im Leben«, sagt Moreno. »Und jeder Sonnenaufgang hat etwas Definitives. Verstehst du, Eckhardt? Ich schaffe Verbindungen. Ich abstrahiere. Für mich ist alles eine Metapher.«

Ich sage, daß ich nicht Eckhardt bin, und frage, wo die anderen geblieben sind.

»Du mußt Geduld haben, mein Junge, Geduld«, erwidert Moreno. »Ich kenne dich erst einen Tag, aber ich weiß jetzt schon, daß du viel zuviel willst. Du willst einfach alles auf einmal.«

Als müßte ich kotzen, so wahnsinnig schnell wogt ein schallendes Lachen aus meinem Mund. Ich verschlucke mich, ich verschlucke mich noch mal. Moreno rührt sich nicht, er sitzt einfach nur auf einem Gartenstuhl und schaut nicht auf die Hügel, die Palmen oder die Bananenplantagen, sondern auf die Sonne.

Moreno spricht einigermaßen Spanisch, und deshalb bitte ich ihn, ein Taxi zu rufen. Nach langem Hin und Her steht er endlich von seinem Gartenstuhl auf und geht zum Telefon, wo sich herausstellt, daß er die Nummer der Taxizentrale überhaupt nicht kennt; ich kenne sie auch nicht, und ich gehe daher auf die Dachterrasse, um Rosita zu fragen. Aber Rosita ist eingeschlafen. Sie liegt auf der Seite, die Knie angezogen. Wie in den amerikanischen Filmen der sechziger Jahre ist ihr Mund auf sehr ästhetische Weise halb geöffnet. Als ich wieder nach unten komme, hat Martin Moreno wieder auf seinem Gartenstuhl Platz genommen. Ich nehme einen zweiten Stuhl und setze mich zu ihm, weil ich nichts anderes tun kann, als auch in die scheiß Sonne zu glotzen.

»Also kein Taxi«, murmle ich.

Moreno sieht mich an. Seine Augen sind blutunterlaufen, und er hat noch immer dasselbe Lächeln von vorhin auf den Lippen, er grinst und sagt nichts.

Er sagt doch was.

»Hast du ein Taxi gerufen? Super«, sagt er.

La Isla Bonita.

Weggegangen, Platz vergangen

Nach einer Woche war ich wahnsinnig braun. Jeden Tag gingen wir an den Strand, wo Rosita ihre Freundinnen traf, Martin Moreno surfte und Groen die Umgebung erkundete, auf der Suche nach *mehr, mehr* Brüsten, *mehr* Hintern. Und abends gab es jedesmal ein Essen in der Innenstadt, das unweigerlich auf einen Besuch bei einem neu aufgetauchten Villenbewohner hinauslief. Einmal lud Groen die ganze Gesellschaft in unser Apartment ein, obwohl wir keinen verdammten Tropfen zu trinken im Haus hatten. Er schickte Rosita los, Whisky und Mineralwasser zu besorgen. Doch als Rosita schließlich mit den Einkäufen wiederkam, wollten alle plötzlich zu Morenos Villa, weil der mit der Post ein Paket mit zehn brandneuen dänischen Pornos erhalten hatte. Die Pornos waren nur Durchschnitt, viel weiches weißes Fleisch, die meisten von uns sahen besser aus als all die stöhnenden, ächzenden, pumpenden, dampfenden Schauspieler und Schauspielerinnen. Und obwohl alle massenhaft Ecstasy geschluckt hatten, wurde merkwürdigerweise niemand wirklich geil, außer Martin Moreno selbst, der Rosita schlaff den Oberschenkel streichelte.

Bis Bleichfeld während des dritten Pornos plötzlich lauthals verkündete, es jetzt seiner schwarzen Superbraut besorgen zu wollen – in Morenos Wohnzimmer, auf dem Dreisitzer wohlgemerkt. Das würde ein herrliches Schauspiel für uns werden, meinte Bleichfeld. Aber die schwarze Superbraut weigerte sich. Danach fragte Bleichfeld Elma, ob sie nicht Lust habe. Groen lag sogleich am Boden vor Lachen, und Elma errötete und sagte auf niederländisch, Bleichfeld sei ein fetter Drecksack, und auf englisch gab sie bekannt, daß sie Herpes habe.

Für Bleichfeld lief es überhaupt nicht sonderlich gut. Einen Tag später aßen wir nämlich in irgendeinem Vorort von

Santa Cruz Pizza, und gerade als Sergio Valla für alle Kaffee, Cognac und Likör bestellen wollte, fing Bleichfeld an wie ein Wahnsinniger zu röcheln und zu husten, und als er Blut spuckte, da rastete die schwarze Superbraut total aus und fing an, ihm hysterisch auf den Rücken zu klopfen – was das Ganze natürlich nur noch schlimmer machte. Der Tisch in der Pizzeria war in no time mit langen, üppig ausgekotzten blutigen Schleimfäden beschmiert. Alle sprangen auf und rannten wild herum, außer Martin Moreno, der munter applaudierte. Das Klatschen stellte er erst ein, als Groen ihm einen gezielten Karateschlag in den Nacken verpaßte. Bleichfeld wurde also ins Krankenhaus gebracht, wo er stationär aufgenommen wurde. Irgendwas mit seinem Magen, Genaueres weiß ich nicht. Was ich aber sehr wohl weiß, ist, daß die schwarze Superbraut von ihrer Hysterie schnell wieder erlöst war und noch am selben Abend anfing, mit Groen zu flirten, der darauf aber nicht einging. Jedenfalls nicht an diesem Abend.

Denn am darauffolgenden Abend machte er sich an sie ran. Die schwarze Superbraut hatte nämlich ihre Haare glätten und anschließend blondieren lassen, so daß sie jetzt so eine Art Tina-Turner-Frisur hatte. Am Nachmittag paradierte sie damit am Strand entlang. Sie hatte totalen Schlag bei den Kerlen, und als Groen bemerkte, daß alle Spanier ihr hinterherglotzten, da war er der Ansicht, daß er sich die schwarze Superbraut nicht entgehen lassen durfte. Das war vor drei Tagen, und seit jenem Nachmittag habe ich von Groen nichts mehr gehört oder gesehen.

Ziemlich schade, daß er das Weite gesucht hat. Wir waren nämlich kein schlechtes Trio, Groen, Rosita und ich. Morgens gingen wir im Stadtpark joggen. Wieder im Apartment angekommen, duschten wir, und anschließend tranken wir Grapefruitsaft auf irgendeiner Terrasse. Auf dem großen Platz, der Plaza de España, kauften wir jedesmal was: Groen kaufte eine Swatch für Rosita und für sich einen Walkman von Sony, ich einen Rasierapparat von Philips (der noch am selben Abend auf dem Balkon zu Boden fiel und kaputtging), und Rosita legte sich jedesmal ein Paar Ohrringe oder so was zu, und einmal kaufte sie für Groen und mich zwei weiße Armani-T-Shirts. Den Rest des Tages lagen wir, wie gesagt, am Strand und versuchten, Martin Moreno zu ignorieren, auch wenn Rosita hin und wieder hinschaute, wenn Moreno seinen Bizeps hüpfen ließ, ehe er aufs Surfbrett stieg. Hatte Moreno nach einer Weile genug gesurft, dann legte er sich bäuchlings auf ein Handtuch und versuchte, der sonnenbadenden Rosita zwischen die Beine zu schauen, in der Hoffnung, unter dem Badeanzug die Konturen ihrer Muschi erkennen zu können. Wenn ihm das gelang, grub er rasch eine Kuhle in den Sand, um Platz für seine Erektion zu schaffen.

Als Groen sich entschlossen hatte, mit Bleichfelds schwarzer Superbraut durchzubrennen, verschlechterte sich Rositas Laune enorm. Sie fragte Eckhardt und mich ständig, wo Groen sich genau rumtrieb. Ich sagte, ich wüßte es nicht, und Eckhardt tat so als ob. »Ich gönne dir Rosita, Raam«, sagte Eckhardt zu mir. Ich erwiderte, daß ich nicht auf irgendwas herumrutschen möchte, in dem Groen schon eine Weile herumgestochert hat, und daraufhin sagte Eckhardt, daß er manchmal wirklich den Eindruck habe, ich sei ein Riesenidiot; ich müsse nun einmal mitnehmen, was ich mitnehmen könne. Anyway, Rosita zog nicht aus dem Apartment aus, und so machten wir während der beiden letzten Tage zu zweit, was wir vorher zu dritt gemacht hatten: Joggen, Essen, Sonnenbaden. Ich schenkte Rosita eine flashy Sonnenbrille, Modell Lolita, und wir aßen Tintenfisch im La Laguna, und ich brachte ihr die niederländischen Wörter Arschloch, Möse, Schwanz, ficken, bumsen, blasen und lekken bei. Ich prägte mir währenddessen coño, capuljo, breva und folar ein.

Heute morgen aber hatte Rosita keine Lust, um die halbe Stadt zu joggen. Sie wollte sofort zum Strand. Also plapperte sie in ihrem Austin Mini eine ganze Weile ein mehr als holpriges Englisch, von dem ich kaum mehr als die Hälfte verstand. Es war noch früh am Morgen, doch in dem Mini war es bereits wieder glühend heiß, und mein T-Shirt klebte am Autositz. An der Strandbude kauften wir Wassereis und zwei Dosen Wasser. Ich wußte nicht so recht, warum mir das alles just an diesem Tag zum Hals heraushing, der Strand mit dem Salsa aus den Lautsprechern und überall G-Strings und Tangas und was weiß ich – und ehe ich es recht wußte, sagte ich zu Rosita, ich hätte diesmal keine Lust auf Sonne und so. Rosita hatte soeben ihre geflochtenen flachen Schuhe gegen Espadrilles getauscht. Sie wackelte und hüpfte auf dem heißen Sand. Dann fragte sie mich, ob ich vielleicht zum Apartment zurück wolle, und ich sagte, ich würde ein Taxi nehmen. Die geflochtenen Schuhe wurden wieder angezogen und sie sah mich an, sie sah mich an und sagte: »We go. Come on.«

Wie sie das sagte. Wie sie mich ansah. Wir gehen. Los, komm. – Mein Mund trocknete schlagartig aus, und ich trank schnell einen Schluck Wasser. Im Aufzug steht Eckhardt. Shit.

»Geht ihr rauf?« fragt er. Er hat eine Sonnenbrille auf und zusätzlich noch ein Stirnband mit Schirm auf dem Kopf. Hemd mit Palmenmotiv, zurückgekämmtes Haar, Gel, Parfüm (Paco Rabanne), weiße Leinenhose, offene Schuhe mit Ziernieten vorne – c'est beau, c'est beau.

»Guapo«, sagt Rosita zu ihm, und Eckhardt grinst.

»Ich gehe auch rauf«, sagt er. Und: »Kommt mit und trinkt was. Have a drink at my place, Rosita.«

In seinem Apartment, eine Etage unter dem von Groen und mir, plärrt der neueste Hit von Scritti Politti. Elma begrüßt Rosita, als träfe sie eine alte Freundin nach vielen

Jahren endlich wieder. Vier Bacardi mit Eis, ein Schälchen Oliven – halb elf am Vormittag, und ich habe Lust, mich schlafen zu legen, vor allem weil Eckhardt jetzt ein ernstes Gespräch führen will und von irgendwas Politischem schwafelt, während Elma im Zimmer nebenan Rosita das neueste Bild von Eckhardt zeigt.

»Okay«, sagt Eckhardt. »Zur Sache.«

Etwas entgeht mir. Zur Sache?

»Bist du ein wenig auf andere Gedanken gekommen, dort in Florenz?« fragt er. Ein Schlückchen Bacardi, Olive im Mund. Die Sonnenbrille und das Stirnband mit Schirm nimmt er ab. »Was ich eigentlich sagen will: Was sind deine Pläne? Was hast du vor?«

Ich meine mich zu erinnern, Eckhardt en passant von der nörgeligen Pet und ihren Strähnchen berichtet zu haben. Ich stelle mich also dumm und sage, ich hätte heute überhaupt nichts vor. Eckhardt spuckt den Olivenkern in seine Hand, schaut kurz darauf und wirft ihn mir dann an den Kopf.

»Du weißt genau, was ich meine. Du wolltest dich eine Woche in Florenz zurückziehen, um einmal zur Ruhe zu kommen und deine Angelegenheiten zu ordnen, um eine neue Richtung zu entwickeln, dir neue Arbeiten auszudenken. Das hast du zumindest gesagt.«

Habe ich das gesagt? Wahrscheinlich habe ich das gesagt. Also halte ich ihm einen Vortrag über dieses und jenes und spreche von Abstraktion und Figuration und Wirklichkeit und Illusion und – Olive in meinen Mund – von *Flash Art* und *Artforum,* ich erwähne die Museumsdirektoren Wim Beeren und Rudi Fuchs, rede über was weiß ich, Yin & Yang, Prince & the Revolution, Ahörnchen und Behörnchen, Picasso und Braque, Ginger und Fred, Sex und Geld – kurzum: Ich rede mich einigermaßen heraus und frage mich dabei, was Eckhardt das Ganze eigentlich angeht.

»Bullshit, Raam, Bull-shit. Wenn du dich nicht allmählich wieder an die Arbeit machst, dann fährt der Zug ohne dich ab. Du bist ein vielversprechender Maler, die Medien haben das Publikum auf dich scharf gemacht, du hast Geld verdient, du hast ... nun ja, du hast Arbeiten von ordentlicher Qualität abgeliefert, und ...«

»Was geht es dich eigentlich an, was ich mache?« Zeit, ebenfalls die Sonnenbrille abzunehmen. »Bist du Beamter oder so, arbeitest du für die Regierung? Scheiße, Mann, du bist drei Jahre älter als ich – wie alt bist du überhaupt, siebenundzwanzig? – Okay, du bist fünf Jahre älter als ich, und es gibt nichts, wovon du mehr hast als ich, abgesehen von Geld.«

Aus dem anderen Zimmer ist Kichern von Rosita und Elma zu hören.

»Erfolg«, sagt Eckhardt.

»Was denn?« Es ist natürlich vollkommen bescheuert, aber plötzlich kommt mir der Gedanke: Elma und Rosita liegen nebenan und machen rum, sie besorgen es sich gegenseitig wie wild mit der Zunge.

»Ich habe mehr Erfolg, mehr Angebote, mehr Aufträge, mehr Feedback. Ich habe, kurz gesagt, mehr Sales-appeal. Und daher auch mehr Befriedigung.«

Ich stehe auf, um mir einen weiteren Bacardi einzugießen, und werfe dabei einen schnellen Blick ins Nachbarzimmer, wo Rosita und Elma einander garantiert aufgeilen. Doch die beiden betrachten Eckhardts Gemälde. Okay. Dann fangen sie eben bald an, sich gegenseitig zu lecken.

»Was willst du eigentlich?« Ich bin es, der fragt, und ich weiß bereits, was Eckhardt antworten wird, und er antwortet auch genau wie erwartet: »Was willst *du* eigentlich?« Was ich will, ist, sein Gesicht mit dem Flaschenöffner bearbeiten, der vor mir auf der Anrichte liegt. Was ich sagen will, ist, daß ich über etwas anderes reden will, und darum sage ich, daß ich sein belehrendes Geschwätz leid bin, er, Eckhardt, sei vielleicht ein Workaholic, ich aber sei das nicht, und ich habe ihn an den Eiern, als ich ihn frage, was er getan hat, als er so alt war wie ich, und ich sage, er habe damals wahrscheinlich auch nichts gemacht oder zumindest weniger als jetzt, und schließlich sei ich gerade in Urlaub und nicht beim Therapeuten, und er solle bloß nicht denken, er müsse jetzt den Paten heraushängen lassen, denn schließlich seien wir Künstler und gerade eben so noch keine Mafiosi.

Ich glaube ihn nun zum Schweigen gebracht zu haben, schenke mir ein Glas ein und frage ihn, ob er auch noch einen Bacardi möchte. Eckhardt ruft nach Elma und bittet sie, die »Mappe 84« zu bringen. Elma kommt ins Zimmer, Rosita schlendert hinter ihr her. Eckhardts Freundin hat eine Art Sammelmappe dabei, die sie aufschlägt und zwischen die Gläser und die Olivenschale auf den schwarz lakkierten Tisch legt.

»Vor fünf Jahren«, sagt Eckhardt und beugt sich vor, um in der Mappe zu blättern (Zeitungsausschnitte und so), »vor fünf Jahren hatte ich Ausstellungen in, mal sehen ... den Galerien Dixit in Amsterdam und Lubitsch in Berlin sowie eine Performance in der Bahnhofshalle von Eindhoven. Kurzum: nicht viel, aber auch nicht wenig. Ich erzielte in dem Jahr einen Umsatz von fünfzigtausend Gulden. Ich machte meine Arbeit, verstehst du?«

Rosita schaut uns an, und mit diesem leeren, hohlen Blick in den Augen sieht sie ganz wunderbar aus. Elma lächelt sie an. »They're talking about art«, sagt sie. Eckhardt ist aufgestanden und hat sich eine Marlboro angezündet. Er denkt nach. Und läßt den kleinen Unternehmer raushängen.

»Raam«, hebt er an, »offenes Visier, okay?« Eckhardt geht nun auf und ab, die Integerer-Freund-Nummer. »Du machst gute Arbeit. Du hast Erfolg. Du nimmst also eine, äh, gewisse Postion ein. Eine wichtige Position. Wenn du wegfällst« – stechender Zeigefinger in meine Richtung –, »nimmt ein anderer deinen Platz ein. Jemand, der vielleicht, und das ist durchaus möglich, auf eine für uns nachteilige Weise arbeiten wird. Das Problem beim Produzieren von Kunst ist heute: Weggegangen, Platz vergangen. Denn du darfst nicht vergessen, in den Niederlanden stolpert man über Künstler, die Straßen sind mit Künstlern gepflastert, wir haben einen Überschuß. Du kannst sozusagen nicht einmal mehr an einen Baum pissen, ohne daß ein Videokünstler in der Nähe ist und dich filmt. Versteh mich nicht falsch, Raam, versteh mich nicht falsch ... Groen, du und ich, wir werden die drei Künstler sein, die am Ende das Bild der niederländischen Kunst bestimmen werden, wir sind ...« – er macht ein ernstes Gesicht –, »... wir sind das Dessert, das Sahnehäubchen. An der Spitze ist nur für wenige Platz, und wenn wir nun schon mal die Spitze besetzen, dann können wir doch am besten unter uns bleiben. Auf die Weise halten wir all die Mittelmäßigen, die auch unbedingt groß rauskommen wollen, außen vor. Es geht um die Strategie. Es geht um deine und, wie ich ehrlich sagen muß, auch um meine Interessen. Schließlich streben wir in der Kunst dasselbe an, du, Groen und ich, wir haben dieselben ... ja, wir haben dieselben, und es gibt dafür kein anderes Wort, wir haben dieselben Ideale.«

Ich kann mich nicht daran erinnern, mit Eckhardt jemals über Ideale gesprochen zu haben. Ich weiß nur, daß er irgendwann einmal im Gimmick gesagt hat, es gebe keine Ideale mehr. »Das ist es ja gerade!« ruft Eckhardt und hebt die Arme in die Luft. »Wir akzeptieren, daß in der Kunst keine Ideale mehr möglich sind.« Elma nimmt eine Olive. »Wir schaffen eine neue Bildsprache, Raam! Das Ideal ist zerstört! Und wir« – Eckhardt hebt einen Finger, so wie man es im Parlament immer macht –,»und wir sehen ein, daß die Zukunft eine Zukunft des Annektierens, Kopierens und zur Not auch des Plagiierens ist.«

»Da hat Eck recht«, sagt Elma, und ihr Gesicht verrät, daß auch sie nicht mehr versteht, worüber ihr Freund sich so erregt. Rosita blättert im *El Día* von vor zwei Tagen.

»Ja, das ist tatsächlich so, du hast vollkommen recht«, sage ich also rasch, in der Hoffnung, danach von Eckhardts Geschwätz erlöst zu sein. Noch immer näselt eine Melodie von Scritti Politti durch das Zimmer, bis Elma schließlich ein neues Band in das Kassettendeck schiebt. Uralter Reggae von Bob Marley. *Stir It Up*. Das kann man wohl sagen.

Dann: ein Fehler. Ich sage zu Eckhardt, er könne noch so viel davon reden, daß hart gearbeitet werden müsse, doch Groen bekomme auch nicht sonderlich viel auf die Reihe. Rosita spitzt die Ohren, weil Groens Name gefallen ist.

»We are talking about art«, sagt Eckhardt zu ihr.

»Again?« fragt Rosita.

Elma bemerkt, wie ich Rosita anschaue.

»Rosita ist in Groen verliebt. Das weißt du doch?« sagt sie.

»Dann kann sie sich ebenso gut in einen Pitbull verlieben. Der springt auch auf alles, was sich bewegt.«

Eckhardt ist irritiert, er will beim Thema bleiben: »Groen, das ist eine andere Geschichte. Der konzentriert sich zur Zeit voll auf Beziehungen, auf sein Networking, auf die Strategie, seine Kontakte. Kontakte mit Galeristen, mit Kollegen. Auch in deinem Interesse, Raam, *auch* in deinem Interesse. Und überhaupt«, sagt Eckhardt, »du weißt, wie schnell Groen arbeiten kann, wenn es sein muß. Besonders jetzt, angesichts seiner haushohen Schulden.«

»Schulden?« Ich schnippe einen Olivenkern mit Daumen und Zeigefinger in Richtung Aschenbecher – er landet knapp daneben, in der Nähe von Eckhardts 84er-Mappe.

Eckhardt berichtet von der Kreditwürdigkeit, die Groen bei seiner Bank nicht mehr hat, und von Input und Output, doch die Konsequenz ist für mich ganz offensichtlich: Groen ist blank.

»By the way, ich habe dich das schon früher gefragt, wir wohnen hier doch auf Kosten von Sergio Valla?« frage ich deshalb.

Und Eckhardt und Elma nehmen sich alle Zeit, um laut zu lachen. Elma geht zur Toilette.

»Hat Groen dir das erzählt?« fragt Eckhardt. Er amüsiert sich weiterhin darüber. Steckt die soundsovielte Olive in den Mund und sagt (Beule in der Backe, die Olive): »Ich schätze, Groen hat dir auch weisgemacht, daß die Frauen hier wahnsinnig schwer zu vögeln sind.«

»Ja«, sage ich, und das hätte ich nicht tun sollen. Eckhardt lacht sich kaputt.

»Elma!« ruft er. »Elma!« Elma kommt eilig von der Toilette wieder.

Eckhardt klärt sie laut lachend auf. »Raam glaubt wirklich, daß die hiesigen Frauen sich nicht vögeln lassen! Was sagst du dazu?«

»What's the matter?« fragt Rosita grinsend.

»Tja, Raam«, stößt Eckhardt glucksend hervor, »erklär du Rosita mal, worüber wir gerade reden.«

Elma bemerkt, daß nicht nur ich, sondern auch Rosita gerade in Schwierigkeiten geraten, und fragt Eckhardt: »Was kosten die Apartments denn jetzt, Eck?«

Eckhardt setzt sogleich wieder sein Unternehmergesicht auf und sagt: »Nun ja, Raam ... Dein Apartment hier kostet also, äh ... umgerechnet ... zweihundertfünfzig Gulden pro Nacht.«

»Das ist nicht *mein* Apartment. Und die zweihundertfünfzig Gulden, die werden natürlich durch zwei geteilt.«

»Für dich werden sie durch nichts geteilt, denn Groen ist

pleite.« Daraufhin sage ich, Groen habe aber sehr wohl eine Swatch, einen Walkman von Sony, Kokain und Klamotten gekauft, und außerdem habe er inzwischen auf der Insel auch einen Datsun gemietet, woraufhin Eckhardt nur murmelt, er habe damit nichts zu tun, und Groen habe immer Erfolg gehabt, mit allem.

»Und du darfst Menschen, die Erfolg haben, nicht mit Geschwätz über Geld auf die Nerven gehen«, sagt er.

»Aber du kannst das Apartment doch bestimmt bezahlen, Walter?« fragt Elma süßlich.

»Klar«, erwidere ich rasch, »das ist nicht das Problem, aber ich fliege anschließend mit Groen nach New York, und dort will ich mindestens zwei Videorekorder kaufen und einen Computer und ... verdammte Scheiße! Der Kerl hat mich verarscht! Warum hat dieser Mistkerl Groen mich auf diese Insel gelockt? Verdammt! Ich verschwinde von hier. Ich such mir ein Hotel.«

»Immer mit der Ruhe«, sagt Elma.

»Welches Hotel denn?« fragt Eckhardt.

»What's the matter?« will Rosita wissen.

»I'll go moving. I take a hotel«, sage ich einigermaßen belemmert. Ich schnauze sie an, als habe sie die Schuld an all dem. Aber schließlich kenne ich niemanden, der nicht schuld an irgendwas ist.

Eckhardt erklärt ihr in gebrochenem Spanisch, was los ist. Elma nickt, und Bob Marley nölt weiter. Einen vierten Bacardi, bitte.

In der Brusttasche meines T-Shirts steckt noch ein Zahnstocher. Ich setze meine Sonnenbrille wieder auf, weil Rosita mich plötzlich aufmerksam betrachtet.

»I have a house«, sagt sie schließlich.

Eckhardt federt hoch.

»Na?« sagt er. »Hast du das gehört, Raam? She has a house.« Er kommt auf mich zu, drückt mir die Hand. »Glückwunsch, mein Junge. Es sieht so aus, als hättest du jetzt eine Fickfreundin mehr. Du Glückspilz.«

»Ja«, sagt Elma, und ich weiß nicht, ob sie mit mir spricht oder mit Rosita, die inzwischen auch noch etwas sagt.

»Alles wieder okidoki«, sagt Eckhardt. »Where is that house of yours?« fragt er Rosita.

»The house is in Candelaria. Walter en I go to Candelaria.«

»Candelaria!« ahmt Eckhardt sie begeistert nach.

Und in der Tat, was spricht dagegen, mit Rosita in einem Haus irgendwo in ... wie heißt der Ort, Candelaria zu wohnen?

Eckhardt hat inzwischen eine Karte von Teneriffa auf dem Tisch ausgebreitet.

»Mal schauen ... Candelaria liegt an der Küste, tja, ungefähr ... fünfundzwanzig Kilometer unterhalb von Santa Cruz.« Wie Pfadfinder stehen wir über die Karte gebeugt, bis Eckhardt sagt: »Das müssen wir feiern, Elma, stell doch mal eine Schale Kokainchips auf den Tisch, bitte.«

Kaffee mit Samenlikör

Alles ist echt und alt und original und unverdorben und authentisch in Candelaria. Es gibt dort heruntergekommene weiße Häuschen, und auf den Straßen sind verwahrloste Hunde und ganz in Schwarz gekleidete Frauchen mit krummgewachsenem Rücken unterwegs. Auf dem nahe am Meer gelegenen kleinen Kirchplatz spielen frühmorgens lärmende Kinder, und ein Stück weiter hockt unter einem verschlissenen Sonnenschirm ein blinder Zeitungsverkäufer ohne Zähne. Ich will nur sagen: Wenn ich Einkäufe mache oder mit Rosita zum Strand hinuntergehe und ich mich dabei einmal gut umschaue, dann ist es, als wäre ich in irgendeinem intellektuellen südeuropäischen Spielfilm gelandet.

Rositas Haus liegt schräg gegenüber dem Kirchplatz. Es ist winzig klein, baufällig, und es steht zudem noch voller Skulpturen, die sie gemacht hat, armselige Skulpturen, und Rosita spricht plötzlich von nichts anderem mehr als von der Kunstakademie und ihren Lehrern und den Dingen, die sie noch machen will. Als ich sagte, ihre Kunstwerke erinnerten mich an Brancusi, da war sie komplett im siebten Himmel. In dem Moment hätte ich ihr natürlich noch ein Kompliment machen müssen, um danach auf sie zuzugehen und sie vorsichtig zu umarmen und ihr subtile Küßchen in den Nacken und auf die Mundwinkel zu geben, denn in dem Moment wäre sie zu vögeln gewesen, garantiert. Aber ich tat nichts von alldem, ich ließ sie einfach weiterreden, blieb in einem ihrer durchgesessenen Lehnstühle hocken und hörte zu. Schließlich hatte sie mir an dem Tag, als wir aus Santa Cruz abfuhren, ihr Herz ausgeschüttet und gesagt, wie traurig und enttäuscht sie darüber war, daß Groen sich einfach aus dem Staub gemacht hatte und daß sie wirklich ein wenig verliebt in ihn war und Groen dies und Groen das – sie jubelte ihn hemmungslos hoch, und ich, ich stimmte allem zu, was sie sagte: Groen war so nett und so witzig und so hilfsbereit und so zärtlich.

Groen hilfsbereit? Zärtlich? – Ihrem Lobgesang entnahm ich, daß das Schwein ganz und gar nicht »wie zwei Löffelchen« mit ihr im Bett gelegen hatte. Nachdem sie mir alles mögliche erzählt hatte, sagte Rosita lächelnd, sie fände es schön, mich so ins Vertrauen ziehen zu können, weil ich wenigstens ehrlich sei und sympathisch. Kurzum: Sie bediente sich des Wir-sind-ja-so-gute-Freunde-Tricks, um mir deutlich zu machen, daß es für mich nichts zu holen gab. Etwas, das ich, ehrlich gesagt, zunächst ziemlich scheiße fand, doch nach ein paar Tagen im Dorf kümmerte es mich auch nicht mehr sonderlich viel. Rosita und ich fuhren zumindest nicht mehr nach Santa Cruz ... Wir lungerten einfach nur in ihrem Häuschen und dessen näherer Umgebung herum.

Der Tag begann mit einem Morgenspaziergang. Wie ein alter Mann schaute ich hinaus aufs Meer. Am Mittag um eins aß ich mit Rosita Calamares oder Pulpos im einzigen Restaurant von Candelaria, und abends und nachts tranken wir Wein auf einer Bank. Weil das ganze Dorf bereits um elf an der Matratze horchte, saßen wir nach Sonnenuntergang ungestört auf dem Kirchplatz und gossen Wein in uns hinein, eine Kerze neben uns und etwas Obst in einer Plastikschale. Und während Rosita von Groen oder ihren Skulpturen sprach, schaute ich hinaus auf den nachtschwarzen Atlantischen Ozean, wo eigentlich rein gar nichts zu sehen war.

Ich hatte natürlich schon öfter tagelang nichts gemacht, doch während meines Aufenthalts in Candelaria machte ich womöglich noch weniger als nichts. Und obwohl es, wie gesagt, vollkommen sexlose Tage waren, fühlte ich mich doch so, als hätte ich mich soeben um den Verstand gevögelt. Oder, um es etwas normaler auszudrücken: Ich war den ganzen Tag stoned, ohne auch nur ein Milligramm Haschisch geraucht zu haben. Und es gefiel mir durchaus, mit Rosita auf dem Kirchplatz Wein zu trinken. Wir tranken, wir unterhielten uns, und wir schwiegen, und danach gingen wir schlafen – das war eigentlich schon mehr oder weniger alles. Doch eines Tages hatte Rosita eine Flasche Cognac gekauft, als kleines Extra zum Wein. Meine Gastgeberin wurde vom Cognac sehr stilvoll betrunken und fing an, mich über Groen auszufragen. Sie wollte wissen, wie er genau war und vor allem, was er in Amsterdam machte und wie sein Leben dort aussah. Sie wollte seine Lebensgeschichte hören, und weil ich selbst irgendwann ebenfalls ziemlich betrunken war, antwortete ich auch sehr ernsthaft auf ihre Fragen. Davon wurde Rosita sehr melancholisch, was wiederum auf mich abfärbte, und ehe ich mich versah, erzählte ich Rosita alles mögliche über Sammie.

Ich tischte ihr ein paar »hübsche Erinnerungen« auf. Rosita verstand natürlich nur die Hälfte von dem, was ich erzählte. Ihr Englisch hatte sich zwar in kurzer Zeit verbessert, aber es war immer noch schlechter als mein Spanisch. Auf jeden Fall berichtete ich ihr ziemlich sentimentale Dinge über Sam, zum Beispiel daß wir, wenn wir in einem Restaurant essen gingen, unweigerlich wahnsinnig geil wurden. Wenn Sam und ich fertig gegessen hatten und uns ein wenig träge ansahen, dann wußten wir beide, was die Stunde geschlagen hatte. Meistens ging Sam kurz zur Toilette, und wenn sie dann mit Glitzeraugen wiederkam, war mir sofort klar, daß sie auf der Toilette rasch ihre Finger durch ihr Fötzchen gezogen hatte, und wenn sie am Tisch Platz nahm, dann streckte sie mir kichernd und theatralisch die Hand entgegen, und ich tat ebenso theatralisch so, als gäbe ich ihr einen wohlmeinenden Handkuß. Tatsächlich aber schnupperte ich an ihren Fingern und sog den gottallmächtig herrlichen Duft ihrer kleinen, noch herrlicheren, feucht gewordenen Möse ein. Und wenn Sammie mir dann fast nicht sichtbar ein Zeichen gab und mit dem Kopf in Richtung Toilette deutete, dann war klar, daß sie mir eine Anweisung gab, die ich sofort befolgte. Es war jetzt an mir, zur Toilette zu gehen, ich holte mir rasch und routiniert einen runter und fing mein Sperma in der hohlen Hand auf, die ich zur Faust ballte. Sam hatte in der Zwischenzeit meist schon Kaffee bestellt, und wenn ich ihr dann wieder gegenübersaß, in der Hand das kalt gewordene, klebrige Sperma, steckte sie unauffällig den Zeigefinger in meine Faust und anschließend blitzschnell in ihren Mund. Während ich meine Hand an der Serviette abwischte (oder am Tischtuch oder am Stuhl), sog Sammie an ihrem Finger, machte danach ein Gesicht wie ein Schulmädchen aus Bussum und sagte: »Herrlich, Kaffee mit Samenlikör.«

Und anschließend fuhren wir wie der Blitz mit dem Taxi nach Hause. Das erste, was sie, dort angekommen, tat, war Tee kochen. Nicht lange danach machte sie sich mit einem Schluck heißem Zitronentee im Mund daran, mir einen zu blasen – was natürlich auf ein ziemliches Gepruste und Gekicher hinauslief, wobei sich eine halbe Tasse Tee über meinen Bauch und meine Schenkel ergoß. Oft nahm sie dann Eiswürfel aus dem Tiefkühlfach und steckte sich einen oder zwei in den Mund, lutschte wie wild darauf herum, um mir wenig später mit der Spitze ihrer eiskalten Zunge ein paarmal neckisch über die Eichel zu lecken. Und wenn wir Kokain im Haus hatten, dann tat ich mir zwei Messerspitzen auf Zeige- und Mittelfinger, rieb mit dem Stoff ihre Klitoris und deren Umgebung ein und ließ das Ganze dann ein paar Minuten einwirken. Währenddessen küßte ich ihre Ohren, ihren Hals und ihre Brüste und noch einmal ihre Ohren, bis sie mit gespielt verkniffenem Stimmchen sagte: »O je, jetzt fängt es dort unten fürchterlich zu kitzeln an.« Das war das Zeichen, sie zum Orgasmus zu lecken, das scharfe Kokain hatte ihre Klitoris, nach anfänglicher lokaler Betäubung, lichterloh in Brand gesetzt. Ich leckte das restliche, noch nicht aufgelöste Kokain aus ihrer zierlichen Möse, und wenn sie dann kam, packte sie mit beiden Händen meinen Kopf und preßte ihre Schenkel fest auf meine Ohren. Während sie erbebte und mein Gesicht mit aller Kraft an sich drückte und ich sie vor Geilheit noch leise aufheulen hörte, dachte ich: Nie wieder, nie wieder will ich zwischen ihren Beinen fort ... Ich streckte meine Zunge so weit wie möglich aus dem Mund und legte sie sanft wie einen Deckel der Länge nach über ihre Möse.

Nun ja, derartige Sachen erzählte ich Rosita also mit besoffenem Kopf dort auf dem Kirchplatz von Candelaria. Mir war danach ein wenig flau und unwohl, doch Rosita schenkte noch mehr Cognac in unsere Gläser und zündete eine neue Kerze an, die sie zwischen zwei Bürgersteigplatten klemmte. Mich törnt es jedesmal wahnsinnig ab, wenn ein Mädchen von einer vergangenen Liebe und so berichtet, doch im umgekehrten Fall können Frauen und Mädchen von dieser Art von Geschichten durchaus schon mal benebelt, verwirrt und heiß werden. Rosita starrte mich jedenfalls mit ihren schwarz gewordenen Augen an und wollte echt alles über Suzan wissen. Also redete ich weiter, und als wir später zu Bett gingen, lag Rosita wie in all den anderen Nächten in Candelaria mit dem Rücken zu mir. Doch diesmal drückte sie sanft mit ihrem Hintern gegen meinen Bauch und danach gegen meinen Schwanz. Ich war betrunken, und außerdem hatte mich mein Geschwätz über Sam ziemlich depressiv gemacht, doch als Rosita mit angeblichen Schlafgeräuschen ihren Hintern noch kräftiger an mich drückte, da zog ich ihr das Oversized-Hawaii-Shirt bis über die Hüfte und schob ihn dort bei ihr hinein, wo es nicht trocken war, aber auch nicht wirklich feucht. Eng war sie aber schon, sie hatte genau die richtige Straffheit. Ich machte nicht mehr, als ihn eine Weile bewegungslos in ihrer Möse zu halten. Sie stellte sich währenddessen immer noch schlafend. Ich vollführte schließlich drei, vier energisch gemeinte Stöße, zog ihn danach nur wieder heraus und tat dann auch so, als schliefe ich.

Kurz darauf hörte ich neben mir Geraschel, Rosita schaltete mit einer Kordel das Schlafzimmerlicht an. Sie beugte sich halb über mich, sah blaß aus und spitzte den Mund. Dann zog sie ihre schwarze, kräftige rechte Augenbraue in die Höhe und sah mich an, ich machte dasselbe, und es war absolut lächerlich, wie wir einander dort mit rot verquollenen Suffaugen ansahen. Plötzlich preßte Rosita ihren Mund auf meinen. Sie gab mir einen raschen Zungenkuß und rubbelte zugleich kurz meinen Schwanz. Dann drehte sie sich um und fing sogleich an zu schnarchen, was sie in den anderen Nächten nicht getan hatte; sie mußte also sturzbesoffen sein.

Inzwischen liegt Rosita neben mir und blättert in irgendeinem ins Spanische übersetzten Buch von Roald Dahl. Sie hat die Knie hochgezogen und das kühle Laken fest um sich geschlungen. Ich habe keinen Kater und trauere der verpaßten Gelegenheit nicht lange nach. Und die Hoffnung, sie vielleicht doch noch ordentlich vögeln zu können, die schlage ich mir am besten gleich aus dem Kopf. Denn Rosita spielt mit einem Bleistift, mit dem sie Kreuzchen und Striche am Seitenrand macht, und dabei wirft sie mir hin und wieder einen ihrer Was-sind-wir-doch-nur-gute-Freunde-Blicke zu.

Also stehe ich auf, mit einer prächtigen Morgenlatte natürlich, und ich sage, auf meinen emporragenden Schwanz deutend, was ich, als Guten-Morgen-Gruß sozusagen, vom ersten Morgen in Candelaria an zu ihr gesagt habe: »He is more awake than I am.« Aus irgendeinem Grund war ich damals der Ansicht, das klinge recht harmlos, das sei eine lustige Bemerkung, und jedesmal hatte Rosita einen kurzen Blick auf meinen Ständer geworfen und wiederholt: »Yes, he is awake.« Was ich damals ziemlich geil fand und zugleich auch ganz und gar nicht. Doch diesmal schaut Rosita mich lange an, will sagen, sie betrachtet meinen Schwanz, deutet wie eine Lehrerin mit dem Bleistift darauf und sagt fragend: »Really, is he awake?«

Ich habe keine Ahnung, was sie mit ihrer Bemerkung meint, erwidere aber dennoch rasch: »Yes, yes.« Ich sage dies ziemlich jämmerlich, und ich mache alles noch viel jämmerlicher, indem ich, noch ehe ich mir dessen überhaupt bewußt bin, meinen steifen Schwanz antippe, der daraufhin ein paarmal stumpfsinnig hin und her wackelt. Und dann macht Rosita etwas, das ich sie am liebsten fünfzigmal wiederholen lassen würde: Sie streift das Laken ab und setzt sich aufrecht hin. Sie spreizt die Beine, tippt kurz mit dem Bleistift an ihre Möse (dichtbehaart, schmal, fleischig) und sagt mit einem freakigen Ton in der Stimme: »Sorry, but she is very, very sleepy.« Und klappt die Schenkel wieder zusammen.

Rosita stand gerade eben auf dem Balkon, also muß sie gesehen haben, wie er den Datsun auf dem Kirchplatz abgestellt hat. Sie verhielt sich jedenfalls ein wenig weird, fing an, das Schlafzimmer aufzuräumen und so.

Doch Groen will mich sprechen. Natürlich.

Es herrscht sogleich eine Scheißatmosphäre. Rosita gibt sich kühl, und ich sage nichts, und Groen tut sein Bestes, relaxt zu erscheinen. Plappert allerlei Unsinn.

»Es ist einfach too much, Raam«, sagt er. »Weißt du, was Sergio Valla mir gestern erzählt hat? Er sagte, die europäischen Kondome seien größer als die amerikanischen. Ja, wirklich! Tja, da geht er hin, der amerikanische Traum und löst sich in Rauch auf. Und daraufhin erzählte dieser Martin Moreno, er habe gelesen, der Durchschnittsdildo, der in Amerika über die Verkaufstheke geht, ist im Durchschnitt nur fünfzehn Zentimeter groß, auch eine Enttäuschung, und danach fingen alle an, mit Statistiken um sich zu werfen. Nun ja, du hast ganz schön was verpaßt. Übrigens, auf der Insel ist achtzigprozentiges Kokain aus Kolumbien angekommen. Nur damit du Bescheid weißt. Und wußtest du, daß nur drei von eintausend Männern in der Lage sind, sich selbst einen zu blasen? Das sind bestimmt die Fitneßfreaks.«

Wahrscheinlich fühlt Groen sich in dem halbverfallenen kleinen Haus von Rosita unwohl, und bestimmt fragt er sich, wie eine so hübsche, fashionable Frau es in so einer Bude aushält. Jedenfalls äußert er sich recht schleimig über ihre Kunstwerke. »It looks a bit like äh ...« Und Groen nennt ein paar Namen, die er sich wahrscheinlich soeben ausdenkt. Doch Rosita schwebt in den Wolken und quatscht ihm sofort ein Ohr ab. Was mich eigentlich ziemlich irritiert, und deshalb sage ich wieder, daß ihre Arbeiten mich an Brancusi erinnern. Doch diese Bemerkung entgeht Rosita, und Groen schaut mich nur kurz an und zischt: »Kleiner Wichser.«

Als Rosita kurz danach in der Küche Kaffee macht, frage ich Groen, wie es mit ihm und der schwarzen Superbraut läuft. Groen geht nicht darauf ein, er verzieht praktisch keine Miene. Bis er sagt, ich hätte wahrscheinlich die ganzen Tage in der nach Paella riechenden Möse von Rosita herumgestochert. Und darauf gehe ich wiederum nicht ein. Doch dann sagt Groen: »Du denkst also, ich könnte das Apartment nicht bezahlen?«

»Mir ist nur zu Ohren gekommen, du hättest kein Geld. Was mich nicht weiter interessiert, aber du hättest es mir schon sagen können.«

»Fuck you, Mann! Immer dieses Gelaber über Geld, all die holländischen Cents und Gulden, das kommt mir zu den Ohren heraus. Du bist kein Künstler, Raam, du bist ein Marktschreier, eine miese Krämerseele!«

Groen hat zu brüllen begonnen, und deshalb habe ich meine Lautstärke angepaßt und brülle ebenfalls, daß mich dieses ganze Gewäsch und all der Tratsch über Kunst und Geld und Geld und Kunst krank macht. Rosita kommt aus der Küche gerannt. Sie hat jettschwarze Augen und ruft: »Walter and I didn't do anything. Walter and I are just friends!«

Ich sehe, daß Groen zweifelt. Sein Gesicht nicht weit von meinem entfernt. Die Aggression spritzt jetzt regelrecht aus ihm heraus, während ich eigentlich vollkommen ruhig werde. Was daher kommt, daß ich nur darauf warte, von Groen zu Boden geschlagen zu werden. (Woraufhin ich ihm noch in die Eier treten kann, so meine Berechnung.)

Rosita steht erstarrt in einer Ecke des Zimmers. Die Arme unter den Brüsten verschränkt, kühler Blick – eine Machopose. In ihrem trägerlosen Kleid sieht sie geil und wohlgeformt aus. Das denke ich, und es erleichtert mich, daß ich das denke.

»Wie oft?« frage ich.

Groen schaut kurz zu Rosita.

»Wie oft genau haben du und Sammie in Amsterdam gebumst?«

Stille ist schlimmer als ein Kampf. Ich will auch gar nicht kämpfen. Ich will ihm nur ein Brotmesser tief in die Kehle rammen. Oder so.

»Come on«, sagt er zu Rosita.

Und Rosita, Rosita schaut zu mir und dann hinüber zu Groen und dann wieder zu mir. Will sagen, Rosita schaut einzig und allein mich an. Sie kommt auf mich zu, ergreift meinen Arm und sagt: »I stay with Walter.« Das heißt, Rosita geht rasch ins Schlafzimmer, stopft ein paar Sachen und Make-up in eine Sporttasche und nimmt danach eine schwarze Handtasche vom Küchentisch. In dem Moment, als sie zur Tür hinausgehen, tippe ich Groen auf die Schulter und sage: »By the way, äh ... Rosita hat viele Haare auf ihrer Möse, und sie ist wunderbar eng. Wollte ich dir nur sagen.«

Es ist das einzige, was mir einfällt. Oder eigentlich ist es das einzige, wovon ich glaube, daß Groen danach an die Decke geht. Doch Groen bricht in schallendes Lachen aus.

»Klar, Mann, sicher. Was willst du damit überhaupt sagen? Alle Frauen hier haben schwarzbehaarte Mösen. Und alle sind wunderbar eng, du Idiot!«

Stimmt das?

Die beiden gehen über den Kirchplatz in Richtung Datsun. Der Wagen springt nicht an. Auch nicht beim zweiten Versuch. Ein lauter Fluch Groens echot über den Platz, er steigt aus, steigt wieder ein. Und rast los, mit quietschenden Reifen, wie ein echter Prolet.

Zeit, an den Strand zu gehen.

Aber ich gehe nicht zum Strand. Ich lege mich auf Rositas Bett, ich schnuppere an ihrem Kissen und danach an den Laken. Ich reiße ein paar Seiten aus dem Buch von Roald Dahl und werfe sie unter das Bett. Man könnte meinen, ich wäre in Florenz. Wieder das Reich für mich allein, wieder die Gelegenheit, in aller Ruhe in Mädchensachen herumzuschnüffeln und mich auf die Suche nach – who knows? – geilen Fotos zu machen. Aber ich mache mich nicht auf die Suche. Ich bringe Rositas tragbaren Fernseher ins Schlafzimmer, mache Kaffee und schneide eine Melone auf. Ich schaue mir ein spanisches Quiz an, und danach gibt es eine synchronisierte Folge von *Der Denver-Clan,* und Blake und Krystle Carrington sagen einander auf spanisch nette

Worte, und Alex Colby bohrt ihre rotlackierten Fingernägel in die Brust von Dex Dexter, der Eckhardt ein wenig ähnelt. Anschließend laufen ein paar kurze, nicht recht definierbare Sendungen, Nachrichten (irgendwas über ein Zugunglück in Frankreich, Bauernprotest in, wo mag das sein, Peru, Argentinien?) und durchaus unterhaltsame Werbeclips. Ein langes Interview mit Gabriel García Márquez, und mir ist danach klar, warum meine Mutter alle Bücher dieses Burschen liest. Er guckt sehr intellektuell in die Kamera, und er hat eine angenehme Stimme, er »strahlt etwas aus«, er hat »eine natürliche Souveränität«, würde meine Mutter sagen. Ich gehe in das Café des Dorfs, wo die beiden Männer, die den Laden schmeißen, mich inzwischen kennen. Von dem blinden Zeitungsverkäufer abgesehen, bin ich ihr einziger Gast. Ich bestelle einen Whisky, setze mich auf die Terrasse, schaue hinaus auf den Atlantischen Ozean und habe Lust auf einen Joint. Aber Rosita hat kein Haschisch im Haus, und ich bestelle einen zweiten Whisky und habe auf einmal Probleme mit dem Magen. Ich tauche ins Klo, stecke mir den Finger in den Hals und übergebe mich. Viel kommt nicht, und was kommt, ist ziemlich rot gefärbt (der Wein von gestern abend?). Ich bezahle und gebe ein mickriges Trinkgeld, warum, weiß ich nicht, auf jeden Fall aber nehme ich eine Flasche Wein mit nach Hause. In Rositas Bett hole ich mir einen runter und wische mir den Bauch mit ihrem Kopfkissen ab. Im Fernsehen läuft jetzt irgendeine Galashow, unter anderem mit Rafaella Carrà. Danach schon wieder Nachrichten und wieder das Zugunglück und wieder Werbung, und dann, gleichsam als Unterbrechung, der *I Want Your Sex*-Videoclip von George Michael. Es ist witzig, einen solch mehr als bekannten Clip an einem nicht alltäglichen Ort, irgendwo auf einer Insel, zu sehen. Die vertrauten Bilder: George mit seiner asiatischen Fickfreundin. Dann und wann trägt die Fickfreundin eine große schwarze Perücke, und hin und wieder sehen wir sie mit ihren eigenen blondierten Haaren. Strapse, rote Augenbinde, blaue Satinlaken. »What's your definition of dirty, baby, what do you consider pornography?« Das singt George Michael in das Ohr seiner sexy Partnerin. Der Rücken des Mädchens ist ebenso glatt wie George Michaels Diskomusik. Die Nylons werden ausgezogen, das kleine Kreuz im linken Ohr, der obszöne Wasserstrahl auf den Rücken des Mädchens, auf die Fußsohlen. I want to see your sex. Zu zweit zwischen den Laken aus Satin, Schlagschatten, ein Close-up von George. »It's natural, it's chemical (can we do it?), it's logical, habitual (can we do it?).«

Can we do it?

Ich gehe ein Stück an der Flutlinie entlang. Weiß nicht, wohin ich schauen soll, zum Ozean auf der einen Seite oder zu den grauen Häuschen mit dem Gebirge im Hintergrund auf der anderen. Woran denke ich eigentlich? In weniger als einer Woche mit Groen nach New York, daran denke ich.

New York. Ich gebe mir mindestens fünf Minuten lang große Mühe herauszufinden, ob ich überhaupt Lust habe, nach New York zu reisen, oder nicht.

Nein, ich habe keine Lust. Ich habe eigentlich nie Lust, irgendwohin zu gehen. Meistens habe ich nur Lust, irgendwo wegzugehen.

Quartett!

Groen und Rosita tauchten nicht mehr auf. Ich hing vier Tage lang in Candelaria rum. Ich hatte in Erwägung gezogen, überhaupt nicht mehr nach Santa Cruz zurückzufahren. Genauer gesagt, ich dachte daran, mein Ticket nach New York verfallen und Groen allein reisen zu lassen. Es schien mir gar keine so verrückte Idee zu sein, wie ein echter Rentner in dem komischen Dorf Candelaria zu überwintern; und wenn Groen erst einmal weg war, würde Rosita es bestimmt nicht übers Herz bringen, mich vor die Tür zu setzen. Aber ich hielt Groen für imstande, die allerschlimmsten Dinge mit meinem Gepäck anzustellen. All meine Sachen lagen schließlich noch in dem Apartment in Santa Cruz, und who knows, wenn Groen einmal so richtig wütend war und zu viele Drogen konsumiert hatte, dann konnte ich mir problemlos vorstellen, daß er die Rechnungen für den gemieteten Datsun und das Apartment auf meinen Namen ausstellen ließ und anschließend meinen Paß ins Meer warf – wenn er das nicht schon getan hatte. Also bestellte ich am fünften Tag – einen Tag vor dem Abflug nach New York – vom Café aus ein Taxi. Der Fahrer war ein fröhlicher Schnurrbartträger. Als wir in Santa Cruz ankamen, haute er mich beim Bezahlen nicht einmal allzusehr übers Ohr.

Im Apartment war niemand. Und als ich eine Etage tiefer bei Eckhardt und Elma klopfte, da zeigte sich, daß auch sie auf der Piste waren. Zeit genug also, um ein wenig auf der Dachterrasse zu braten. Später am Tag nahm ich ein halbstündiges Bad und checkte das Apartment, das heißt: mein Gepäck. Es war nicht so schlimm, wie ich befürchtet hatte. Nur der Walkman und die hunderttausend Peseten, die ich in meinen Paß gelegt hatte, waren verschwunden, ein relativ unbedeutendes »Darlehen«, das Groen sich genehmigt hatte.

Erst am Nachmittag, so gegen fünf, tauchten die anderen laut lärmend auf, Groen, Rosita, die schwarze Superbraut, Elma, Eckhardt, kurzum, die ganze Gesellschaft außer Martin Moreno.

»Schaut, wen haben wir denn da? Wenn das nicht unser allerbester Raam ist!«

Groen reckte die Arme in die Höhe und stieß ein kampfschreiartiges Geräusch aus, das von allen mit Lachen quittiert wurde. Über unseren Streit in Candelaria wurde mit keinem Wort mehr gesprochen.

Sie kamen vom Strand, und verdammt, wie gut sie aussahen, alle fünf! Eckhardt in einer kitschigen goldbestickten Bermuda und einem Mona-Lisa-T-Shirt, Groen hatte sich knallrote Espadrilles und eine weiße Leinenhose gekauft, und er trug dazu das Armani-T-Shirt, das Rosita ihm geschenkt hatte. Und die Damen, die Damen waren dressed to kill. Rosita konnte es mit jedem Vogue-Model aufnehmen, und die schwarze Superbraut sah jetzt mit ihrem schwarzen Bleistiftrock und ihren punky blondierten Haaren wirklich wie ein vollwertiger Klon von Tina Turner aus. Und Elma war inzwischen auch ordentlich braun geworden und hatte ihr schwarzes Amsterdamer Outfit gegen einen sechzigerjahreartigen Strampelanzug mit Blümchenmotiv getauscht, auf dem in Höhe der Brust mit großen Lettern der Markenname Fiorucci aufgedruckt war. Die Fünf sahen aus, als kämen sie direkt aus einem Videoclip.

Mir fiel nicht mehr ein, als so etwas zu sagen wie: »Hi, guys.« Elma setzte sich neben mich und sah fern. Rosita und die schwarze Superbraut zogen sich aus und gingen duschen. Eckhardt schob Teiglinge in den Backofen und nahm für jeden eine Flasche Bier aus dem Kühlschrank. Groen vollführte mitten durchs Zimmer einen halbwegs gelungenen Moonwalk, nieste ein paarmal und verschwand dann auch ins Badezimmer.

Eckhardt schüttelte sich den Sand aus den Haaren und fragte mich, wie es aussieht. Wir aßen Croissants und gekochte Eier und Obst, und ich fragte ihn, was für den Abend geplant sei. Eckhardt hatte den Mund voller Ei und sah mich an, als hätte ich mich in etwas aus einem Film von Steven Spielberg verwandelt, in einen Gremlin oder so. Er fragte mich, ob ich in den letzten Tagen vielleicht mein Gehirn ausgeschaltet und vergessen habe, daß an diesem Abend die Ausstellung von Martin Moreno in der Galerie von Sergio Valla eröffnet wurde. Aus dem Badezimmer erklang Gekicher und Lachen, und irgendwann war von dort ein dumpfer Schlag zu hören, woraufhin es einen Moment still war, bis Groen ganz laut Au! rief, woraufhin erneut eine kurze Stille einsetzte, die unterbrochen wurde, als Rosita und die schwarze Superbraut in ein lang anhaltendes Lachen ausbrachen. Eckhardt steckte sich eine Olive und ein Stück Käse zugleich in den Mund und murmelte: »Gute Stimmung da drinnen.« Ich fragte, wie Groen es hinbekommen hatte, daß Rosita und die schwarze Superbraut mit einemmal beste Freundinnen waren. Elma zuckte die Achseln und Eckhardt auch, und danach grinsten sie beide. Im selben Moment kam Groen im Bademantel ins Zimmer, gefolgt von den beiden Kicherinnen. Und als wüßte er, was ich Eckhardt und Elma soeben gefragt hatte, sah Groen mich ernst an, legte den einen Arm um Rosita und den anderen um die schwarze Superbraut und sagte: »Raam, ich will dir einen weisen Rat geben, und dieser Rat lautet: It takes three to tango.«

Letzteres verstanden natürlich auch Rosita und die schwarze Superbraut, und beide fingen erneut an zu kichern. Das machte mich wütend. Was ich sagen will, ist, daß es mich nicht interessierte, daß er es jetzt auch mit der schwarzen Superbraut trieb, aber von Rosita war ich enttäuscht ... und die Vorstellung, daß sie jetzt auch zu dritt ...

daß sie ... nun ja, ich dachte an Candelaria, an den Kirchplatz und an den Wein, den ich dort mit Rosita getrunken hatte, und wie ich ihr von Sammie erzählt hatte ... Groen klopfte mir zweimal auf die Schulter, beugte sich zu mir und flüsterte, das heißt, er sprach in flüsterndem Ton, aber natürlich gerade soviel zu laut, daß Eckhardt und Elma es auch hören konnten: »Rosita findet, du bist ein Schatz. Das hat sie mir gesagt.«

Eckhardt und Elma tranken ihr Bier aus und erhoben sich dann. Es wurde verabredet, sich in einer Stunde wieder zu treffen.

Aber sie waren kaum fünf Minuten weg, die beiden, da stand Elma schon wieder vor der Tür. Sie war blaß und guckte sehr geschäftlich, bevor sie die Augen niederschlug. Sie sagte: »Sergio Vallas Assistentin hat gerade angerufen. Martin Moreno hat die Galerie kurz und klein geschlagen. Und Sergio auch.«

Also quetschten wir uns wenig später zu sechst in den Datsun und bretterten über die Ramblas und am Stadtpark entlang. Keiner konnte sich vorstellen, daß der trottelige Moreno, der immer alles »super« fand, den ganzen Laden auseinandergenommen hatte ...

Genau vor der Tür der Galerie standen zwei Polizeiwagen und ein Rettungswagen. Auf der gegenüberliegenden Straßenseite wurden rund hundert Gaffer von der Guardia Civil auf Distanz gehalten. Nach langem Hin und Her ließ die Guardia Civil uns durch. Drinnen saß Martin Moreno auf einem hohen Metallhocker. Seine linke Wange war mit pfannkuchenrundem Schorf bedeckt. Er trug Handschellen und starrte zu Boden. Neben ihm stand ein schnurrbärtiger Kleiderschrank der Guardia Civil.

»Mein Gott«, sagte Elma.

Ein Kreis aus zerschlagenen Bilderrahmen lag mitten in der Galerie. Drumherum Schnipsel und Streifen von zerrissenen Fotos. Polizisten gingen ein und aus. Die Wände der Galerie waren mit breiten, kräftigen Streifen und Klecksen von schwarzer Farbe bedeckt, die wahrscheinlich aus den ausgeschütteten Eimern stammte, die hier und da herumlagen. Aus dem hinter den Galerieräumen gelegenen kleinen Büro erklang eine Kakophonie von Stimmen. Jemand weinte. Zwei Sanitäter manövrierten ihre Trage durch die enge Türöffnung des Büros. Auf der Trage lag Sergio Valla. Er hatte einen grauen Verband um den Kopf, und sein rechtes Bein war seltsam geknickt. Als Sergio Valla in den Rettungswagen geschoben wurde, ertönten entrüstete Rufe aus den Reihen der Gaffer. Der Lärm wogte in die Galerie. Vor allem Eckhardt wurde nervös. Er hatte Angst, die Menge könnte auf eine altmodische Lynchpartie aus sein, deren Opfer nicht nur Moreno sein würde, sondern all diese verrückten holländischen Künstler ...

Der Guardia-Civil-Knacker mit dem Schnauzbart befahl uns, mit zur Wache zu kommen. Groen tat so, als habe er nichts gehört, und stürmte auf Moreno los, der immer noch nach unten starrte. Er trat gegen ein Bein des Metallhokkers, so daß Moreno in weitem Bogen auf den Boden knallte. Der schnurrbärtige Polizist eilte sofort hinzu und bekam Verstärkung von zwei Kollegen, die aus dem Büro schnellten. Ein hitziger Mix aus Spanisch, Englisch und Niederländisch plärrte durch die Galerie. Elma und die schwarze Superbraut ermahnten Groen, sich zu beruhigen. Moreno wurde hochgezogen und wieder auf den Hocker gesetzt. Er fing an, lautlos zu lachen. Er bekam nur den rechten Mundwinkel nach oben, denn der andere schien an dem runden Schorf aus halbgetrocknetem Blut festzukleben.

Im Polizeirevier von Santa Cruz erfuhren wir, was passiert war. Moreno hatte den Vorschlag gemacht, die Wände der Galerie Mozo de Cuerda schwarz zu streichen, weil seine

Fotos dann besser wirken würden. Sergio Valla wollte von dieser Idee nichts wissen und tickte aus, als Moreno eine Stunde später dennoch mit drei großen Eimern schwarzer Farbe auftauchte. Nach langer Diskussion und heftigem Streit beschloß Moreno, sich nicht weiter an dem erregten Geschrei von Sergio Valla zu stören; er nahm seine Fotos von den Wänden, öffnete einen Farbeimer und holte eine Schale und eine Farbwalze aus einer Plastiktüte. Als er die ersten Bahnen gerollt hatte, sprang Valla ihm ins Genick – und in diesem Moment müssen bei Moreno die Sicherungen durchgebrannt sein. Er warf die Farbeimer durch die Galerie und fing an, seine am Tag zuvor gerahmten Fotos zu zerstören. Als Sergio Valla ihn davon abhalten wollte, schlug Moreno auf ihn ein. Währenddessen hatte Vallas Assistentin vom Büro aus die Polizei alarmiert. Als die ankam, lag Sergio Valla stöhnend am Boden, mit Farbe beschmiert und das rechte Beine mit einem unnatürlichen Knick, als wäre es überhaupt kein Bein, sondern nur etwas Zufälliges und Zackiges, das sich unter dem Rumpf befand. Moreno hatte Valla wohl beim Nacken gepackt und ihn gegen die Wand geschlagen, als wäre er ein Kissen, das ausgeklopft werden mußte. Nachdem er Sergio Valla ausgeschaltet hatte, war Moreno in toller Wut erneut zu seinen Fotos geeilt. Er hatte sie beim Rahmen gepackt und durch den Raum geschleudert. Schließlich war er auf einem der Fotos ausgerutscht und hingefallen, und dabei war er mit dem Gesicht in einem Haufen Scherben gelandet.

So hatte es die Augenzeugin, Sergio Vallas Assistentin, der Polizei berichtet; und so erzählte es uns ein großer Bursche hinter einem gewaltigen Schreibtisch, der keine Uniform trug und mit viel Gestotter und Gelispel ein armseliges Englisch sprach. Von ihm erfuhren wir auch, daß es für Sergio Valla schlecht aussah. Okay, was den Kopf anging, war alles halb so schlimm, das war nur eine ordentliche Gehirnerschütterung. Aber das Bein ... das Bein war vollkommen zerschmettert, als wäre ein Betonklotz darauf gefallen. Wie Moreno das geschafft hatte, war allen ein Rätsel ... Körperverletzung würde die Anklage lauten, wenn es nicht gar versuchter Totschlag werden würde. Und hinzu kam noch der Drogenbesitz, der Moreno zur Last gelegt wurde ... Alles in allem genug für eine heavy Gefängnisstrafe.

Wir wurden gefragt, ob wir Moreno gut kannten. Groen, der blaß geworden war, als Morenos Drogenbesitz zur Sprache kam, war der erste, der diese Frage sehr rasch verneinte.

Und Eckhardt, Rosita, ich selbst – wir alle stimmten den Worten Groens bei. Schließlich entsprachen sie ja auch der Wahrheit: Wir hatten diesen Moreno erst hier kennengelernt, auf Teneriffa, auch wenn Groen ihm sehr wohl ein paarmal in Amsterdam begegnet war.

Man stellte uns eine Menge lästiger Fragen, nicht nur der große Bursche mit seinem schlechten Englisch, sondern eine Stunde später auch ein großkotziger Uniformträger. Wie war das nun mit dem Kokain und den Tablettenschachteln? Wußten wir, daß Señor Moreno im Besitz von Drogen war? Und wußten wir von seiner Gewohnheit, Speed und Kokain mit allerlei anderen chemischen Stoffen zu mischen, und war uns bekannt, daß er infolge des übermäßigen Konsums dieser bizarr gemischten Mittel möglicherweise zu Aggressivität neigte?

Erst spät am Abend durften wir gehen. Schweigend begaben wir uns zur Galerie zurück, zum Wagen, und als wir dort ankamen, schauten wir in alle möglichen Richtungen, nur nicht zur Galerie Mozo de Cuerda – als hätte nicht Moreno, sondern wir den Laden kurz und klein geschlagen.

Unterwegs hatten Eckhardt und Groen in einer Kneipe die Toilette aufgesucht, um sich dort ihrer Kokainvorräte zu entledigen. Danach ging es wie der Blitz zurück zum

Apartment. Denn wenn Sergio Valla in seiner Wut auf Moreno bei der Polizei ausgepackt und erzählt hatte, daß Moreno nicht der einzige mit ziemlich viel Schnee in der Tasche war, dann konnten wir einpacken. Deshalb warf Groen im Apartment sämtliche Drogen, die wir dort noch gelagert hatten, in die Toilette, sogar die drei Gramm Haschisch, die die schwarze Superbraut morgens gekauft hatte. Eine Etage tiefer tat Eckhardt dasselbe. Und als er fertig war, rieb Groen sich die Hände und sagte: »So. Genug Ärger für heute. Jetzt gehen wir los und schauen, ob es irgendwo in der Stadt noch etwas zu essen gibt. Schließlich müssen wir noch Raams und meine Abreise nach New York feiern.«

Wirklich gefeiert wurde nicht. Rosita kannte gleich außerhalb von Santa Cruz ein Nachtrestaurant. Wir alle aßen wie die Tiere von den Spareribs und sagten so wenig wie möglich. Und wenn jemand etwas sagte, dann war es Eckhardt, der herumjammerte und sich fragte, wie es nun weitergehen solle und ob er wohl noch im nächsten Monat in Sergios Galerie würde ausstellen können. Elma sagte ihm jedesmal, er solle den Mund halten und wir sollten über etwas anderes reden.

»Wie geht es übrigens Bleichfeld?« fragte ich. »Liegt der immer noch im Krankenhaus?«

Groens Kinnlade klappte herunter, so daß man im Mund das zerkaute Fleisch von den Spareribs sehen konnte. Und die schwarze Superbraut schaute beim Klang von Bleichfelds Namen entsetzt auf, als habe ihr jemand unter dem Tisch zwischen die Beine gefaßt.

»Maul halten, Raam«, sagte Groen schließlich. »Wenn die schwarze Superbraut unter uns weilt, dann ist dieser Name tabu. Du verstehst doch sicher, daß sie nicht an ihn erinnert werden möchte, jetzt, da sie sich total in mich verliebt hat. Er hat im übrigen eine Magenperforation oder so.«

»What's the matter?« wollte Rosita wissen.

»Nothing!« erwiderte Groen gereizt. »We are talking about art.«

»Oh, I see«, sagte Rosita, und an ihren schwarzen Augen war zu sehen, daß sie davon einen Scheißdreck glaubte. Schmollend nagte sie an einer Rippe herum, bis sie auf einmal sagte: »I don't like it anymore, I want to go home.«

Alle schauten erstaunt auf, Groen als erster. Und Elma sagte mit einem heimlichen Blick zu Groen: »Wenn ich sie gewesen wäre, ich wäre schon viel früher gegangen.«

»Aber du bist nicht Rosita«, maulte Groen. Und sofort danach fing er an, Rosita zu erklären, dies sei sein letzter Abend auf Teneriffa, und er wünsche sich, daß es ein schöner Abend werde und daß es ihm schwerfalle, Abschied von ihr und der schwarzen Superbraut zu nehmen. Doch als Rosita resolut vom Tisch aufstand, da sagte er rasch: »Okay, okay, we go home. We go back to the apartment.«

»No, I want to go home. I want to go to Candelaria.«

Groen ging mit Rosita nach draußen, und es gelang ihm, sie umzustimmen. Im Datsun zusammengepfercht, fuhren wir zum Apartmentkomplex zurück, mit Elma, die nur wenig getrunken hatte, am Steuer und Eckhardt auf dem Beifahrersitz. Auf der Rückbank flüsterte Groen Rosita zärtliche Worte ins Ohr. Und auch im Datsun klagte Eckhardt über das, was Moreno sich geleistet hatte.

»Wie soll das jetzt mit der Ausstellung im nächsten Monat werden? Wie kann das gehen?«

»Maul halten«, sagte Groen.

»Genau«, stimmte Elma zu. »Maul halten.«

»Richtig«, sagte ich, »Maul halten, Eckhardt.«

»Aha!« rief Groen sofort. Er hatte die noch immer schmollende Rosita auf dem Schoß. Zwischen ihm und mir saß die schwarze Superbraut. »Aha!« sagte er noch einmal, »habt ihr das gehört? Raams Tag ist gerettet. Er hat jetzt auch einmal zu jemandem sagen dürfen, daß er das Maul halten soll. Tja, eine Kinderhand ist rasch gefüllt, würde ich sagen.«

Elma fuhr mit dem Datsun über ein Schlagloch, und der schwarzen Superbraut entfuhr ein kleiner Rülpser. Und ich dachte darüber nach, wie es wäre, wenn nicht Sergio Valla, sondern Groen ... und wenn nicht Moreno, sondern ich ...

»Raam, zieh deine Beine mal ein.«

Groen setzte sich anders hin und deponierte Rosita auf dem Schoß der schwarzen Superbraut.

»Shit. Jetzt habe ich schön brav jede Nacht gebumst, und ausgerechnet am Abend vor meiner Abreise herrscht so eine ausgesprochene Scheißstimmung. Shit.«

Groen hatte sich eine Flasche Bier aufgemacht. Mit einer Armbewegung schob er das ganze schmutzige Geschirr an die Seite und setzte sich auf die Anrichte. Ich hatte schon mal meinen Koffer gepackt und suchte noch nach einer Whiskyflasche, die irgendwo im Kühlschrank sein mußte.

»Was sagst du dazu, Raam?«

»Scheiße, natürlich«, erwiderte ich. »Dieser Moreno ist komplett bescheuert.«

»Nein, du Hirni. Ich meine den heutigen Abend. Was sagst du dazu? Wer fickt wen? Nimmst du die schwarze Superbraut, oder willst du lieber Rosita haben? Oder, äh ... was hältst du von einem Cuatro. Wäre das nicht eine gute Idee?«

»Von einem was?«

»Na, von einem Quartett natürlich. Wir machen zu viert eine kleine Abschiedsparty daraus.«

»No way. Ich fang nichts mit der schwarzen Superbraut an. Die kommt doch aus Französisch-Guyana? Nun, Französisch-Guyana ist in den Top Ten der AIDS-Länder.«

»So what?« sagte Groen. »Wenn du dich jetzt infizierst,

kriegst du in fünf Jahren oder so AIDS. Und bis dahin hat man bestimmt längst ein Anti-AIDS-Aspirin entwickelt.«

Also stritt ich mich eine halbe Stunde lang mit Groen in der Küche über AIDS und so weiter. Erst danach fiel uns auf, wie still Rosita und die schwarze Superbraut im Wohnzimmer waren. Wir fanden die beiden in Groens Zimmer, sie lagen in seinem Doppelbett und schliefen, die schwarze Superbraut nackt und Rosita in einer von Groens Boxershorts. Sie lagen ordentlich jeweils auf einer Seite, Rositas Mund war halb geöffnet, und die Spitze ihres linken kleinen Fingers ruhte auf ihrer Unterlippe.

»Du willst bestimmt neben Rosita liegen«, sagte Groen.

»Lieber ja.«

Wir zogen uns aus und krochen jeder auf einer Seite des Betts unter das kühle weiße Laken. Groen unternahm noch ein paar Versuche, die schwarze Superbraut aufzuwecken, indem er sich sanft an ihrem Hintern rieb, und um ehrlich zu sein, machte ich bei Rosita dasselbe, als ich dachte, Groen sei eingeschlafen. Alles ohne Ergebnis, die Ladies schliefen, oder, was wahrscheinlicher ist, sie taten so als ob.

»Laß Rosita in Ruhe, Raam«, flüsterte Groen. »Du kleiner Heimlichtuer.«

Ich mußte lachen, stieg aus dem Bett und ging in die Küche, um einen letzten Bacardi-Cola zu trinken. Als ich wiederkam, ratzte Groen tatsächlich, das Gesicht im üppigen Haar der schwarzen Superbraut versteckt. Jemand hatte das Laken weggetreten, ich hatte freie Sicht auf drei Paar halb ineinander verschlungene Beine. Rosita hatte sich inzwischen umgedreht und berührte mit ihrem Hintern fast den Bauch der schwarzen Superbraut – und eine Minute oder so betrachtete ich, wie sie da lagen. Nicht zwei, sondern drei Löffelchen. Und als Löffelchen Nummer vier legte ich mich erneut zu Rosita. So vorsichtig wie möglich nahm ich ihre rechte Hand und legte sie zuerst auf meine Wange und dann auf meinen Mund. Ich konnte nicht schlafen, und erst recht nicht, als ich mir vorstellte, daß die Hand, die ich an meine Lippen drückte, nicht Rositas Hand war. Ich schloß die Augen und küßte die klamme, kleine, sanfte Handfläche von Sammie.

Gute Kameraden

Unser Flug ging um 11:33 Uhr. Einchecken mußten wir bis 10:48 Uhr. Wir standen um vier vor neun auf. Da griff ich nämlich nach meiner Uhr, die neben dem Bett lag, und weckte dabei ungewollt Rosita.

Es wurde nicht gefrühstückt. Rosita machte Kaffee, das schon.

Groen pfefferte seine Klamotten in einen Koffer. Die schwarze Superbraut duschte. Dann tauchte Eckhardt in unserem Apartment auf und sagte, er habe in aller Frühe schon Sergio Valla im Krankenhaus besucht.

»Und?« fragte Groen. Eckhardts Antwort interessierte ihn nicht die Bohne, das konnte man an der Art und Weise erkennen, wie er seine restlichen Sachen zusammenraffte und in eine Tasche stopfte.

»Das mit dem Bein ist doch nicht so schlimm«, sagte Eckhardt. »Will sagen, es muß nicht amputiert werden oder dergleichen. Und so wie es aussieht, ist meine Ausstellung im nächsten Monat nicht in Gefahr.«

»Zum Glück«, sagte Groen und zog mit einer raschen Bewegung den Reißverschluß seiner Tasche zu. »Ende gut, alles gut.«

Und damit hatte es sich. Viel Zeit, um Sergios Verletzung und Morenos Verhaftung zu betrauern, hatten wir schließlich nicht. In weniger als einer Stunde mußte noch allerlei erledigt werden. Groens Datsun zum Beispiel. Der mußte zur Autovermietung zurückgebracht werden. Und die Miete für das Apartment; die belief sich bestimmt auf mehrere Hunderttausend Peseten. Wie und wann mußten die bezahlt werden? Und wer bekam das Geld überhaupt? Nach einigem Hin und Her stellte sich heraus, daß nur Sergio Valla diese Frage beantworten konnte, und der lag mit einem Bein in der Schlinge. Also schlußfolgerte Groen, daß wir für nichts mehr Zeit hatten. Und während er einen Stapel Geldscheine aus seinem Portemonnaie nahm, bat er Eckhardt, alle noch ausstehenden finanziellen Angelegenheiten zu regeln.

»Sag mal«, meinte Eckhardt, auf die Banknoten deutend, »ich dachte, du wärst in finanziellen Schwierigkeiten?«

Groen machte ein ernstes Gesicht.

»Das stimmt auch«, erwiderte er nachdenklich, »aber mein Konto hatte ein ernstes Gespräch mit dem Bankkonto der schwarzen Superbraut.«

»Drecksack«, sagte Eckhardt bewundernd.

»Danke, danke«, erwiderte Groen und machte eine beschwichtigende Geste.

Formulare und Geldscheine wanderten von Hand zu Hand, von Groen zu mir, von mir zu Eckhardt, von Eckhardt zu Groen. Es war ein Durcheinander von Versprechungen, Vereinbarungen, Transaktionen. Und eigentlich war niemandem klar, wer jetzt wen über den Tisch zog. Doch irgendwann kam Eckhardt der Gedanke, daß er, ungeachtet des Stapels Banknoten in seiner Hand, für alle entstandenen Kosten würde aufkommen müssen. Er schielte vor lauter unterdrückter Wut. Doch Lust auf Theater mit uns hatte er auch nicht, und darum schimpfte er halt ein wenig mit Rosita, als sie eine Tasse Kaffee auf einen Stapel Rechnungen fallenließ, den er auf die Anrichte gelegt hatte. Und das wiederum verdarb Groen die Laune.

»Eckhardt, du Idiot! Jetzt sei mal nicht so gestreßt, ja. Es geht doch nur um Geld, Mann. Um Cents und Gulden. Und ach, übrigens, in der hinteren Stoßstange des Datsun ist eine Beule. Keine große Sache, Peanuts. Aber, äh, regelst du das für mich, ja?«

Die schwarze Superbraut packte ihre Sachen und trug alles eine Etage tiefer. Eckhardt und Elma bekamen einen Gast. Auch das noch, sah ich Eckhardt denken. Rosita brachte uns in ihrem weißen Austin Mini zum Flughafen. Zu dritt tranken wir im Restaurant neben dem Eincheckschalter noch rasch einen Whisky. Rosita sagte kein Wort. Sie nippte an ihrem Whisky und sah uns nur an. Groen fragte sie, ob sie ihn vermissen werde. Und Rosita zuckte mit den Achseln und sagte: »I don't think you will miss me. So it's better for me that I don't miss you.«

Ziemlich viel Englisch für Rositas Verhältnisse. Ihre Aussage klang wie ein aus einem B-Movie gepflückter Satz. Doch die Art, wie Rosita den Blick senkte, hatte nichts mit einem B-Movie zu tun. Ihr trauriger Blick hatte Stil.

Mit drei raschen Küssen für jeden verabschiedete sie sich. Auf ihren hohen Absätzen klickklackte sie davon.

»Shit. Was sagst du dazu?« fragte Groen. »Sie hat nicht einmal geweint. Sie ist verrückt, bekloppt, bescheuert. Um mich wird immer, *im-mer* geweint, wenn ich irgendwo abreise.«

Groen hatte Rositas traurigen Blick also nicht einmal bemerkt. Daher erwähnte ich all die beschissenen Vorkommnisse der letzten Tage und meinte, daß Rosita dies alles vielleicht ziemlich abgetörnt habe. Das wäre doch durchaus möglich?

»Unsinn«, erwiderte Groen entschieden. »Wenn hier jemand abgetörnt ist, dann bin ich das. Ich fühle mich von dieser Rosita wirklich verarscht. Büchsen müssen heulen beim Abschied. Sie müssen ein Drama draus machen. Wenn dem nicht so ist, können sie abziehen. Da bin ich überaus streng.«

»Richtig so, Groen. Sehr gut. That's the spirit.«

Das war die einzige Antwort, die mir einfiel, um ihn zum Schweigen zu bringen.

Eine der Stewardessen gab *El Día* an die Passagiere aus. Darin prangte auf der dritten Seite ein allerdings schon recht altes Foto eines strahlenden Sergio Valla und daneben das behäbige Gesicht von Martin Moreno. »Gallerista Sergio Valla maltrado por artista holandés.« Groen seufzte tief. »Martin Moreno ist jetzt weltberühmt auf den Kanarischen Inseln«, sagte er schließlich. »Keine schlechte Leistung.« Und er schaute grübelnd zu den hin- und hergehenden Stewardessen.

Der Flug ging nach Madrid. Nach der Landung stellte sich heraus, daß wir nicht eine, sondern zweieinhalb Stunden auf unseren Anschluß nach New York warten mußten. Wir tranken Gin, aßen ein Schnitzel und klauten jeder zwei Flakons Paco Rabanne im Duty Free. Groen flirtete mit einem deutschen Hippiemädchen, das ein ganzes Warenhaus an Gepäck dabeihatte. Ich kaufte den *Telegraaf* von vor zwei Tagen und las die Rubrik »Diverse Clubs«. Wir rauchten Ducados und hatten Streit mit einem genervten Japaner, der davon überzeugt war, daß wir es waren, die ihm zwei Tage zuvor im Zentrum von Madrid eine Videokamera geraubt hatten. Und als die zweieinhalb Stunden fast vorbei waren, begaben wir uns zum falschen Gate und standen dummerweise in der Reihe für den Flug nach Los Angeles anstatt nach New York, so daß wir am Ende doch noch flitzen mußten und schließlich als letzte in die Sitze der Boeing von Trans World Airlines fielen. Kaum eine Viertelstunde nach dem Start fragte Groen eine Stewardeß, ob er einen Whisky statt Kaffee haben könne – und er *bekam* ihn, wahrscheinlich dank eines nicht imitierbaren, geilen Lächelns, das er der Stewardeß zugeworfen hatte. Anyway, Groen war in bester Laune, und daher beschloß ich, ihn erneut zu fragen. Denn ich wußte es immer noch nicht.

»Sag, müssen wir nicht noch über was reden?«

»Über was reden?« fragte Groen gereizt. »Was ist das für ein softer Ausdruck? Bist du etwa in mich verliebt?«

»Tja, ach nein.«

»Gut. Ich bin auch nicht in dich verliebt. So. Darüber haben wir also geredet.«

Groen blätterte im TWA-Bulletin und bestellte einen zweiten Whisky. Also fing ich von Candelaria an, von Rosita, von dem Streit, den wir in ihrer Gegenwart gehabt hatten.

»Streit?« sagte Groen. »Wir hatten überhaupt keinen Streit. Du warst nervig, und ich war vernünftig. Das war alles.«

Ich fragte ihn, ob er mit Sammie gevögelt hatte.

Er beherrschte sich. Die Stewardeß, die ihm inzwischen den zweiten Whisky gebracht hatte, ging in dem Moment gerade vorbei. Sie lächelte, und Groen schickte erneut ein strahlendes Lächeln zurück. Sofort danach beugte er sich zu mir rüber. Das Lächeln war zu einer Grimasse erstarrt.

»Not again, Raam. Not again. Du bist pathetisch, weißt du das? Du hast einen Genickschuß verdient. Eine öffentliche Hinrichtung. Blöder Sack. Ich muß hier über sechs Stunden neben dir sitzen. Also benimm dich bitte normal. Nor-mal.«

»Ja?«

»Ja, was?«

»Ja? Hast du mit ihr gevögelt oder nicht?«

Dasselbe Gesicht kurz vor meinem, wie damals in Candelaria. Ich meine, wir saßen schließlich in dieser Boeing, um uns herum Dutzende von dösenden und murmelnden Passagieren, und Groen konnte also nicht ausrasten und gefährlich werden ... und daher fragte ich ihn einfach immer wieder, vier-, fünfmal, bis seine Augen vor lauter Gereiztheit fast aus den Höhlen sprangen. Und mit der Motorik eines Flugzeugentführers stand er auf und zischte mir zu, er gehe jetzt zur Toilette, und wenn er zurückkomme, dann solle ich die Schnauze halten, denn sonst ...

Er blieb länger als eine Viertelstunde weg, plumpste dann auf den Sitz neben mir und erzählte mir die Geschichte.

Groen berichtete, daß er Sammie eines Abends im Gimmick getroffen hatte. Daß sie den ganzen Abend miteinander getanzt, geredet, getrunken, geschnieft hatten. Und sie hatten über alles mögliche gesprochen, vor allem aber über mich. Darüber, warum es zwischen Sammie und mir schiefgegangen war, und Sam hatte ihm erklärt, warum sie mich verlassen hatte.

»Und? Warum hat sie?« fragte ich ihn.

Ich fragte ihn in einem ganz normalen, alltäglichen Ton. Als würde ich ihn um einen Kaugummi bitten. Ich war nicht gestreßt, nicht gereizt, ich war gar nichts. Ich war ruhig. Ich hörte zu. Ich flog und hörte zu. Und ich war ruhig.

»Ich weiß nicht, warum«, erwiderte Groen. »Ich habe kein Wort von dem, was sie gesagt hat, verstanden. Viel zu laute Musik im Gimmick. So wie immer.«

Und dann erzählte Groen, daß Sam von ihrem eigenen Geschwätz ganz niedergeschlagen war. Und daß er sie mit zu sich in seine Wohnung genommen hatte, um sie ein wenig aufzuheitern. »Aufzuheitern? Mein Gott. So nennt man das also heute. ›Darf ich dich ein wenig aufheitern?‹ Himmelherrgott, aufheitern ...«

»Halt den Mund, Mann. Ich habe sie einfach nur mit zu mir genommen, nichts weiter. Wir haben uns alte Hits von den Supremes angehört, und wir haben, wie heißt das Zeug gleich wieder, wir haben Grappa getrunken. Ja, Grappa war es. Und Sam wurde ein wenig tipsy, und ... tja, Raam, du kennst das ja bestimmt, wenn Schnecken betrunken werden, dann hängen sie sich an dich. Dann fangen sie an, dir Küßchen zu geben, und sie kichern ständig.«

»Das macht Sam nie. Sam gibt nie Küßchen, wenn sie betrunken ist. Und sie kichert auch nicht.«

»Shut up. Willst du die Geschichte nun hören oder nicht? Also dann. Du hast mich darum gebeten, also bekommst du sie. Sam wurde also betrunken, und sie wollte mit mir ins

Bett, das war obvious. Darum sagte ich zu ihr, nein, Sam, das lassen wir besser bleiben, denn morgen tut es dir leid. Geh jetzt, geh jetzt bitte einfach nach Hause, du bist eine Freundin, und Raam ist ein Freund. Das habe ich gesagt.«
»Bullshit.«
»Wie bitte?«
»Bullshit. Du? Du hast das gesagt? Ach, komm doch ... du hast sie gevögelt. Einfach gebumst. Du hast sie ... aufgeheitert, wie du es nennst. Zuerst hast du sie ganz wie üblich aufgeheitert, einfach auf ihr drauf. Dann hast du sie von hinten aufgeheitert, doggystyle, und danach warst du an der Reihe, dann hat sie dich mit dem Mund aufgeheitert, und zum Schluß hast du das Allerfröhlichste des ganzen Abends in sie hineingespritzt. Weil du nämlich ein Betrüger und ein Verräter und ein Arschloch und ein nicht vertrauenswürdiger Allesficker bist.«

Sagte jemand was? So viele Menschen sagten was. Amerikanische Geschäftsleute, spanische Familien mit überdurchschnittlichem Einkommen. Alle möglichen Menschen saßen in der Boeing, und überall war Gemurmel und Geflüster zu hören. Nur neben mir herrschte vollkommenes Schweigen. Groens Hand lag auf meiner. Auf meiner rechten Hand. Mein Mittelfinger wurde langsam nach oben gezogen. So daß es in der Handfläche zu brennen begann. Groen, der meinen Finger nach oben zog, immer weiter zog – ein leises Knacken war vernehmbar – und der dabei seine Fingernägel in die Haut meiner Hand bohrte.

Ich sah ihn nicht an. Der Griff wurde kräftiger. Ich wartete auf das echte Knacken, auf den dumpfen Ton, mit dem mein Finger brach. Tat nichts anderes, als zu warten auf mehr, mehr Schmerz.

Sagte jemand was? Ja, schon, aber erst nach einer ganzen Minute, der Minute, in der meine Hand zu so etwas wie einem schlaffen Geschirrtuch zerknüllt zu werden schien.

Mein Mittelfinger färbte sich violett und sah so immer obszöner aus.

Ich seufzte nicht, als er mich losließ. Ich tat, was er mir sagte: Ich hörte zu.

»Ich wollte dir diese Geschichte ersparen, Raam. Wenn Sammie nicht Sammie gewesen wäre, dann hätte ich sie tatsächlich gefickt, ja. Aber ich habe sie nicht gefickt, trotz ihres Flirtens, trotz der überdeutlichen Signale, die sie mir sendete. Wenn es an ihr gelegen hätte, wäre es passiert. Und das ist bitter für dich, aber es stimmt. Sie will dich nicht mehr. Dein Schatz, Fräulein Suzan Fortuyn, deine Sammie, will nichts mehr wissen von Herrn Walter van Raamsdonk. Das hat sie mir wortwörtlich gesagt. Sie hat sich an diesem Abend in einem fort über dich beklagt, und mehr verrate ich nicht, denn sonst springst du auf der Stelle aus dem Flugzeug. Nochmals, ich wollte dich schonen, ich wollte dir das nicht erzählen ... aber wenn du es noch einmal wagst, mich als Betrüger, Arschloch und ich weiß nicht was sonst noch zu bezeichnen, dann breche ich dir nicht nur auf der Stelle den Mittelfinger, sondern als Zugabe auch noch den kleinen Finger. Hast du verstanden? Und jetzt paß mal auf ... noch ein falsches Wort, und ich zerfetze mit dieser kleinen Feile deine Nagelhaut, einen Finger nach dem anderen. Und wenn wir dann gelandet sind, trete ich dir zur Krönung meiner Arbeit beide Eier bis rauf zu deinen Mandeln. Kapiert? Ich habe nämlich die Schnauze voll von deinem paranoiden Geschwätz, gestrichen voll ... Du weißt jetzt, wie es gewesen ist, und es ist the truth, the truth and nothing but the truth. Mann, ich habe genug Gründe, nichts mit Sammie anzufangen. Früher nicht, weil sie deine Freundin war. Und jetzt und in Zukunft nicht, weil sie deine Ex-Freundin ist. Das ist Groens moralischer Kodex. Und gegen diesen Kodex verstoße ich nicht. Und warum nicht? Weil du mein Freund bist, du Idiot. Mein Freund.«

Kein Wunder, daß danach keiner von uns beiden noch etwas sagte. Groen tat ab und zu so, als döste er ein, und ich war damit beschäftigt, den Schmerz in meinem Finger zu ignorieren und dabei ein wenig im Trans-World-Airlines-Bulletin zu blättern, einem Käseblatt auf Hochglanzpapier mit Artikeln über Aktien, Autotests und Reportagen über europäische Weine. Und ich beobachtete, wie die anderen Passagiere vor sich hin starrten oder ihrerseits andere Passagiere beobachteten, bis ich so etwas sagte wie ... ich überlegte zu sagen ... ich sagte ...

»Sorry«, sagte ich. »Tut mir leid, Groen.«

Und Groen machte ein Gesicht, als hätte ich ihm nur gegen den Ellenbogen gestoßen oder so ähnlich – jedenfalls sagte er: »No problem, Raam. Mach dir keinen Kopf.« Und danach sagte er, ich solle Sammie einfach vergessen und mich in New York ausführlich umsehen.

»Weißt du, daß es in New York einen riesigen Überschuß an Frauen gibt? Das Verhältnis von Frauen und Männern beträgt eins zu sieben, es gibt einen gewaltigen Überschuß an allein herumirrenden Frauen. Nein, wirklich wahr, Raam, du solltest dir einfach eine hübsche, liebe Büchse anlachen, eine, die keine Umstände macht. Nein, ich weiß was Besseres. Weißt du, was wir als erstes in New York machen? Weißt du, wo wir hingehen?«

»Wohin?«

Ich will es eigentlich gar nicht wissen. Bestimmt in eine Disko oder, noch wahrscheinlicher, in eine angesagte Galerie oder zum Freund eines Freundes, der weiß, wie und wo man Kokain, Büchsen und Geld ...

»Wir gehen in eine Peepshow, Mann. Wir gehen in eine Peepshow. Das bringt dich auf andere Gedanken. Glaub mir, Raam, letztendlich will ich nur dein Bestes, das weißt du inzwischen bestimmt. Denn wenn es darauf ankommt, dann sind wir gute Kameraden. Oder?«

Teil 3: April

Dulcie

»... und mein Sohn ist gerade aus New York zurückgekommen. Nicht wahr, Walter?«

Meine Mutter hat mir eine Hand in den Nacken gelegt und lächelt, als würde sie fotografiert. Da ist niemand, der fotografiert, wohl aber werden wir betrachtet. Von einem Kardiologen und seiner Gattin. Oder war es ein Anästhesist? Wie dem auch sein mochte, es befand sich jedenfalls jede Menge medizinische Mafia im Haus meiner Eltern. Lauter blaue Blazer und Kostüme und karierte Hosen und korrigierte Gebisse mit Kronen und Brücken. In der Bonneterie, im Society Shop oder einfach heimlich bei Hij oder Peek & Cloppenburg gekaufte Kleidung. Manche der Männer haben eine Pfeife im Mund. Manche der Frauen haben eine Color-Spülung.

Anläßlich der Beförderung meiner Mutter zur Chefhygienikerin des Alkmaarer Krankenhauses geben meine Eltern eine Party. Aus den Lautsprechern stolpert Musik durchs Zimmer, zunächst Barbra Streisand und, kurz danach, Richard Clayderman. Die Sitzecke wurde an die Seite geschoben. Man hat eine Reihe zusätzlicher Stühle aus den diversen Schlafzimmern geholt und an strategischen Punkten plaziert. Doch alle Anwesenden stehen, stehen um den Tisch mit Häppchen herum, um die Schüsseln und Schalen mit Lachssalat, Schnecken, Gambas und all den anderen Sachen, die bei irgendeinem Traiteur bestellt wurden. Man spricht über amüsante Vorfälle in den Krankenhausabteilungen, über eine zu erwartende Regierungskrise, über Fahrradrouten durch die Ardennen, über etwas Ernstes in Sachen Chemotherapie, und Fleurbaay van Gasteren erzählt drei halbtrunkenen Kinderärzten einen schmutzigen Witz über ein Kätzchen, das nach draußen spielen geht.

Der Kardiologe – es ist tatsächlich ein Kardiologe – und

seine Gattin berichten meiner Mutter von ihrem ältesten Sohn, der auf Ibiza »freewheelt«. Meine Mutter zeigt ihnen ein perlendes Lächeln und nimmt zum Glück ihre Hand aus meinem Nacken. Sie trägt einen schwarz-weißen Blazer und einen dunkelgrauen Samtrock, der ihr nicht zu einhundert Prozent steht. Sie hat sich eine Barclay angezündet und winkt meinem Vater zu, der an den halbgeöffneten Gartentüren mit irgendeiner Notarsgattin herumwitzelt, um sich dann wieder lächelnd und nickend dem Kardiologen zuzuwenden, einem formlosen Fleischberg mit kahlem Schädel, rosaroten Segelohren und einem karierten Schal um den Specknacken.

»Johan«, sagt meine Mutter. »Johan!«

Mein Vater küßt die Notarsgattin zum Abschied wohlerzogen auf die bemuttermalte Wange. Ich trinke Perrier. Ich trank Perrier. Jetzt trinke ich einen Screwdriver.

»Nun ja«, sagt meine Mutter zu dem Kardiologen und seiner Gattin, »meine jüngste Tochter ist also in London, als Au-pair, und meine andere Tochter, Bianca, die ist ein bißchen unser Problemkind, die weiß noch nicht so recht, was sie will, und tourt gerade mit ihrem Freund, einem lieben, spontanen Antillianer, durch ... Wo sind die beiden unterwegs, Walter?«

Der Kardiologe schaut auf die vom schwarz-weißen Blazer bedeckten Brüste meiner Mutter, und seine Gattin schaut auf mich und dann auf meinen Vater, der nun, zusammen mit Fleurbaay van Gasteren, in unsere Richtung kommt.

»Johan, in welchem Land ist Bianca jetzt gerade?«

Ehe mein Vater darauf etwas erwidern kann, steckt der dicke Fleurbaay seine Nase zwischen Schulter und Hals meiner Mutter.

»Coby, mein Liebe, wie herrlich du wieder riechst. Dein Johan darf sich glücklich schätzen, eine Frau wie dich zu haben.« Und Fleurbaay wendet sich an den Kardiologen und sagt im Tonfall eines Komödienschauspielers: »Ich bin nicht eifersüchtig, das nicht, o nein! Coby und ich, das wäre eine maladie à deux geworden, eine maladie à deux! Ist doch so, Coby, meine Liebe?«

Der Kardiologe und seine Gattin senken ihre Blicke. Fleurbaay pustet die Wangen auf und wedelt mit dem linken Arm. Betrachtet anschließend den Arm, als gehöre der nicht zu ihm, geht an dem Kardiologen vorbei und blinzelt. Blinzelt mir zu.

»Walter«, murmelt er kurzatmig, »da hätte ich doch fast deiner wunderbaren Mutter einen herzlich gemeinten Klaps auf den Pünktchen, Pünktchen gegeben.«

»Auf ihren Hintern.«

Ich sage dies etwas zu laut nach Fleurbaays Geschmack, denn er kneift mir in den Oberarm und übertönt meine Stimme mit Hüsteln.

»Auf ihren Hintern, ja«, flüstert er, »du hast es erfaßt, Walter, du hast es erfaßt.«

Und ob ich es erfaßt habe. Hausfreund Fleurbaay van Gasteren ist eine dicke alte Schwuchtel, die sich das nicht eingestehen will. Schon seit Jahren kommt er zu uns, um vor allem mit meiner Mutter über Zen und Tao und Fritjof Capra und so zu schwatzen. Einmal in der Woche spielt er mit meinem Vater eine Partie Schach. Sie sitzen dann im Arbeitszimmer, und wenn Fleurbaay zu verlieren droht, fängt er immer an, mit dem kleinen Finger in seinem Ohr zu bohren.

»Johan, wo ist das Mädchen vom Catering Service geblieben?«

»Mach dir keine Sorgen, meine Liebe«, plärrt Fleurbaay sogleich dazwischen und wendet sich anschließend wieder an mich. »Eine Prachtfrau, deine Mutter, eine Prachtfrau. Nach all den Jahren.«

Immer dieses Anhimmeln meiner Mutter. Glaubt Fleurbaay denn wirklich, ich wüßte nicht, daß sein Schwanz nicht in eine Möse, sondern in einen frischen, engen Jungenhintern gehört? Als ich dreizehn war, sind wir einmal mit der ganzen Familie und dem damals schon aufgedunsenen Fleurbaay van Gasteren als Hausfreund (und Maskottchen) für ein verlängertes Wochenende nach Südlimburg gefahren. Am ersten Tag legte Fleurbaay auf einem Parkplatz hinter einer Autobahnraststätte etwas zu lange seine Hand auf meinen Oberschenkel. Am zweiten Tag besuchten wir die Sandsteingrotten in Valkenburg, und er sagte zu mir, ich solle seine Hand nehmen, wenn ich mich fürchtete. Shit, ich war dreizehn, und ich hatte keine Angst, aber Fleurbaay nahm mich bei der Hand, und sein Ring drückte sich scharf und kalt in meine Handfläche. Am dritten Tag landete ich zusammen mit ihm in einer Gondel der Seilbahn, und wieder fing Fleurbaay an, von Höhenangst und Furcht zu reden, und mit seinem Knie berührte er sanft das meine, und er fuhr mit dem Handrücken über mein Knie und anschließend, so beiläufig, daß es ganz unbeabsichtigt hätte sein können, über die Innenseite meiner Oberschenkel. Als wir oben ankamen, wand Fleurbaay sich auf der Plattform schnell aus der Gondel, er war naßgeschwitzt und verschwand sofort in irgendeinem Restaurant, um »sich frisch zu machen«.

»Natürlich ist sie eine Prachtfrau, Wilfred.«

Fleurbaay mag es, wenn ich ihn mit seinem Vornamen anrede.

»Und was für Leute, Walter«, zischt er in mein Ohr. Er trinkt einen Schluck Wein. »Das sind doch lauter Proleten im Maßanzug, findest du nicht auch?«

»Auf jeden Fall, Wilfred, auf jeden Fall.«

Mein Vater ist kurz in die Küche gegangen. Der dämliche Kardiologe und seine mausgraue Gattin öden meine Mutter inzwischen ziemlich an.

»Aber wie war es denn jetzt in New York, Walter?« fragt sie mich laut. »Erzähl mal.«

»Nun ja, ziemlich hektisch. Eine hektische Stadt, New York.«

Fleurbaay stößt eine Lachsalve aus. »Eine hektische Stadt!« ruft er. »Köstlich!«

»Wohl wahr«, sagt meine Mutter ungeduldig. »Aber wie war es. Du warst doch nicht nur zu deinem Vergnügen dort ...«

Meine Mutter steht der Sinn nach Prahlen. Also erzähle ich dem Kardiologen irgendwas über Ausstellungen und Geld und Kontakte und sage, daß New York, vor allem wenn es um zeitgenössische Kunst geht, noch immer der Mittelpunkt der Welt ist. Dies alles, um deutlich zu machen, wie weit ich es inzwischen gebracht habe. Der Kardiologe schiebt sich eine Toastecke in den Mund. Er sieht mich mit glasigen Augen an. Also erzähle ich einfach, daß das durchschnittliche Einkommen eines erfolgreichen Künstlers doppelt so hoch ist wie das durchschnittliche Einkommen eines erfolgreichen Arztes.

»Köstlich!« tönt Fleurbaay wieder. »Tout le monde est cousu d'argent.«

Doch meine Mutter fühlt sich verpflichtet, einen auf integer zu machen, und erklärt, New York sei doch vor allem eine *inspirierende* Stadt, insbesondere für junge Künstler.

»Auf jeden Fall«, erwidere ich. »New York ist eine inspirierende Stadt.«

Mein Vater kehrt aus der Küche zurück und kommt sofort ins Gespräch mit einem gutgekleideten Paar in den Dreißigern. Er in einer Garbardineweste und beiger Bundfaltenhose, sie mit blondiertem Haar und einem Rollkragenpullover aus Kaschmir. Schlagartig kriege ich einen trockenen Hals, denn ich frage mich plötzlich, ob meine Eltern irgendwann einmal Partnertausch gemacht haben. Oder immer noch machen. Mein Vater aufgestützt und pumpend auf der rot angelaufenen Gattin des Kardiologen, und daneben der Kardiologe, dem meine Mutter konzentriert und ausdauernd einen bläst. Oder so ähnlich.

Mein Vater winkt mich zu sich. Er will mich dem gutgekleideten Paar in den Dreißigern vorstellen. Der mit der Wollweste ist Chirurg, wie sich zeigt.

»Mein Sohn Walter ist gerade zurück aus New York«, sagt mein Vater. Yew York sagt er. »Erzähl mal, wie war es in Yew York?«

»New York ist eine inspirierende Stadt«, sage ich.

Das Mädchen vom Cateringservice kommt ins Wohnzimmer. Sie trägt eine Schale aus unechtem Silber. Irgendwas mit Auberginen und Gänseleber.

Während der ersten vier Tage klapperte ich mit Groen nicht nur Peepshows ab, sondern vor allem allerlei Galerien in SoHo und der Lower East Side. Groen stellte mich Galeristen, Künstlern und heiß angezogenen Mädchen vor, die ich alle nicht kannte und er eigentlich auch nicht. Wir besuchten die berühmten Diskotheken: The World, Hemingway, Dexy's Palace und das schon wieder etwas aus der Mode gekommene Palladium. Im Washington Square Park kauften wir Kokain, das so schlapp wie Puderzucker war. Wir landeten auf Partys in Greenwich Village, und eines Abends wurden wir dort von zwei sechzehnjährigen Burschen mit riesigen Messern ausgeraubt. Obwohl das Koks sich jedesmal als grottenschlecht erwies, kaufte Groen weiterhin wie der erstbeste Tourist auf der Straße. Ich fand es total ätzend, wie Groen auf die Kunstszene abfuhr. Er war regelrecht süchtig nach dem Geschwafel mit Malern, Bildhauern und Videomachern, die mit allerlei Projekten und Projektchen Geld wie blöd verdienten. Am fünften Tag hatte ich genug von alldem. Wir hatten auf Long Island den Freund eines Freundes eines Freundes besucht, und als wir nach Mittag wieder in Manhattan waren, schlug Groen vor, ins Museum of Modern Art zu gehen. Wir kamen nicht weiter als bis in die Museumsbuchhandlung. Wir kauften beide einen Katalog, und Groen erklärte, er habe keine Lust, durch all die Säle des Museums zu latschen. Ein Katalog für fünfundsiebzig Dollar reiche völlig, fand er.

In der U-Bahn-Station war es voll genug, um so zu tun, als verlöre ich ihn im Gedränge. Groen stieg in die Bahn, und ich winkte ihm mit beiden Armen zu, zwängte mich in die aus dem Waggon aussteigende Menge und schauspielerte die Verzweiflung eines Menschen, der mitgerissen wird. Groen saß in der U-Bahn, deutete kühl an seine Stirn, und der Zug raste davon.

Wieder im YMCA, brachte ich den schweren Katalog in mein Zimmer, trank zwei Dosen lauwarmes Budweiser und aß ein unterwegs gekauftes Sandwich mit Fischfilet. Danach spazierte ich in Richtung 42nd Street, ließ die Peepshows links liegen (ließ mein dunkelhäutiges Whitney-Houston-Mädchen mit seiner glatten, festen Bibermöse links liegen) und besuchte statt dessen ein Pornokino, wo ein Film mit Vanessa del Rio lief. Drinnen hockten alte Farbige und röchelten und husteten. In den hinteren Reihen saßen Studenten, die sich selbst oder dem Nachbarn unbeherrscht einen von der Palme wedelten, um kurz danach hastig das Kino zu verlassen. Ich schaute mir Vanesa del Rio an, die lutschte und fickte, rauchte einen Joint und dachte darüber nach, wie ich die kommenden zwei Wochen in New York rumkriegen sollte. Die New Yorker Kunst hing mir zum Hals raus. Aber mir kam auch nichts in den Sinn, das mir nicht ebenfalls zum Hals raushängen würde. Am Ende kam ich zu dem Schluß, daß ich zusehen mußte, ein Mädchen aufzureißen, um auf diese Weise aus dem YMCA rauszukommen und mich von dem von A nach B rennenden Groen zu erlösen.

Ich gab an dem Tag ein Vermögen für Taxis aus, um mich von der einen Kneipe in die nächste bringen zu lassen. Die Frauen und Mädchen, mit denen ich ins Gespräch kam, schauten mich nach fünf Minuten an, als hätte ich sie ausgeraubt oder so. Nun ja, ich trug auch eine falsche Jeans, meine Haare waren nicht gewaschen, und ich hatte Ringe unter den Augen, merkwürdig war es also nicht, daß sie sich so zugeknöpft verhielten. Ich aß downtown Lasagne in einer Bruchbude, und abends ging ich in ein paar Diskos, wo ich Unsummen für Whisky-Soda bezahlen mußte. In keiner anderen Stadt sind die Mädchen so aufreizend gekleidet wie in New York, aber je weniger sie anhaben, um so weniger wollen sie auch von dir wissen. Im Palladium beugte sich eine baumlange Blondine in einem superheißen Strampelanzug zu mir herüber, als ich ihr Feuer gab. Ich spürte, wie sie ihre Titten gegen meinen Arm drückte, doch gleich danach schaute sie mir in die Augen und sagte, daß sie nicht zu ficken sei. Einfach so, aus dem Nichts sagte sie das. »I'm not in for a fuck, so ...«

So what?

Kurze Zeit später erklärte ein Bursche mit schwarzen Locken und einem Pferdeschwanz mir, daß praktisch alle Mädchen in New York sich auslebten, indem sie in den Diskos so horny wie nur irgend möglich herumliefen und den ganzen Abend mit der größtmöglichen Hingabe auf der Tanzfläche trockenfickten, um dann anschließend allein nach Hause zu gehen und sich im Bett brav selbst zu befriedigen. Der Grund dafür war AIDS und so. Aber ich war gar nicht auf der Suche nach was zum Ficken. Ich suchte eine Unterkunft. Der Junge mit dem Pferdeschwanz bestellte zwei Bier, wir tranken und laberten über alles und nichts. Er erzählte, die meisten Mädchen in der Stadt fürchteten sich derzeit so sehr vor Krankheiten, daß sie sich nicht einmal dann ficken ließen, wenn man versprach, drei Kondome oder zur Not auch einen Staubsaugerbeutel über seinen Schwanz zu stülpen. Er war ein netter Bursche. Eddie hieß er, glaube ich, und es lief am Ende darauf hinaus, daß ich mit ihm von einer Schwulenbar zur anderen ging, wobei ich dachte, warum nicht, warum lasse ich mich nicht von so einer hyperschnellen New Yorker Schwuchtel anmachen, um zumindest eine bessere Unterkunft zu haben als das verfickte YMCA? Und Eddie mußte meine Gedanken erraten haben, denn als wir schließlich in einer netten kleinen Kneipe in Little Italy saßen, fing er an, an meinem Ohrläppchen zu nuckeln, meinen Hintern zu streicheln und mir zwischen die Beine zu fassen, und ehe ich es recht wußte, schoben wir uns gegenseitig die Zunge in den Mund.

Wir wurden dabei von ein paar Frauen um die Vierzig beobachtet, die neben uns am Tresen saßen und mit uns in dem Moment zu flirten begannen, als wir anfingen, uns abzulecken. Eine von ihnen bot uns etwas zu trinken an. Es war eine depressiv wirkende, piekfein gekleidete Frau. Sie war zu alt, um noch ein Yuppie zu sein, und zu jung, um sich schon ganz abschreiben zu müssen, irgendwas Ende Dreißig. Eddie preßte seinen Unterleib gegen meinen, und ich erwiderte den Druck, und so standen wir da und rieben uns mit unseren halben Erektionen aneinander. Doch als Eddie kurz zur Toilette gegangen war, setzte sich die depressiv wirkende Frau neben mich und sagte, Eddie und ich seien ein hübsches Paar. Sie fände Jungen mit Pferdeschwanz immer lustig, sagte sie. Als ich ihr erzählte, daß ich aus Amsterdam komme, da meinte sie düster, Jungen aus Amsterdam fände sie auch lustig. Davon wurde ich wiederum depressiv und niedergeschlagen, und ich erzählte ihr die ganze Scheißgeschichte von dem verfickten YMCA und dem verfickten Groen, der wie ein kopfloses Huhn von der einen Scheißgalerie zum nächsten Scheißkünstler rannte, und daß ich gerne normal, ganz nor-mal zwei Wochen in

New York verbringen wollte, was bedeutete, daß ich ein wenig herumlaufen und nichts tun wollte, daß ich gerne mal wieder gut schlafen wollte, anstatt mir auf der durchgebumsten YMCA-Matratze Rückenschmerzen zu holen. Eddie kam von der Toilette wieder, und die depressive Frau sagte hastig, ich könne bei ihr übernachten, und ich sagte noch hastiger: »I'm not in for a fuck, so ...« Woraufhin sie schwach lächelte und sagte, sie sei schon seit dreieinhalb Jahren nicht mehr »into fucking« und daß sie es kein bißchen vermisse. Klar und sachlich waren sie, all die New Yorker, wie sich zeigte. Eddie mit dem Pferdeschwanz fand, ich sei ein Arschloch, als ich mit der Frau zur Tür hinausging und in ein Taxi stieg. Sie gab mir tatsächlich ein eigenes Gästezimmer, und sie wünschte mir good night. Bevor ich einschlief, schoß mir durch den Kopf, daß die depressiv wirkende Frau natürlich irgendein wahnsinniger Freak war, der mich, während ich schlief, mit einer Kettensäge bearbeiten würde oder dergleichen.

Aber die depressiv wirkende Frau war kein Freak und auch kein Weirdo. Im Gegenteil, sie hätte problemlos auch aus Leeuwarden oder Tilburg kommen können. Sie bewohnte ein sehr helles Fünf-Zimmer-Apartment uptown, zwei Wände waren bedeckt mit semi-intellektuellen Büchern, und an einer dritten Wand hingen lauter grellbunte Poster von impressionistischen Malern, Monet, Manet und die ganze Bande. Sie hieß Dulcie Rosen, ein wunderbarer Name für ein vierzehnjähriges Mädchen, doch wenn man jenseits der Zwanzig ist, läuft man damit rum wie ein Idiot, so wie viele andere amerikanischen Frauen mit ihren Schulmädchennamen, als da sind Patty, Jody, Cindy oder Minnie. Dulcie ging tatsächlich auf die Vierzig zu, sie war Redakteurin bei *US Gardens,* einer mega-spießigen Monatszeitschrift, die sich mit Vor- und Blumengärten, den neuesten privaten Swimmingpools sowie den aktuellen Errungenschaften auf dem Gebiet von Heckenschere und Insektiziden aus der Spraydose beschäftigte. Dulcie verdiente gut, und sie mochte mich. Ich holte meine Sachen aus dem YMCA, sagte zu Groen, ich hätte ein achtzehnjähriges puertoricanisches Chick kennengelernt, und ging anschließend mit Dulcie zum Lunch in ein seltsames, ungarisches Restaurant, das »Czarda« hieß.

Dulcie sah recht gut aus für ihr Alter. Sie ging allerdings ein wenig krumm und schminkte sich fregattenmäßig. Sie hatte dicke Schenkel und Muttermale auf dem Hals. Wenn sie lachte, schielte sie ein wenig. Sie verfügte über einen großen Bekanntenkreis und ein weitgespanntes berufliches Netzwerk. Auf der Straße fürchtete sie sich vor brüllenden Schwarzen, sie mochte Billy Joel, Bruce Springsteen und japanisches Essen. Sie war so einsam, wie man nur sein konnte. In der ersten Woche schleppte sie mich in allerlei Off-Broadway-Theaterchen. Sie geriet ins Schwärmen, wenn ich, auf ihre Bitte hin, von Paris, Rom und Amsterdam erzählte. Sie kochte gut und abwechslungsreich. Nur das Frühstück war eine Katastrophe, denn Dulcie schwor auf zuckersüße Muffins und einen extra importierten Tee aus irgendeinem obskuren, linken Land. Ich rief bei Trans World Airlines an, um den Rückflug zu verschieben, denn es gefiel mir durchaus bei Dulcie. Wenn sie bei der Arbeit war, schaute ich fern und rief hin und wieder nach Amsterdam an. Im Durchschnitt sprach ich pro Tag zweimal auf Sammies Anrufbeantworter. Als ich Groen noch einmal im YMCA traf, war er wütend und nannte mich eine miese, stinkende Ratte. Als Künstler sei ich eine Null, sagte er, ich hätte no guts, no spirit und no balls. »Weltberühmt in Amsterdam, das ist dein Ideal«, sagte er, »du bist ein hoffnungsloser Provinzler.«

Ich versuchte mich herauszureden, indem ich sagte, ich wolle mich absondern, um über meine Zukunft nachzudenken. Aber das kam mir so jämmerlich und unglaubwürdig über die Lippen, daß sich Groens Stimme vor Lachen überschlug.

»Du willst nur darüber nachdenken, wo du deinen armseligen Pimmel reinstecken kannst, Raam«, sagte er glucksend. Doch als ich ihm sagte, daß ich inzwischen meinen Rückflug nach Amsterdam verschoben hatte, verstummte sein Lachen, und er fragte interessiert: »Wo ist dieses puertoricanische Chick, Raam? Könnte ich die auch mal kennenlernen?«

Um ihn ein wenig für meine Absonderung zu entschädigen, kaufte ich auf dem Times Square ein halbes Gramm Kokain, das im übrigen superschlecht war und das wir auf der Toilette einer McDonald's-Filiale hastig schnieften. Ich wünschte Groen einen guten Flug, worauf er erwiderte, ich sei ein Idiot.

»Shit, Raam! Du wirst noch zur Schwuchtel, weißt du das? Spätestens in zwei Jahren bist du eine derartige Trine, daß du mir ›gute Fahrt‹ wünschst, wenn ich einen Tag auf dem IJsselmeer segeln gehe. Zieh ab, Blödmann.«

So kam am Ende doch noch alles ins Lot. Ich verpaßte Groen einen leichten Stoß in die Seite, er mir zwei wohlgezielte Klapse auf die Ohren. Wir tranken noch ein Bier in einer Topless-Bar. Groen berichtete, er habe für den kommenden Herbst eine Ausstellung organisieren können. Ich erzählte ihm, wie gut man in New York japanisch essen kann. Als wir wieder ins YMCA kamen, erwartete ihn eine dunkelhäutige Frau in schwarzem Lederanzug bei der Rezeption.

»Siehst du die Lippen?« sagte Groen begeistert. »Die kann blasen, total abgefahren! Es ist, als würde ein samtener Donut auf deinen Schwanz geschoben, so wahnsinnig gut ist sie mit dem Mund!«

»Paß bloß auf, daß du dir nichts holst.«

»Ich nicht«, sagte Groen entschieden. »Das ist mehr was für dich. Ich sehe dich durchaus irgendwann einmal seropositiv durchs Leben gehen, Raam.«

Und Groen betrat mit seiner Eroberung den Aufzug, in dem die nach Pisse und angebrannten Bratpfannen riechende Shopping-Bag-Lady bereits wieder mit der Frage auf sie wartete, in welches Stockwerk sie wollten.

»To heaven, lady, we wanna go to heaven!«

Ich kaufte eine Schachtel sauteure und abscheuerregende Pralinen für mein puertoricanisches Chick, die kein Chick war und auch keine Puertoricanerin, die inzwischen allerdings einen verdammt leckeren Rinderschmorbraten mit Paprika und braunem Reis zubereitet hatte. Dulcie schloß mich immer mehr ins Herz, vor allem nachdem ich ihr erzählt hatte, daß ich meine Rückreise um drei Monate verschoben hatte. Was nicht stimmte: Ich hatte vor, genau einen Monat länger als geplant zu bleiben. Theater besuchten Dulcie und ich schon nicht mehr. Sie blieb eigentlich viel lieber gemütlich zu Hause. Wir verließen in den folgenden Wochen noch ein einziges Mal die Wohnung, um auf Kultur zu machen, und besuchten das Metropolitan Museum, wo wir im Restaurant Salade Niçoise bestellten. Dulcie stand total auf Vermeer. Sie begann ein Gespräch über Licht und Dunkel und Schatten in seinen Gemälden, und ich nickte immer nur mit dem Kopf oder schüttelte denselben verneinend, die Stirn dabei in grübelnde Falten gelegt. Sie redete immer wie ein Wasserfall. Ob es nun um postmoderne Architektur, um das Angebot bei Gucci, Tiffany und Barnes & Noble auf der Fifth Avenue, um den Preis für eine solide Eßecke aus Eiche oder um ihre Arbeit bei *US Gardens* ging – Dulcies Mund stand nie still. Doch ungeachtet ihres fortwährenden Geplappers verschwand nur selten ihr depressiver, betrübter Augenaufschlag.

Nie zuvor hatte ich so asexuelle Wochen erlebt wie mit

Dulcie. Sie ging zur Arbeit, ich schaute mich in der Gegend um und machte die Essenseinkäufe. Sie fand mich lieb, weil ich bei der Hausarbeit so eifrig war. Sehr bald schon kannte ich ihre Lebensgeschichte. Kurzgefaßt lief es darauf hinaus, daß sie früher in irgendeinem Nest in West Virginia gewohnt hatte und mit einem bockigen Geschichtslehrer verheiratet gewesen war, der sich nach zwölf Ehejahren als Vollblutschwuchtel entpuppte. Sie trennten sich, nachdem herausgekommen war, daß er abends nicht dicken Schülerinnen Nachhilfeunterricht erteilt, sondern sich statt dessen in Saunas und auf Parkplätzen herumgetrieben hatte, auf der Suche nach anderen verzweifelten, weil verheirateten Schwuchteln für schnellen Sex im Whirlpool oder auf dem Rücksitz seines alten Ford Pinto. Als Dulcie mir ein Foto von sich und ihrem Mann zeigte, brach ich unwillkürlich in Lachen aus. Denn man mußte schon blind wie ein Maulwurf sein, um nicht auf den ersten Blick zu erkennen, daß der schnurrbärtige, scheu in die Linse schauende Dreißiger ein verkümmernder Homo war.

Nach ihrer Scheidung hatte Dulcie noch ein paar kurze Affären mit toleranten und soeben geschiedenen Versagern gehabt, die sich alle als unappetitliche Sexmaniacs erwiesen. In New York angekommen, hatte sie sich unten für geschlossen erklärt, und das war vielleicht auch der Grund dafür, daß sie – sozusagen als Ausgleich – so viel redete. Wenn wir zur Abwechslung einmal beim abendlichen Fernsehen Wein tranken, dann erklärte Dulcie ein wenig tipsy und mit hochroten Wangen, daß ihr das Zusammensein mit mir sehr gefiel, weil unsere Beziehung nicht durch »heuchlerischen Sex« verdorben wurde. Und einmal, sie war sturzbetrunken, da nannte sie mich ihr »Koalabärchen« und schwankte danach in die Küche, um mir einen Kuchen zu backen, von dem wir am nächsten Morgen verschämt aßen. Weil ich in jener Kneipe in Little Italy, wo wir einander begegnet waren, mit diesem Eddie rumgemacht hatte, hielt Dulcie mich für einen braven, europäischen Schwulen. Denn hin und wieder, ganz selten einmal, fragte sie mich übermütig und ein wenig neckisch, ob ich nicht »den Mann im Haus« vermisse. Wahrscheinlich wollte Dulcie sich insgeheim an ihrem Gatten rächen, indem sie mich, einen offensichtlichen und ungefährlichen Homo, zu sich ins Haus nahm. Jede Nacht schlief ich, meinen Ruf als Koalabär in Ehren haltend, im Gästezimmer, wo es unveränderlich nach exquisiten Seifen roch.

Meine Abreise fiel auf einen Mittwoch. In der Überzeugung, daß ich mindestens noch bis zum Frühjahr blieb, arbeitete Dulcie wie üblich den ganzen Tag über in der Redaktion von *US Gardens*. Ich legte einen Strauß Rosen auf das Fußende ihres Bettes, schrieb einen Brief, in dem ich ihr sagte, daß meine unangekündigte Abreise »besser für uns« sei, und knotete schließlich ein festliches grellbuntes Band um den pechschwarzen Dildo, den ich, den Gesetzen des Klischees gehorchend, in einem ihrer Schlafzimmerschränke unter einem Stapel frisch riechender, pastellfarbener Laken gefunden hatte. Aus einem Schubladenschrank in der Küche nahm ich sechshundertfünfzig Dollar sowie ihre Travellerchecks samt dazugehöriger Kontokarte. Letztere schob ich aber im Taxi, auf dem Weg zum Kennedy Airport, unter die Rückbank, denn was konnte ich schließlich damit anfangen? Der Taxifahrer, ein Argentinier mit Halbglatze und Backenbart, bekam von mir ein großzügiges Trinkgeld. Beim Heimflug saß ich neben einer deutschen Punkerin mit ultrakurzem, violett gefärbtem Haar, mit der ich Tic-Tac-Toe spielte, bis man die Lampen dimmte und ein Film gezeigt wurde, eine seichte Komödie mit Burt Reynolds, der den ganzen Film über in einem bescheuerten Regenmantel herumlief. Ich rauchte eine Schachtel Camel Filter während des Flugs und war irgendwie zufrieden. Als hätte ich endlich mal wieder etwas zu Ende gemacht, vollbracht. Was tatsächlich auch stimmte: Die ganze Zeit über war ich Dulcies Zimmerpflanze gewesen, und das hatte mir gefallen. Ich hatte kaum gelebt. Niemand, der mich um etwas gebeten hätte, niemand, der etwas von mir wollte. So müßte es öfter sein.

KY lubricating jelly

Es ist halb drei. Alle Gäste sind nach Hause gegangen, mein Vater hat sich schlafen gelegt, und Fleurbaay van Gasteren wurde als Gast im früheren Schlafzimmer meiner ältesten Schwester untergebracht, wo er jetzt wahrscheinlich mit beiden Händen unter den Speckrollen seines milchweißen Bauchs nach seinem kleinen Pimmel sucht. Die medizinische Mafia hat es geschafft, eine ziemliche Sauerei zu hinterlassen. Der Eßtisch mit den Resten des kalten Büffets sieht aus wie ein Schlachtfeld. Zerknitterte, schmuddelige Servietten, umgekippte Weingläser, Lachsstückchen, die in der Bowle treiben, Zigarettenstummel, die gleich neben der halb aufgegessenen Kiwimousse ausgedrückt wurden. Derlei Dinge. Man könnte meinen, hier habe eine Horde Jugendlicher gefeiert.

Meine Mutter schaut sich im Wohnzimmer um und lacht mich an. Sie sitzt in ihrem Lieblingsstuhl, einem unlängst gekauften braunen Giorgetti-Möbelstück mit hoher Rücken- und glänzenden Armlehnen, wie es sie auch in den sechziger Jahren gab. Meine Mutter wirkt ein wenig blaß. Ihr hochgestecktes Haar sieht aufgrund der vielen losen Strähnen lustig und kindlich aus. Sie raucht eine Barclay und hat sich soeben sehr bemüht, unbemerkt zu seufzen. Ich trinke einen Screwdriver und spüre Gegrummel in meinem Magen.

»Du hast dich natürlich den ganzen Abend gelangweilt«, sagt sie schließlich.

»Ja. Und du?«

Wie in einem französischen Film mit viel Seufzen und Starren und vielsagendem Schweigen sehen wir uns an.

»Findest du, daß ich eine ebensolche Zicke bin wie die Frauen, die heute abend hier waren?«

Meine Mutter inspiziert den Boden. Vor ihren Füßen

liegt ein plattgetretener Käsewürfel. Sie erwartet wahrscheinlich keine Antwort. Also versuche ich vielsagend zu lächeln, ungefähr so, wie ein amerikanischer Sohn seine amerikanische Mutter anlächeln würde.

»Na ja ...«, sage ich, »also ...«

»Laß gut sein, Walter«, sagt sie kichernd, »ich weiß Bescheid. Ich war natürlich die Oberzicke des Abends.«

Ich setze mich neben sie auf die Armlehne. Das können die schweinisch teuren Giorgetti-Stühle ja schließlich wohl ab. Jetzt bieten wir ein häusliches Bild, von dem man Sodbrennen bekommt.

»Da sitzen wir also«, sagt meine Mutter.

»Ja, da sitzen wir«, erwidere ich.

»Ich werde erst jetzt allmählich betrunken.«

»Ich war betrunken, werde jetzt aber so langsam wieder ein wenig nüchterner. Blöd, was?«

Meine Mutter nickt eifrig.

»Sehr blöd«, sagt sie.

Sie zündet sich eine neue Zigarette an. Sie hält das Feuerzeug fest, als wäre das Ding aus Porzellan.

»Ich werde ein wenig sentimental«, sagt sie in klagendem Ton. Und stößt einen zweiten Seufzer aus.

»Sprich dich aus.«

»Walter, du wirst von Minute zu Minute blöder.«

»Sorry.«

»Nein, jetzt ist es zu spät. Ich bin nicht mehr sentimental.« Ein warmes Gefühl in meiner Magengegend. Ich hätte Lust, sie auf den Schoß zu nehmen. Oder umgekehrt. Ich meine, ich auf ihrem Schoß.

»Weißt du, Mama, mit dir ist es genau wie früher mit Petje. Damals rauchte ich jeden Tag mit ihr in der Schule Haschisch, und nach der Schule unterhielten wir uns stundenlang über ab-so-lut nichts. Phantastisch! Mit dir kann ich auch wunderbar über nichts reden, weißt du das?«

»Über nichts?«
»Über nichts.«
Sie rutscht auf ihrem Stuhl hin und her, so daß wir – holy shit – fast umkippen. Ich springe schnell auf und drücke mit beiden Armen gegen die Stuhllehne. Daher fällt sie beinahe in die andere Richtung. Lachen, Kichern. Um nicht untätig zu sein, gehe ich danach zum Getränkeschrank neben dem Ledersofa und mixe mir einen neuen Screwdriver.
»Wie war es in New York?« fragt sie mich plötzlich.
»Das hast du mich deinen Gästen schon zehnmal erzählen lassen.«
»Ja, da wollte ich nur ein wenig mit meinem großen Jungen angeben. Es war an der Zeit für eine kleine Wiedergutmachung. Schließlich geht nicht jeder als junger Künstler einfach so mal nach Amerika und ver...«
»Eine kleine was?«
Ich nehme einen zu großen Schluck von meinem Cocktail und fange an zu husten, wie ich meinen Vater hin und wieder mal habe husten hören.
»Na ja«, sagt meine Mutter schnell. Ein Auto fährt im Schrittempo am Haus vorbei, und die großen weißen Lichtkegel der Scheinwerfer gleiten durchs Zimmer.
»Na ja«, sagt sie. »Es war doch nicht immer ... Was ich eigentlich sagen will, ist, es hat Zeiten gegeben, in denen ...«
»In denen mich alle für einen Versager hielten.«
»Nein, Walter, nein, das will ich damit überhaupt nicht sagen. Ich spreche von uns, von deinem Vater und mir. Wir haben uns früher durchaus, ja ... durchaus öfter Sorgen gemacht, wie das mit dir wohl werden würde, wie du dir deine Zukunft vorstellst ...«
Sie schlägt das linke Bein langsam über das rechte. Wenn sie schön ist, muß ich es auch ein wenig sein.
»Mama, du bist tatsächlich eine Zicke.«
»Jetzt finde ich dich wirklich blöd«, sagt sie beleidigt. »Wo

ist das Problem? Ich sage nur, daß dein Vater und ich uns früher Sorgen gemacht haben und daß es jetzt wahnsinnig gut für dich läuft. Mit der Kunst und so, und du verdienst ordentlich damit. Mein Gott, Junge, sei froh, daß du dich nicht beklagen kannst. Ich mit meinem Job von neun bis drei, ich würde auch gerne mal ...«

»Ich habe sehr wohl was zu beklagen.«

Ein schneller Augenaufschlag meiner Mutter, ein noch schnellerer Zug an ihrer Barclay.

»Ja, du solltest dich nicht so auf deine Trauer um Suzan versteifen. Du mußt irgendwann mal lernen zu relativieren. Als du noch zur Schule gingst und Petje, Mariëtte, Schluß gemacht hatte, da hast du auch nächtelang wachgelegen und gedacht, die Welt würde untergehen.«

»Ich glaub's nicht!«

»Was?«

»Relativieren. Re-la-ti-vie-ren! Was für ein verdammtes Scheißwort! Mama, es geht nicht allein nur um Sammie, es geht nicht nur um sie.«

»Nein? Was ist es dann? Hast du eine neue Freundin? Wie schön! Nein? Was ist es dann? Was ist dein Problem?«

Nichts ist abscheulicher, als seiner Mutter etwas erklären zu müssen.

»Walter, was stimmt nicht?«

»Eine ganze Menge. Um nicht zu sagen, alles.«

Sofort wandert ihr Blick an die Decke, wo nichts zu sehen ist außer einer verfickten chromglänzenden Lampe für ... wie viel war es, achtzehnhundert, achtzehnhundertfünfzig Gulden?

»Mann, du verdirbst mir die Laune«, sagt sie laut. »Von dir kommt nie eine ernsthafte Antwort, egal, wieviel Mühe ich mir gebe.« Und dann, etwas leiser: »Ich wünschte, du würdest wieder Sport treiben. Tennis. Oder zur Not auch Squash.«

Ich fange an zu lachen, ein wenig pfeifend, wegen meiner verrauchten Bronchien.

»Als ich nach Hause gekommen bin, habe ich in meiner Post einen Brief vom Kulturministerium gefunden. Ich komme wieder in Betracht für ein Stipendium für junge Spitzenkünstler. Das sind dann wieder rund vierzigtausend Gulden. Morgen kommt ein Beamter zu mir ins Atelier.«

Als würde ich ihr eine Wurst vorhalten, so begeistert macht sie Beißbewegungen mit ihrem Mund. Die sich hochstülpende rote Oberlippe.

»Na, da siehst du es doch? Nächsten Freitag die Eröffnung der Ausstellung im Stedelijk Museum, und jetzt auch noch dieses Stipendium. Das sind doch gute Nachrichten. Das ist doch etwas, das dich mit innerem Jubel erfüllen könnte.«

»Mit was erfüllen? Rede doch bitte erwachsenes Niederländisch, Mama.«

»Meckerfritze!«

»Nein, erwachsen, sagte ich. Nicht solche beschissenen Ausdrücke aus der Zeit vor dem Krieg.«

Sie bricht in ein vom Alkohol überwuchertes Lachen aus, das ebenso plötzlich endet, wie es angefangen hat. In ernstem Ton sagt sie: »Alex ist vor anderthalb Monaten aus der Klinik entlassen worden. Vorzeitig. Er hat uns hier mal besucht, was ich sehr nett von ihm fand. Walter, dieser junge Mann hat nun wirklich eine schreckliche Zeit gehabt. Es klingt zwar wie eine Binsenweisheit, aber es hat doch einen wahren Kern: Wenn man sich ein bißchen schlecht fühlt, sollte man immer daran denken, daß es Menschen gibt, denen es noch schlechter geht. Verstehst du?«

»Genau, das ist es eben!« Ich sage es beinahe jubelnd. »Es kann also alles noch schlimmer werden!«

Meine Mutter verfällt jetzt definitiv in eine Schmollhaltung.

»Mir gefällt das gar nicht«, sagt sie. »Du bist Monate weggewesen, und du erzählst überhaupt nichts Nettes. Und du meinst nichts von dem ernst, was du erzählst. Schenk mir doch noch ein Glas Wein ein. Mein letztes.«
»Ich meine es ernst.«
»Nein, tust du nicht.«
Ich gehe mit der Flasche Corbières 1977 zu ihr hin und nehme ihr Glas. Sie schaut auf meine Hände. Als ich ihr Wein einschenke, grapscht sie eines meiner Hosenbeine. Und stößt leicht gegen meine Wade.
»Ich habe dich vermißt, Walter«, sagt sie leise.
»Mama, please. Du kleckerst Wein. Du kleckerst Wein auf meine Hose.«

In meinem Atelier stinkt es nach regennassem Holz. Es ist nirgends regennasses Holz zu entdecken. Es ist überhaupt nichts zu entdecken hier. Vergilbte Leinwände, die unbrauchbar geworden sind. Ein Fotokopierapparat, der bereits vier Tage nach dem Kauf kaputt war. Ein tragbarer Fernseher (ein alter Blaupunkt), Kassettendeck, Episkop, Overheadprojektor, vier Schreibtische und neun schwarze Ikea-Klappstühle. Der Beamte hat sein Jackett ausgezogen und krempelt die Hemdsärmel hoch.
»So, das waren sie also.«
Ich habe einfach noch einmal die Dias mit Arbeiten vom Beginn des vorigen Jahres aus dem Schrank geholt. Die Dias meiner postmodernsten Gemälde mit Titeln wie »Pall Mall«, »Artists Unlimited« und »The Choice of a New Generation«.
Der Beamte hat schwarzes Haar, das in der Mitte gescheitelt ist. Sein Kopf sieht aus wie ein alter Schuh, und er sieht mich die ganze Zeit abwartend an. Seine Begleiterin, eine Tussi vom Rat für Kunst, ist zum Glück gesprächiger und stellt mir gutgemeinte Fragen, so kann ich jede Menge Unsinn erzählen, daß ich mich zur Zeit neu orientiere, daß

ich auf Reisen gewesen bin, auf der Suche nach neuen Inspirationsquellen, anderen Herangehensweisen, derartige Dinge. Doch während ich meine Geschichte herunterleierte, schüttelte die Tussi vom Rat für Kunst ab und zu sorgenvoll den Kopf und verdrehte die Augen. Sie gab mir Zeichen, das war offensichtlich, doch es war mir ein Rätsel, was sie mir zu signalisieren versuchte.

»Und die Zukunft?« fragt der Beamte. Er hat eine Stimme, die überhaupt nicht zu seinem Kopf paßt. Er sieht aus wie ein früh gealterter christdemokratischer Abgeordneter, doch seine Stimme klingt wie die eines Diskjockeys bei einem angesagten Pop-Radiosender. Eine bizarre, irre Kombination von Bild und Ton.

»Die Zukunft«, sage ich, »ja, die Zukunft ...«

Die Kunstrat-Tussi schiebt rasch einen Satz ein.

»Was wir meinen, ist: Wie sehen deine konkreten Pläne aus?« fragt sie mit piepsiger Stimme. »Mit anderen Worten, wie willst du die neu gefundenen Orientierungspunkte ausarbeiten, konkret gesehen?« Sie wischt eine Haarlocke vor ihrer Brille weg. Ihr Sweater zeigt Schweißflecken unter den Achseln. Ich schwitze inzwischen auch. Der Beamte ebenfalls. Sein Achselschweiß macht ziemlich große Scheiben in sein Hemd, ungefähr so groß wie zwei Frisbees.

»Konkrete Pläne«, sage ich.

»Nein, nein«, sagt der Beamte jetzt. »Es geht uns weniger um konkrete Pläne als um konkrete Aussichten. Ein kleiner Unterschied, würde ich sagen.«

Ich sehe keinen Unterschied, und der Beamte sieht, daß ich ihn nicht sehe, und er schürzt ungeduldig und obszön die Lippen.

»Nun, die Aussichten also«, sagt er. »Aussichten auf neue Ausstellungen im In- und Ausland. Optionen des Reichsdienstes für den Ankauf von Kunst auf Bilder von Ihnen. Zusagen privater Sammler. Kurzum, Ihre Aussichten in bezug auf Verkäufe in einigem Ausmaß und Verstetigung Ihres Erfolgs.«

Verkauf, Erfolg, Optionen, Zusagen.

»Es gibt ein paar Zusagen«, sage ich. Ich schaue mich in meinem Atelier um, weil ich sehe, daß die Tussi und der Beamte das auch tun. Der Beamte putzt sich die Nase in ein kariertes Taschentuch. Selbst ein kompletter Vollidiot hätte sofort gesehen, daß in diesem Atelier seit Monaten nicht gearbeitet wurde, obwohl ich unmittelbar vor dem Besuch der beiden noch schnell ein paar neue Farbtuben gekauft und sie zwischen die alten, leergedrückten, mit trockener Farbe verschmierten Tuben, Flaschen und Töpfe gelegt habe. Terpentin und Leinöl daneben. Wie echt.

»Es gibt also Zusagen«, wiederholt der Beamte. Als er es sagt, klingt es vielversprechender, als sich der Satz aus meiner Kehle zwängte. Die Tussi vom Rat für Kunst schaut mich fast flehentlich an. Ich mache mich hier komplett zum Affen. Ich habe nichts vorzuweisen.

Da gehen sie hin, die vierzigtausend Ocken.

Schließlich unternimmt die Tussi einen letzten Versuch. »Aber äh ... erzähl noch etwas über deine neuen Pläne. Konkret gesehen.«

»Hast du neue Arbeiten?« fragt der Beamte und vollzieht das Todesurteil. Es ist eine Frage, aber sie klingt wie ein Befehl. Präsentiert das Gewehr!

Und während ich noch einmal mein Atelier von oben bis unten betrachte und so integer wie möglich zu schauen versuche, fällt es mir plötzlich ein. Hinter einem Stapel vergilbter Kartons stehen die drei Gemälde von Alex, die ich seinerzeit aus der Anstalt mitgebracht habe.

»Wissen Sie ... ich arbeite gerade, äh ... ich arbeite gerade an neuen Sachen, aber, die sind so ... so *anders* als das, was ich bisher gemacht habe. Es ist ein echter Richtungswechsel. Ich bin mir des Ganzen noch nicht völlig sicher. Ich, äh ...«

»Wir sind neugierig!« Die Tussi vom Rat für Kunst bricht beinahe in Jubel aus. Der Beamte nickt und verpaßt seinem Schuhschädel ein interessiertes Runzeln.

Ich eile hin zu den Kartons, hole die drei Gemälde von Alex dahinter hervor, stelle sie der Reihe nach auf und denke ... ich denke nichts. Ich denke: Dieses dämliche abstrakte Geschmiere von diesem Alex Menkveld.

»Boah«, sagt die Tussi.

»Ja«, sagt der Beamte.

»Ja«, sage ich.

»Mensch, Walter«, ruft die Tussi, »das ist ja wirklich ein Richtungswechsel! Wer hätte das je gedacht, daß du irgendwann einmal abstrakt malen würdest? Und wie eindringlich die Bilder sind, unglaublich eindringlich. Boah.«

Der Beamte schleicht um die Bilder herum, als sähe er in einen Spiegel. Erst jetzt verrät sein hohler Blick, daß er nicht die blasseste Ahnung von auch nur dem allerkleinsten Bißchen hat, das mit Kunst zu tun hat.

»Auffällige Farbzusammenstellung«, sagt er ziemlich laut, »durchdachte Komposition.«

»Ja, nicht!« sagt die Tussi. »Und siehst du den Hell-Dunkel-Kontrast? Siehst du den? Siehst du den?« Sie deutet auf Alex' dämlichstes Bild, um genau zu sein: ein weißer Farbstrich mitten über die Leinwand.

Da kommen die vierzigtausend Mäuse.

Der Beamte holt ein Formular aus seinem unechten Samsonitekoffer.

»Die inzwischen erfolgte Empfehlung des Amsterdamer Unterrates des Rates für Kunst war positiv. Sie wissen, daß dieser Unterrat sich aus Künstlerkollegen, Kritikern, Museumskuratoren und Gemeindemitarbeitern zusammensetzt. Diese Empfehlung wurde an den Zentralen Dienst des Rates für Kunst weitergeleitet. Anhand dieser Empfehlung einerseits und meines Berichts anderseits informiert der Zentrale Dienst die Abteilung Bezahlung und Subventionierung im Ministerium. Letztlich entscheidet die Abteilung im Ministerium, ob Ihr Antrag von der Abteilung Reichssubventionierung Bildende Kunst bearbeitet werden kann. Die Mitarbeiter dieser Abteilung sind verpflichtet, Rücksprache mit den Kollegen zu nehmen, die Ihre früheren Anfragen bearbeitet haben. Hinzu kommt noch, daß die Höhe Ihres zu versteuernden Einkommens sowie die realistischen Aussichten auf internationalen Erfolg bei der Entscheidung berücksichtigt werden. Denn wie Sie wissen, werden – anders als in früheren Jahren – nur Künstler unterstützt, die ein Jahreseinkommen von mindestens fünfzigtausend Gulden haben. Wenn Sie unter diesem Betrag liegen, dann verfällt Ihr Antrag automatisch. Wir vergeben schließlich kein Geld an Stümper, um es einmal so auszudrücken. Kurzum, bis zur Entscheidung wird wohl noch ein wenig Zeit vergehen, Herr van Raamsdonk. Sie werden sich etwas in Geduld üben müssen.«

Ein fleischiger Händedruck des Beamten. Ein strahlendes Krankenschwesterlächeln der Tussi vom Rat für Kunst.

An der Tür dreht die Tussi sich noch kurz zu mir um. Unten an der Treppe inspiziert der Beamte zuerst sein Formular und dann sein Taschentuch. Die Tussi sagt leise: »Ruf mich morgen kurz im Büro an, ja? Dann kann ich dir wahrscheinlich bereits sagen, ob du das Stipendium bekommst.« Und in einem seidigen Flüsterton fährt sie fort: »Das wird schon werden, keine Angst. Deine neuen Arbeiten sind sehr überzeugend. Echt.«

Es würde mich nicht wundern, wenn sie mich jetzt kurz in die Wange kneifen würde. Aber statt dessen wischt sie erneut eine graublonde Locke vor ihrer Brille weg und fährt mit der Zunge über ihre Oberlippe. Letzteres tut sie mit beängstigender Geschwindigkeit.

Vierzigtausend. Das Geräusch der hinter mir zufallenden Ateliertür klingt gut in meinen Ohren. Hier wird man mich vorerst nicht mehr antreffen.

Als ich zu Hause angekommen bin, mache ich eine Liste der Dinge, die ich nun endlich doch einmal anschaffen will. Zunächst einmal einen neuen Anzug. Und ein normales Jakkett, irgendwas von Esprit oder Soap Studio. Ein Faxgerät, immer praktisch. Und vielleicht auch ein paar Klassik-CDs, egal was. Eine Pastamaschine. Drei Stehlampen (nicht Halogen). Alle Hitchcock-Videos. Alarmanlage. Die ersten fünf Staffeln von *The Face*. Fitness-Geräte. Eine Mastercard. Armbanduhr (TAG Heuer, Times oder einfach nur eine teenyboppermäßige Swatch). Ein Buch über Marcel Duchamp.

Groen ruft an.

»Shit, Raam, seit wann bist du wieder hier? Warum hast du dich nicht kurz bei mir gemeldet? Verdammt, du kommst gerade noch rechtzeitig zur Eröffnung am Freitag. Mit Königin, samt dem Minister. Die Party des Jahres. Hast du dein puertoricanisches Chick mit nach Amsterdam gebracht? Nein? Blödmann. Schick ihr schnell ein Ticket nach New York und laß sie herkommen.«

Groen informiert mich über den Stand der Dinge in Amsterdam. Er berichtet über vier neu eröffnete Kneipen. Von guter Publicity in der *Flash Art* und auch im *NRC Handelsblad,* ein ganzseitiger Artikel über Groens neueste Gemälde. »Und das Fernsehen hat Eckhardt und mich interviewt, ein sehr inspiriertes Gespräch war das. Nun ja, wir haben ordentlich auf die Kacke gehauen, haben über Sex und über Kunst geredet. Publicity, mein Junge, Publicity. Erst wenn die Scheinwerfer auf dich gerichtet sind, besitzt du Qualität, diese Lektion des alten Groen mußt du dir gut merken, mein lieber Raam. Ach, es ist eigentlich ein rein philosophisches Problem, weißt du: Ich bin im Fernsehen, also bin ich.«

Dann: die Frauen.

»Nun ja, Duckie is out of sight. Aber Dolfijntje sitzt hier neben mir, das ist also okay. Und weißt du, wer auch hier ist? Die schwarze Superbraut. Ha! Stand auf einmal in meinem Studio, die linke Schlampe. Wurde wahnsinnig von dem Blut röchelnden Bleichfeld auf Teneriffa. Will für immer bei mir bleiben. Unglaublich gereizte Telefonate von Bleichfeld aus Teneriffa natürlich. Doch anyway, Dolfijntje und die schwarze Superbraut, das ist eine gute Mischung, das paßt prima zusammen. Die eine kocht, und die andere fickt. Oder umgekehrt.«

Erst als ich ihn frage, ob er noch etwas von Martin Moreno und Sergio Valla gehört hat, ist er kurz still. Ganz kurz nur.

»Den Namen Moreno will ich nie wieder hören. Moreno ... wer ist das? Ist das nicht ein achtrangiger Kunstfotograf, der noch immer in Untersuchungshaft sitzt, irgendwo in Santa Cruz? So ein Pech für den Burschen. Bad luck. Und Sergio Valla ... ich würde sagen, ein durch die Mangel gedrehtes Bein, das renkt sich schon wieder ein. Sorry, das reimt sich ja.«

Und Groen fragt, ob ich am Abend mit in die Stadt gehe.

»Nicht? Warum nicht? Erholen? Er-ho-len? Wovon? Was redest du für einen Unsinn. Mann. By the way, Alex Menkveld ist auch wieder in Amsterdam. Returned from the madhouse. Aufgemöbelt, gesund gemacht, die Mediziner haben unseren Alex für gesund erklärt. Und: clean. Nun, ich muß sagen, mir ist er viel zu normal, viel zu spießig. Mir hat er durchgeknallt und total verrückt besser gefallen.«

Am Ende legt er mir ans Herz, für die Vernissage im Stedelijk in ein paar Tagen Kokain zu kaufen. »Schließlich müssen wir der Königin und ihrem Gemahl die Hand geben, Raam. Und ich bin der Ansicht, daß wir als Künstler einen guten Eindruck auf unser Königshaus machen müssen. Frisch. Jung. Fröhlich. Zieh also einen flotten Anzug an und nimm eine Nasevoll, bevor du das Museum betrittst. Denk dran, right?«

Ende April, Frühling in Amsterdam. Ich schlendere durch den Vondelpark. Trinke Kaffee auf der Terrasse des Filmmuseums, treffe ein paar Bekannte. Jaja, es geht hervorragend, vielen Dank. Auf dem Leidseplein spielen drei magere Mädchen Geige. Auf dem Dam wird irgendein lustiges Schachturnier veranstaltet. Simultanschach mit einem holländischen Großmeister, ein Mann mit wulstigen Lippen und der Frisur einer vierzigjährigen Frau. Im Rotlichtviertel ist es ruhig. Das Begutachten der Fensterhuren entspannt. Das Begutachten ist eigentlich noch schöner als das Vögeln selbst. Ich mache fünfmal oder so die gleiche Runde, vorbei an denselben Fenstern. Bei The Bulldog kaufe ich einen fix und fertigen Joint für fünf Gulden.

Ein paar Huren frage ich nach dem Preis. »Fünfzig Gulden für eine Nummer, nackt.« Oder, mehr to the point: »Fünfzig, blasen und ficken.« Die meisten Varianten ihrer Antworten kenne ich inzwischen auswendig, aber ich will erst einmal nur ihre Stimmen hören. Auch das Begutachten der Stimme gehört dazu. Wenn man nämlich einmal drinnen ist, und die betreffende Hure fragt mit einer Stimme, die wie die eines gequälten Papageis klingt, ob du eine bestimmte Stellung bevorzugst, dann ist die Lust augenblicklich perdu. Und zudem ist so ein Gespräch an der Tür wichtig, um herauszufinden, ob man es mit einem niederländischen Mädchen zu tun hat oder nicht. Niederländische Fensterhuren sind im allgemeinen nicht okay. Sie sind zu sachlich und zu dominant. Oft hauen sie einen übers Ohr. Und auch die meisten Surinamerinnen kann man besser links liegen lassen. Zum einen ticken sie viel zu aggressiv mit ihren Ringen ans Fenster, wenn man vorbeispaziert kommt. Das stößt ab. Und zum anderen sind sie oft zu dick.

Und außerdem machen sie alles zu schnell. Sie reden zu schnell, sie lachen zu schnell, sie ficken zu schnell.

Sie gönnen einem nicht die Zeit, Anlauf zu nehmen. Sobald man seinen Schwanz reingesteckt hat, stoßen sie mit dem Unterleib so schnell hin und her, daß man sich wie ein Drillbohrer vorkommt.

Nein, die südamerikanischen Frauen, meistens findet man sie in den Seitenstraßen des Oudezijds Achterburgwal, sind noch die besten. Sie sitzen regungslos auf ihrem Stuhl hinter der Scheibe oder wiegen ein wenig geistesabwesend ihre Hüften. Sie ticken nicht ans Fenster, sie winken nicht, sie lächeln nicht. Sie fixieren dich mit einem arroganten Augenaufschlag. Und wenn du dir dann eine ausgesucht hast und auf ihr drauf liegst, dann sieht so eine Südamerikanerin dich immer noch fest an. Es ist jedesmal eine Herausforderung, ihnen den arroganten Blick aus den Augen zu vögeln. Was manchmal gelingt, und das ist schön. Doch wenn sie spüren, daß du drauf und dran bist zu ejakulieren, dann unterscheiden sich diese südamerikanischen Huren in nichts von ihren Kolleginnen: Sie schließen die Augen oder wenden ihr Gesicht ab. Immer, immer wenden sie ihr Gesicht ab – abgesehen von den Thailänderinnen natürlich. Eine Thailänderin zaubert in dem Moment ein süßes Lächeln hervor, wenn du ihre Möse (das heißt: das Kondom) vollspritzt. Auch ein echtes Erlebnis übrigens, so eine Asiatin. Wenn du einer Thailänderin nur genug Geld gibst, dann ist sie gleichsam bereit, ein Vogelnest zu machen. Die meisten können wirklich problemlos die Beine im Nacken verschränken, so daß man ganz tief eindringen kann.

In einer Gasse hinter der Oude Kerk sitzt ein kleines schwarzhaariges Mädchen in gestreiften Boxershorts und durchsichtigem BH und schminkt sich die Augen. Ich nicke ihr zu. Das heißt, ich nicke nicht ihr zu, sondern in Richtung Tür. Das Mädchen bleibt auf seinem Stuhl sitzen, legt das

Make-up beiseite und beugt sich vor. Der Türöffner summt, ich öffne die Tür und stelle meine Frage.

»Fünfzig ... äh, eine Nummer.«

Sie ist Niederländerin, Brabanter Akzent. Das Zögern, mit dem sie ihre Antwort gibt, ist der Grund, warum ich mich für sie entscheide. Sie steht auf und schließt mit einer einzigen Bewegung den Vorhang. Jetzt sehe ich, daß sie wirklich sehr klein ist, sie reicht mir kaum bis zur Brust.

»Wie heißt du?«

»Erik. Und du?«

»Jeanette. Erik und Jeanette. Klingt hübsch, findest du nicht?«

Zeit für die wechselseitige Begutachtung.

»Ja.«

Die erste Fensterhure, die einem Kunden ihren wirklichen Namen preisgibt, muß noch geboren werden. Warum also sollte ich ihr meinen nennen?

»Kommst du von der Arbeit, Erik?«

»Ja.«

»Was arbeitest du, Erik?«

Währenddessen zieht sie das Badetuch, das mittig auf dem Bett liegt, gerade, und ich habe Gelegenheit, mir ihren Mädchenhintern in den Boxershorts anzusehen. Sie ist kaum älter als achtzehn.

»Ich arbeite in der Stadtverwaltung an einem Schalter.«

Es ist raus, ehe ich mir dessen bewußt bin. Meistens sage ich, daß ich im Kaufhaus Bijenkorf arbeite, in der Musikabteilung. Schön spießig.

»Oh, fein«, sagt Jeanette, »dann hast du natürlich mit vielen Menschen zu tun. Fein.« Und anschließend: »Okay, Erik, nun sag ...«

So läutet sie die Phase der tatsächlichen Preisverhandlungen ein. Wir einigen uns auf: Blasen, zwei Stellungen. Erst sie auf mir und dann von hinten. Doggystyle. Der

Preis: einhundert. Was angemessen ist, denn sie ist zwar klein, aber alles andere als häßlich.

»Häng deine Sachen nur dort über den Stuhl.« Und: »Nun, Erik, dann leg dich mal hin, würde ich sagen.«

Während »Jeanette« mir das Kondom überstülpt, schaue ich mich um. Die üblichen Sachen. Handtasche, Coladose, eine Packung Durex mit zwanzig Kondomen, Transistorradio. Marlboro und ein Groschenroman auf dem abgeblätterten Beistelltisch. Und: Alle Huren benutzen dasselbe Gleitmittel. Nicht Sensilube oder so, sondern immer KY lubricating jelly, eine grün-gelbe Tube, die mich an die Mayonnaisetuben aus Zaanse Schans erinnert.

Sie kniet neben mir, den Rücken mir halb zugewandt. Sie hat sich vornübergebeugt und bläst mir einen, aber nicht ohne vorher das Kondom noch mit einem Tissue abgewischt zu haben. Ich streichele ihren Rücken und ab und zu ihre Brüste. Doch um an ihre Brüste zu kommen, muß ich mit meinem linken Arm eine unbequeme Drehung vollführen. Sie hält kurz inne, schaut mich an.

»Ja?«

»Ja.«

Sie nimmt die KY-Tube, reibt sich zwei Fingerspitzen Gleitmittel zwischen die Beine und setzt sich auf mich. Mit der einen Hand stützt sie sich auf dem Bett ab, mit der anderen hält sie meinen Schwanz und führt ihn sich ein. Obwohl ...

Wenn sie ihn sich denn überhaupt einführt ...

»Nimm mal deine Hand da weg«, sage ich mir heiserer Stimme.

»Gefällt es dir nicht?« fragt sie und bewegt sich langsam mit dem Unterleib auf und ab.

»Doch, schon, aber nimm mal deine Hand da weg.«

»Los, mach ...«, sagt sie leise stöhnend und fängt an, sich schneller zu bewegen. »Komm ...«

Also doch. Diese verdammten niederländischen Schlampen sind doch alle gleich. Ich liege unter ihr und bin mir sicher, daß sie ihn sich gar nicht hineingesteckt, sondern ihn mit der Hand ein wenig zwischen ihre Pobacken geschoben hat. Sie holt mir schlicht einen runter; das Ganze ist nichts anderes als Gleitmittel in ihrer Hand.
»Jetzt wechseln«, sage ich.
»Los, mach ... weiter.« Dazu ihr gut geschauspielertes Stöhnen.
»Nein.«
Als sie mit einem Seufzer von mir absteigt, weiß ich sicher: Ich bin nicht in ihrer Möse gewesen. Ich richte mich auf. Ein zweites Seufzen ihrerseits. Dann dreht sie sich auf den Bauch, legt den Kopf ins Kissen und hebt den Hintern. Ich knie mich hinter sie hin, ziehe mit zwei Fingern und dem Daumen ihre Schamlippen ein wenig auseinander.
»Nein«, sagt sie rasch, »mich dort nicht berühren.«
Ich stoße ihn ihr hinein. Sie preßt ihr Gesicht in das Kissen.
»Tut's weh?«
»Nein, nein. Mach ruhig weiter.« Sie spricht mit erstickter Stimme.
Ich lege meine Hände auf ihren Hintern. Ich schaue mir an, wie ich in sie hinein und wieder hinausgleite. Ich zähle die Stöße. Es sind genau dreißig, eine schöne runde Zahl.

Anziehen. Wenn das Ganze erledigt ist, gibt es einerseits Huren, die sich schweigend vor den Spiegel am Waschbecken stellen und sich wieder zurechtmachen. Die zweite Gruppe fängt ein Gespräch an. »Jeanette« gehört zur zweiten Gruppe.
»Fährst du noch in Urlaub?« fragt sie. Ihre Stimme klingt höher, lustiger als vorhin. Sie fährt sich ein paarmal mit einem weißen Waschlappen zwischen die Beine.

»Nein«, sage ich und zwänge mich so schnell wie möglich in meine Jeans. »Ich war eigentlich gerade in Urlaub. Zuerst auf den Kanarischen Inseln und dann in New York.« Es ist jetzt wohl an der Zeit für ein bißchen Wahrheit.

»Jeanette« dreht sich begeistert zu mir um. Sie hat inzwischen die Boxershorts wieder an und hält den BH in der linken Hand. Erst jetzt sehe ich, wie schön und rund und klein ihre Brüste sind. Kleine, mattglänzende Brustwarzen; zwei Mäusenäschen.

»Mensch, toll!« ruft sie. »New York, da gibt es so wahnsinnig leckere Sandwiches! Pastrami und so. Na ja, ich kenne das nicht, ich bin nie dort gewesen, aber eine Freundin von mir schon, und die hat erzählt, daß es dort wirklich leckere Pastrami-Sandwiches gibt. Auf dem Rembrandtplein verkauft man sie auch, aber das ist der reinste Schmu, sagt meine Freundin. Hast du in New York Pastrami gegessen?«

Ich denke an Dulcie, die mich einmal mit zur Carnegie Hall genommen hatte, in deren Nähe es den Carnegie Deli und den Stage Carnegie gibt. Dicke Fleischscheiben, die zusammen einen faustdicken Klumpen bilden, von einem knusprigen Brötchen beisammengehalten.

»Die echte, originale Pastrami, die würde ich gerne einmal probieren«, sagt »Jeanette« munter. Sie hat inzwischen den Vorhang beiseitegeschoben. Zwei vorbeigehende Männer schauen erst auf sie und dann auf mich.

»Tja, Erik, bis zum nächsten Mal, würde ich sagen. Möchtest du vielleicht einen Kaugummi?«

Von einer Telefonzelle auf dem Nieuwmarkt aus rufe ich Danije an. Besetzt. Der Taxifahrer, ein kettenrauchender Surinamer, fährt beherrscht und schnell durch Oud-Zuid.

»Walter, wie schön. Bist du wieder da?« fragt Danije ein wenig dämlich. Er öffnet die Tür nur halb. Danije hat seine hippe Hornbrille gegen eine neue hippe Hornbrille ge-

tauscht. »Walter«, sagt er rasch, »du weißt doch, du mußt immer erst anrufen, bevor du herk...«
»Es war besetzt, Felix.«
»Oh.«
Noch immer hält Danije die Tür nur einen größeren Spaltbreit geöffnet. Sein Geschwafel über »zuerst anrufen« gefällt mir diesmal überhaupt nicht, und ich drücke daher die Tür auf und gehe an ihm vorbei in den Flur.
»Hallo«, sagt Danije. »Wir haben Besuch!«
»Besuch, Besuch, einen Kunden, wolltest du wohl sagen. Hör zu, Danije, ich bin hier, um zwei Gramm zu kaufen. Das und nichts anderes. Kein Meckern, kein social talk. Jetzt tu einfach mal so, als wärest du ein chinesischer Take-away.«
»Wir haben Besuch«, piept Danije erneut.
»Zwei Gramm.«
Ich hole vierhundertfünfzig Gulden aus der Innentasche.
»Felix, wer ist da?« Renée mit ihrer ruhigen, kultivierten Stimme. Ich gehe zur Wohnzimmertür, Danije springt mit einem schwachsinnigen Froschhüpfer vor mich und sagt in gedämpftem, kläglichem Ton: »Walter, nicht. Zu deinem eigenen Besten.«
Zu meinem eigenen Besten? Ein strenger, unerbittlicher Zeigefinger, zu mir gehörig, in seine Richtung. Anschließend schiebe ich ihn einfach beiseite und gehe in Richtung Wohnzimmer.
»Felix, stell dich nicht immer so an. Und du solltest berücksichtigen, daß ich eine Scheißlaune habe, denn ich komme gerade von einer Hu... Oh. Hallo.«
Daß mir dergleichen überhaupt auffällt. Daß mir auffällt, daß Danije und Renée eine neue Couch aus schwarzem Leder haben. Und daß die Wände neu gestrichen wurden. Beige. Daß ich all das sehe. Denn tatsächlich sehe ich nichts. Ich sehe nicht einmal Renée. Das einzige, was ich wirklich sehe, ist das Gesicht, das den Ausdruck meines

Gesichts widerspiegelt, ein dezent geschminktes Gesicht, ein Gesicht mit gekräuselten Mundwinkeln darin, ein rundes, blasses und flaumiges Gesicht, ein Gesicht mit zwei braunen Augen, die verschwinden, weil die Wimpern sehr schnell auf und ab gehen, und die Mundwinkel, sanftrot, die sich jetzt wieder kräuseln, das Kinn ein klein wenig empor, eine lange Haarsträhne entlang der einen Wange.
»Hallo, Walter.«
»Hey, Sammie.«

Hoch Sammie, schau hoch ...

Da saßen wir also zu viert um den Beistelltisch herum. Zugegeben, das Ganze war recht peinlich, wegen meines Bramarbasierens im Gang. Inzwischen redete Danije wie ein Wasserfall, und wenn er nicht redete, trippelte er wie ein Hamster hin und her und ließ mit einemmal den vorbildlichen Gastgeber heraushängen. Es war, als wäre ich bei Onkel und Tante zu Besuch – allerdings servierten dieser Onkel und diese Tante statt Tee mit Mandelplätzchen ein paar überaus gediegene Häufchen Kokain auf einem blitzblanken Handspiegel. Das Koks verleitete zu Gequatsche und verbesserte die scheiß Atmosphäre ein wenig, obwohl Danije die Situation verdarb, indem er mit falscher Vornehmheit eine Schale Walnüsse auf den Tisch stellte. Renée erzählte von ihrer Arbeit an der Universität und schniefte dabei mit kurzen Zügen ihre Portion Kokain. Sammie schob den Strohhalm in ihr linkes Nasenloch und beugte sich zum Spiegel hinunter, als habe sie vor, mit ihrer Nase ein Ballett aufzuführen. Als sie nach dem Schniefen noch ein paarmal hüstelte, sich räusperte und die Nase hochzog, stellte ich mir vor, sie müsse weinen.

Es war gutes Koks, das allerdings. Mein Kopf wurde in no time zu Schaumgummi, meine Kehle war rostig, meine Fingerspitzen begannen zu prickeln, und ich gab Danije bei allem, was er sagte, recht. Ich saß in einem der Sessel und Sammie auf dem Ledersofa, ich sah sie im Profil und versuchte herauszufinden, ob sich ihre was weiß ich verändert hatte, ihre Gestik, ihre Haltung oder ihre Stimme. Ob sie vielleicht bedrückter wirkte oder eben gerade nicht; ob sie fröhlicher, geduldiger, hübscher, geiler war – aber sie hatte sich kein verdammtes bißchen verändert, in keiner einzigen Hinsicht. Sie saß dort auf dem Sofa in ihrer ärmellosen weißen Omabluse und ihrer dunkelblauen Jeans (Lois, mit

Löchern auf den Knien) und schaute hin und wieder zu mir rüber, als sähe sie mich zum ersten Mal im Leben. Sie hatte die engen Hosenbeine ihrer Jeans bis knapp unter den Waden aufgerollt, und darunter trug sie schwarze, halbverschlissene Nylonstrümpfe. Mit den Zehen stupste sie ab und zu ihre kurzen Wildlederstiefelchen an, die sie ausgezogen hatte und die wie echte Sammie-Schuhe vor ihr lagen, als wären sie Leibwächter.

Ich konnte nicht ergründen, worum sich das Gespräch inzwischen drehte. Aber das war egal. Ich sagte etwas, und Danije erwiderte etwas, woraufhin Renée etwas sagte, wozu ich mich dann wieder äußerte, und wenn Sammie etwas sagte, trank ich einen Schluck Wein (den ich nicht schmeckte, weil meine Kehle vom Koks betäubt war) und sah sie an, als wäre ich Teilnehmer einer Fernseh-Talkshow und sie eine Frau aus dem Publikum, die mir eine interessante Frage stellte. Doch nachdem ich gesagt hatte, ich müsse nun mal gehen, da schoß mir ein Stromstoß Blut in den Kopf. Ich schwankte und schämte mich. Ich wollte klingen wie ein vierzehnjähriger Charmeur, der seine Klassenkameradin-mit-den-Zöpfen fragt, ob er ihre Schultasche tragen darf. Tja, Danije sah mich gerührt und überaus glubschig an, als ich meine Frage stellte, Renée nickte mir freundlich und neutral zu, doch ich *fragte* sie, ich fragte (und ich vernahm, wie schlawinerhaft der Ton klang, mit dem ich es fragte): »Sammie, willst du mich vielleicht ein Stück begleiten?«

Ganz normal eigentlich, eine solche Frage. Also antwortete sie auch ganz normal darauf.

»Ja, ist gut«, sagte Sam.

So sorglos, so zielgerichtet, wie sie ihre Füße in die Stiefelchen zwängte! An der Haustür wurde es jedoch noch recht peinlich: Ich war schließlich wegen Kokain gekommen. Rasch regelte ich mit Danije das Finanzielle. Doch auch Sammie nahm vier Hunderter aus der Hosentasche und kaufte dem verlegen weiterquatschenden Danije zwei in fettfreies Papier verpackte Portionen ab. So, mit jeweils zwei Gramm in der Tasche, verließen wir das Haus.

»Nun, dann tschüß«, sagte Danije in einem Ton, als müßten wir beide ins Krankenhaus. Sam hatte ihre alte Fliegerjacke an, und mein Gott, was sah sie wieder shabby und zu-schön-um-wahr-zu-sein aus! Selbst wenn sie irgendwann beschloß, nur einen Jutesack oder eine Inkontinenzwindel zu tragen, würde sie immer noch aussehen, als stammte sie aus einem Sonderheft der *Vogue* oder, keine Ahnung, der *Marie Claire.*

»Warum bist du nicht Model geworden?«

Sam schüttelte ihr langes Haar unter dem Kragen der Fliegerjacke hervor und sagte nur: »Eine typische Walter-Raam-Frage.«

Sie war mit dem Fahrrad da. Wir bogen in die Apollolaan ein. Sam saß hintendrauf, sie wackelte, was mir wiederum Gelegenheit gab, stärker zu schlingern, so daß sie sich festhalten mußte, an meiner Taille.

»Wo fahren wir eigentlich hin?«

Aha. Wir fahren also irgendwo hin.

Sogar ihr Wackeln auf dem Gepäckträger ist noch dasselbe wie früher.

Wenn wir im Sommer, während der Wochen, in denen meine Eltern Kenia, Ägypten oder Trinidad mit ihrer Nikon und ihrer Videokamera von Sony stürmten, wenn wir also im Sommer in Bergen waren und die ganze elterliche Villa für uns allein hatten, dann vertrieben Sammie und ich meine unsichtbar anwesenden Eltern und Schwestern aus dem Haus, indem wir in der ersten Woche unseres Aufenthalts jeden Tag in einem anderen Raum fickten. Ein spaßiges Ritual. Wir trieben es zuerst im Arbeitszimmer, Sam bäuchlings auf dem Eichenholz-Schreibtisch meines Vater vor mir liegend; und dann in der Küche, wo sie sich an der

Spülmaschine festhielt. Auf der Treppe zum Dachgeschoß setzte ich mich einfach auf die oberste Stufe, und sie setzte sich auf mich, den Handlauf beidseitig in den Achselhöhlen; das war ziemlich akrobatisch und vor allem aufgrund dieser Leistung schön. Aber am Tag danach wiederholten wir das Ganze etwas einfacher im Badezimmer, wo wir Badeschaum in Augen und Nase bekamen.

Im Wohnzimmer schauten wir uns geliehene Videos an und ahmten Jack Nicholson und Jessica Lange in *Wenn der Postmann zweimal klingelt* nach. Oder ich legte die Platte von Ramsey Shaffy auf, jenes eine Lied. Und wir taten so, mitten im Zimmer, unsere Kleider wie ein Kranz um uns herum, als tanzten wir modernes Ballett. Wir hüpften herum und sprangen im Kreis, während Ramsey aus den Lautsprechern tönte: »Hoch Sammie, schau hoch, denn dann wirst du herrlich naß, Sammie. Törichte, törichte Sammie ...« Im Schlafzimmer meiner Eltern spielten wir Vergewaltigung. Sammie trug den großen blauen Overall, den mein Vater immer für die Gartenarbeit benutzte, und sie hatte eine angeberische Sonnenbrille mit spiegelnden Gläsern auf. In der Hand hatte sie einen beinahe echt wirkenden Colt, den ich auf dem Dachboden wiedergefunden hatte und mit dem ich, bis ich zwölf war, mit dem Nachbarsjungen Starsky & Hutch gespielt hatte. Sie setzte mir den Pistolenlauf an die Schläfe und befahl mir, meinen Schwanz aus der Hose zu holen und mir vor dem Spiegel des Frisiertischs meiner Mutter einen runterzuholen. »Na los, mach schon«, knurrte sie böse, doch ihre Stimme überschlug sich, weil sie das Lachen nicht unterdrücken konnte. Auch ich mußte unweigerlich lachen, wobei jedoch mein Schwengel knallhart nach oben zeigte und ich pathetisch vor ihr kniete. Mit einer Hand meinen Schwanz haltend, flehte ich sie an, mich nicht zu erschießen, während ich mit der anderen den weiten, herabrutschenden Overall aufknöpfte.

Auf dem Bett meiner jüngeren Schwester rauchten wir roten Libanesen, bis wir vollkommen stoned waren. Sammie, total mellow und auf der Seite liegend, den Kopf in eine Hand gestützt, blätterte in einem Album mit alten van-Raamsdonk-Familienfotos. Ich lag in exakt derselben Haltung hinter ihr, den Schwanz regungslos in ihre allmählich nasser und nasser werdende Möse geklemmt. Irgendwann schob sie dann das Album von dem Einzelbett runter und sagte mit der kindlichsten Stimme, die sie hatte, daß sie nun schlafen wolle, und ich sagte dasselbe. Und dann schliefen wir, aber wir schliefen natürlich nicht: Nichts geschah, überhaupt nichts, abgesehen vom regelmäßigen Klopfen meines Schwengels, der die ganze Zeit völlig regungslos in ihr steckte. Ganz selten einmal, und dann auch nur für eine Sekunde, spannte sie die Muskeln im Unterleib an und seufzte. So lagen wir mindestens eine halbe Stunde nebeneinander, die Decke meiner Schwester mit dem Blümchenbezug halb über uns. Wir waren breit wie die Ponys und zugleich äußerst angespannt, wir begannen beide wie wahnsinnig zu schwitzen, und manchmal entwich ihrem Mund erneut solch ein kurzer Seufzer, als würde sie sterben. Bis ich nach dieser halben Stunde statischer Geilheit nichts anderes tun konnte, als meine Arme um ihren Brustkasten zu legen. Mit aller Kraft preßte ich die Luft aus ihren Lungen, während ich mit vier kurzen Stößen ejakulierte. Ich ließ sie los und rutschte um eine halbe Bettlänge nach unten, drückte meinen Kopf von hinten zwischen ihre Beine, um den ganzen Schweiß und Geilsaft von ihren Schenkeln zu lecken. Meine Zunge zog Linien entlang ihrer Lippen, bis ich mich sanft dort festsog, wo sie es am liebsten hatte. Ich spürte, wie wir beide zusammen schmeckten, während Sammie in Fötushaltung leise stöhnte, die Zähne in der Blümchendecke meiner Schwester.

In der übrigen Zeit schauten wir Videos, schliefen (jetzt

wirklich) oder lagen am Strand. Wenn das Wetter gut war, holte ich am frühen Morgen das Gazelle-Rad meines Vaters aus der Garage. Kurz danach sprang Sam hinten drauf, an einem Arm eine große Plastiktasche von Albert Heijn mit einem Badetuch, einem Kissen, einem Walkman und einem Buch. Über die Eeuwigelaan fuhren wir nach Bergen aan Zee. Wenn man auf den Zeeweg kommt, hat man immer Gegenwind, und ich fluchte dann ein paarmal, und Sam wakkelte auf dem Gepäckträger extra ausführlich von der linken auf die rechte Pobacke (oder umgekehrt), so daß wir beinahe auf die Schnauze fielen. Am Strand las sie praktisch jeden Tag ein Buch, sie las tatsächlich in nur drei Tagen alles von Kafka, das große, schwere gelbe Buch (*Gesammelte Werke*) auf dem Schoß, die Unterkante des Buchrückens auf ihrem Venushügel ruhend. Kafka sei ein Autor »zum Verlieben«, sagte sie. »Denn eigentlich schreibt er sehr verführerisch«, behauptete Sam entschieden. Ich ging schwimmen, holte hin und wieder Eis, Brötchen oder Zigaretten und baute, als wäre ich ein echter Deutscher, eine Sandburg um sie herum. Wenn sie bäuchlings auf dem Badetuch liegend las, schob ich schon mal meine Hand unter ihre Bikinihose. Sammie und ich waren wahnsinnig aufeinander eingespielt. Innerhalb einer Minute ließ ich sie kommen. Ihr Buch fiel mit einem leisen Plumps in den Sand, und sie verbarg das Gesicht in den Händen – kein Schwein bemerkte etwas davon, wenn Sammie, vom Sandwall umgeben, ihr Becken bewegte und sich an meinem Zeige- und Mittelfinger rieb.

Während des ersten Sommers las sie also Kafka, doch auch irgendwas von, mal überlegen, Nabokov, Carry van Bruggen, Bernard Malamud und Milan Kundera. Alle Bücher nahm sie aus dem Regal meiner Eltern. Bei *Pnin* von Nabokov lachte sie sich ständig kaputt. »Und dennoch ist es eine unglaublich traurige Geschichte«, sagte sie, als sie das

Buch aus hatte – was durchaus sein konnte, ich kannte von all diesen Büchern nur den Umschlag. Obwohl: Kundera las ich auch, und ich fand *Die unerträgliche Leichtigkeit des Seins* durchaus gut, mit all dem Ostzonensex und so. Doch Sammie meinte beleidigt, dieser komische Kundera sei doch ein ausgemachter Idiot. »Dieses ganze pseudo-tiefsinnige Getue, o Mann. Ich glaube, das ist ein ziemlich eitles Kerlchen, dieser Kundera. Eigentlich ist es Edelkitsch, was er schreibt.« Nun ja, Edelkitsch oder nicht, im nächsten Sommer las sie dennoch ein weiteres Buch von ihm, auch wenn die meiste Zeit für die drei Bände der *Suche nach der verlorenen Zeit* von Proust draufging. Nicht durchzukommen natürlich, aber Sam las es. Auf französisch auch noch!

»Wirklich schön, Proust. Lauter wahnsinnig lange Sätze und so. Es geht fast immer um Liebe und Wehmut, beinahe nie um Sex, und dennoch macht es mich manchmal ein wenig ... wie soll ich sagen, ein wenig *benommen*. Seltsam, nicht?« sagte sie, und das machte mich wiederum ein wenig »benommen«; ich legte den Walkman auf das Badelaken, drückte meine Zigarette aus und schnurrte ihr ins Ohr.

Im dritten Sommer las sie nichts und meinte nach drei Tagen, sie habe keine Lust mehr.

»Auf uns, Walter. Nein, ich habe keine Lust mehr, ich will nicht mehr.«

Am Abend, auf einer Terrasse in der Nähe der Ruinenkirche, laberten und laberten wir, das heißt: *Ich* laberte. Und brüllte.

Ich horchte sie aus. Meckerte. Flehte. Rotgebrannte Touristen genossen gierig das Theater, das ich veranstaltete. Sie sagte nur, sie könne nichts daran tun. Es sei ganz einfach: »Ich bin nicht mehr verliebt.«

Ohne Ursache, ohne Anlaß?
Ohne Ursache, ohne Anlaß.

»Na ja, obwohl ... eigentlich empfinde ich das schon eine ganze Weile so. Ich finde es nicht mehr schön.«

Sie fuhr nach Amsterdam zurück, ich blieb da und zerstörte versehentlich den Fernseher meiner Eltern, als ich versuchte, irgendeine Vase von der Flimmerkiste herunterzutreten. Ich rief alte Freunde an, um zu jammern. Ich bat Groen, nach Bergen zu kommen, der nach zwei Tagen eine dicke deutsche Touristentussi mit Schenkeln wie Schlepper ins Haus brachte. Ich suchte Streit mit Groen. Ich legte mich, wie dämlich kann man sein, in einer Provinzdisko in Hoorn mit zwei Hell's Angels an, die mir beinahe die Eier zu Brei traten. Kurzum: Mir widerfuhren die Dinge, die jemandem, der wütend ist und sich wie ausgekotzt vorkommt, nun mal widerfahren.

Sie holt zwei Tassen Kaffee. De Slof heißt die Kneipe, in der wir sitzen, aber sie hätte ebenso gut Het Hoekje, Ans & Wim oder De Hoogte heißen können. An der Theke keine nörgelnden Carmiggelt-Dialoge, sondern einfach nur ordinäre Satzfetzen, die von ein paar dickbäuchigen Pitbull-Haltern gebrüllt werden. »Hey, Hans! Haare auf'm Schwanz!« Es war Sammies Idee, hier etwas zu trinken. »Das ist doch gemütlich! Immer nur die angesagten Kneipen in der Innenstadt. Da macht nie jemand eine lustige Bemerkung, weil alle einander nur ständig belauern.«

Mir ist alles recht. Selbst wenn sie mit mir in einer U-Bahn-Station hätte sitzen wollen – Das ist doch gemütlich! –, hätte ich nicht protestiert.

»So«, sagt Sam, »zwei Likörchen dazu. Als wären wir zwei alte Damen.«

Die beiden Liköre haben eine Sahnehaube.

»Was für ein Likör ist das?«

»Keine Ahnung«, erwidert Sam. »Der Wirt meinte, das schmeckt gut zum Kaffee. Es sind allerdings verdammt kleine Gläser. Wie soll man das trinken? Zuerst die Sahne runterlöffeln?«

Sie wartet meine Antwort nicht ab und umschließt mit einemmal den Rand des Likörglases mit ihrem Mund, schaut mich mit großen, schielenden Augen an wie ein Frosch. Dann wirft sie den Kopf in den Nacken. Und fängt an zu husten. Ebenso schnell, wie sie das Glas in den Mund genommen hat, steht es wieder auf dem Tisch. Sie kichert.

»Was guckst du so?«

»Du bist verrückt«, sage ich, »du bist verrückt, und ich bin in dich verliebt. Immer noch. Weißt du das?«

»Versuch du mal.«

»Was?«

»Na, das, was ich gemacht habe. Den Rand des Glases vollständig mit den Lippen umschließen und zack, Sahne und Likör mit einem Mal in den Mund.«

»Sam ... Suzan.«

»Na los, nun mach schon.«

»Seit wann kaufst du Kokain? Als du noch mit mir zusammen warst, hast du nie Kokain gekauft.«

Sam dreht sich eine Zigarette und schaut sich in der Kneipe um. Am Nebentisch sitzt ein Rentner mit einem faltigen Gesicht, das aussieht wie ein kaputtgetretener Karton, und zerschneidet eine Frikadelle. Ab und zu zieht er die Nase hoch, und als er bemerkt, daß Sam ihn interessiert beobachtet, lächelt er sie an. Ihm fehlen zwei Schneidezähne. Das Männchen zieht seine Nase besonders ausgiebig hoch und sagt: »Zieh auf den Wecker. Schnodder ist lecker.«

Sam lacht sich kaputt. Ich lache auch über den Mann. Was aber nicht stimmt: Ich lache, weil Sammie lacht.

»Hey, Sam, wie ist das jetzt mit dem Koks?«

»Hey, Raam, wie ist das jetzt mit den Huren?«

»Huren, Huren. Wie meinst du das?«

»Tu nicht so blöd«, sagt sie jetzt leise. »Du bist bei Danije

229

reingekommen und hast was von Scheißlaune gesagt, weil du von einer Hu... Und dann hast du geschwiegen. Nun ja, du bist also bei einer Hure gewesen.«

»Wie kommst du bloß darauf? Ich komme gerade aus dem Hunsrück!«

»So kenne ich dich, du Schleimer.« Sie schaut mich an mit diesen unglaublich großen Augen, die natürlich nicht ihre eigenen sind, sondern die sie aus einem Porträt von Isabelle Adjani oder Maruschka Detmers ausgeschnitten hat, um sie anschließend über ihre eigenen Augen zu schieben.

»Hey, Sam, erinnerst du dich noch daran, wie wir einmal gef...«

Sie hat sich nach vorn gebeugt und eine Hand auf die Tischplatte, die andere auf meinen Mund gelegt.

»Laß das«, sagt sie. »Nicht über früher reden. Ich habe keine Lust auf Sentimentalitäten. Erzähl mir lieber, wie es dir geht. Was machst du zur Zeit? Freitag ist die Eröffnung im Stedelijk Museum, du hängst auch dort, nicht? Na, das finde ich wirklich gut.«

»Also, darüber will nun wiederum ich nicht reden. Darüber, ob ich dort Bilder hängen habe und so.«

Alles in mir, was man irgendwie als intuitiv bezeichnen kann, ist in Stellung gebracht: Beherrsch dich, lautet die Parole, verdammt noch mal, beherrsch dich. Aber ich kann und will mich nicht beherrschen, es sind Monate vergangen, und ich will, daß sie es weiß, und sie weiß es auch sehr wohl, aber ich will, daß sie es hier, in dieser verfickten Scheißkneipe, von mir zu hören bekommt, und darum sage ich, daß ich sie wiederhaben will und daß ich jetzt, in diesem Moment, aufs Fahrrad springen will, um zu mir oder zu ihr zu fahren und anschließend die Ozonschicht in Fetzen zu vögeln ... überall, überall meine Zähne in ihrem Mädchenfleisch, Sam, ich will, daß du wieder schmutzige Dinge in mein Ohr kicherst und daß du zuerst mit deinen Haaren und dann mit deinen Händen mein Gesicht bedeckst, Sammie, ich will mit dir genauso wie damals ficken, als du auf deinem Walkman Prince gehört hast und ich auf meinem irgendwas Dämliches von Vivaldi. Wir fickten und fickten, und jeder hatte seine eigene Hintergrundmusik, und später stecktest du einen Finger in meinen Mund und ich dir zwei in deinen Hintern, und du, du hast gebissen, und ich, ich drückte tiefer und tiefer, mit beiden Fingern. Und als ich sie rauszog, da stützte ich mich mit einem Arm ab, während ich auf dir lag, und ich schnüffelte neckisch an meinen Fingern. »He! Tu nicht so blöd!« Du sagtest es so lieb. Und meine Finger rochen herrlich nach dir. Deine Kacke war wie Ohrenschmalz. Ohrenschmalz mit Ingwer gemischt. So in der Richtung. »Pfui Teufel«, sagtest du, als ich meine Finger hochkonzentriert ableckte. Sam, Sammetje, hey, Suzanneman.

Sie hat sich die Zigarette angesteckt. Irgendein Lied von Imca Marina blubbert durch das Lokal. Der Mann am Nebentisch mahlt das Hackfleisch in seiner Schnauze. Zieh auf den Wecker.

»Immer Sex, Raam. Bei dir dreht sich immer alles nur um Sex.«

»Aber es ist doch auch alles Sex«, widerspreche ich schwächlich, und mir fällt ein, daß ich dies schon früher mal behauptet habe, auch wenn ich nicht mehr weiß, wann und wem gegenüber. »Mein Gott, Sam, sei froh, daß alles Sex ist, ich, äh ... ich darf nicht daran denken, daß es, äh ...«

»Auch anders sein kann.«

Was ist das? Hat sie neue Freundinnen gefunden, vielleicht ein paar von diesen einschüchternden Mistweibern, die wie die schlimmsten Männer zu allem eine Meinung haben? Hat sie sich etwa doch verändert?

»Das mit uns, das wird nie wieder was, oder?« sage ich mit meinem treuen Hundeblick, der mir immer großen Gewinn eingebracht hat. Doch Sam antwortet mir mit einem versoffenen Katzenaugenaufschlag und sagt: »Nein. Nein. Ich denke nicht.«

»Sollen wir ...?« Ich hole mein Päckchen hervor. »Schnell mal schniefen? Okay?«

»Walter, ich habe das Kokain nicht für mich gekauft. Ich nehme es immer noch ebensowenig wie damals, als ich mit dir zusammen war.«

»Jaahaa!« Er klingt äußerst behämmert, mein Ausruf. »Ja, das sagen alle.«

»Walter, das Koks ist für jemand anders.«

»Für wen?«

Fünf Männer in modefernen Lederjacken kommen in das Lokal. Für alle fünf gilt: Typ Taxifahrer, Typ Bauarbeiter, Typ Goldkettchen. Einer von ihnen, ein blondgefärbter, rot angelaufener Fettsack mit Vokuhila, grinst zu Sammie herüber. Er schaut zu ihr und dann zu mir: »So, so, so«, sagt er, »tja, tja, tja.« Und geht an uns vorbei.

»Netter Laden«, sage ich. »Gemütlich, so eine Kneipe mit lauter Proleten.«

»Willst du noch was trinken?« fragt Sam. Sie steht auf und bestellt zwei Pils. Sie negiert ein wenig zu resolut die Bemerkungen der fünf Männer, die inzwischen, allerlei unverständliches, großkotziges Geschwätz von sich gebend, an der Theke Posten bezogen haben. Proleten oder nicht, sie haben natürlich längst bemerkt, daß Sammie sich von ihnen eingeschüchtert fühlt. Ich sehe es an ihrem emporgereckten Kinn.

»Ist das dein Kerl?« fragt der blonde Fettsack. Ein anderer reagiert adäquat: »Kerl? Welcher Kerl? Ich sehe hier keinen Kerl. Dort in der Ecke sitzt allerdings ein elender kleiner Scheißer.« Eine Lachsalve. Ich stehe auf und gehe zur Toilette.

Graffiti auf der Klotür. »Mein Brummer steht auf 'ne

geile Nummer.« »Steck doch deinen Schwanz in einen Maulwurfshügel, dann fickst du die ganze Welt.« »Was passiert, wenn man einer AIDS-Schwuchtel Sambal in den Hintern schmiert? Er kriegt die Scheißerei. Und was hat ein AIDS-kranker davon? Dann weiß er wenigstens, wozu sein Arschloch eigentlich dient.« Ich hole das Papiertütchen hervor, mache mir nicht die Mühe, eine Line zu ziehen, sondern stupse eine feuchte Fingerspitze in das Pulver und lecke anschließend den Finger ab. Als ich vom Klo komme, sehe ich Sam an der Eingangstür stehen.

»Wir gehen«, sagt sie.

Auf dem Tisch zwei unangerührte Pils.

Sie will nach Hause.

»Ach, die Männer waren mir einfach ein bißchen zu nervig. Als du auf der Toilette warst, wurden sie aufdringlich.«

Sie schiebt ihr Rad neben sich her. Den Reißverschluß der Fliegerjacke hat sie bis zum Kinn hochgezogen. Sie fragt mich, wie ich nach Hause komme. Zu Fuß oder mit der Straßenbahn? Und Sammie geht in Position für einen Abschiedskuß, obwohl ich der Ansicht bin, daß unser Gespräch noch längst nicht zu Ende ist. Doch, ach, wahrscheinlich findet sie mich auch »ein bißchen zu nervig«. Sie seufzt, als ich sie erneut frage, für wen sie die zwei Gramm denn gekauft hat. Sie legt das Kettenschloß über den Fahrradlenker.

»Hör zu, Walter. Ich habe Alex ein paar Mal in der Anstalt besucht, er steckte wirklich tief in der Scheiße. Warum bist du nur ein einziges Mal bei ihm gewesen? Er ist, er war dein Freund, ein guter Freund. Ich habe ihn besucht, und als er wieder in Amsterdam war, da fühlte er sich eigentlich immer noch sehr schlecht. Also bin ich hin und wieder mit ihm im Kino oder im Gimmick gewesen. Und ich bin mit ihm essen gegangen und so, und er ...«

»Und du hast mit ihm gevögelt und so.«

Genug. Ich weiß genug. Sam auf den Knien, an Alex' Schwanz lutschend. Sam, die ihre Beine breit macht, ihre Möse für ihn aufzieht. Sam, die sich mit dem Zeigefinger befriedigt, während sie von Alex Menkveld andächtig gefickt wird.

»Tu nicht so beleidigt. Ja. Ja, ich bin ein paarmal mit ihm im Bett gewesen.«

»Im Bett gewesen«, äffe ich sie nach. Und: »Alex steht auf Jungs. Das weißt du doch sicher.«

»Er ist bi«, sagt sie mit schneller Sachlichkeit, die ich von ihr nicht kenne. Und, noch schneller: »Ich finde, dies ist ein lächerliches Gespräch. Über diese Dinge will ich mit dir nicht auf diese Weise sprechen.«

»Auf welche Weise denn?«

»Nun ... anders.«

Wir reden also rein geschäftlich miteinander. Ich verhandle rein geschäftlich mit meiner Ex, und aus nichts läßt sich Gewinn schlagen. Es ist eigentlich so unvorstellbar und so unwirklich, daß mich nichts mehr interessiert. Ich bin wütend, zornig, doch irgendwie habe ich das Gefühl, als würde ich schauspielern, daß ich wütend bin. Ich schauspielere und sage: »Anders, wie anders! Man könnte meinen, du wärst Politikerin, so ein verdammter Idiot von den Christdemokraten. Nicht ja, nicht nein, sondern: anders. Eine typische Aussage eines Christdemokraten, typisch für jemand ohne Rückgrat. Wo ist dein Rückgrat geblieben, Sam? Kauf dir einen Topf Vaseline, denn Alex will dich am liebsten in den Hintern ficken, verstehst du? Bist du verliebt in ihn? Ist er verliebt in dich?«

Meine Stimme, ich höre meine Stimme. Shit, wo ist meine Schauspielstimme geblieben?

»Vermißt du mich denn nicht? Was willst du denn mit diesem Alex, Alex ist vollkommen durchgeknallt, hatten wir denn nicht gute Jahre, wir hatten doch jede Menge Spaß, langweilst du dich nicht mit Alex, meiner Ansicht nach kommst du nicht einmal bei diesem Schlappschwanz, Sam, du bist nicht ehrlich zu mir gewesen, du hast mich nicht ohne Grund verlassen, mein Gott, wir haben wie die Engel gevögelt, es war immer so schön, mit dir zu ficken, du bist eine läufige Hündin, weißt du das, du hast nie den Mumm gehabt, ich bin immer in dich verliebt gewesen, ich werde immer verrückt nach dir ...«

»Nein! Du bist eben nicht in mich verliebt gewesen, nie. Du warst nur von mir besessen.«

Sagt sie das? Sie sagt es. Es beruhigt mich. Ich weiß nicht, warum, aber es beruhigt mich. Aus der Kneipe dringt ein nicht genau identifizierbarer Gassenhauer von Koos Alberts. Ich versuche herauszufinden, woran ich denke. Eigentlich nur an das, was ich sehe. An ihre Jacke. Ihre Fliegerjacke mit dem Schimmer der Straßenbeleuchtung darauf.

Nur ein Film kann die Situation noch retten, und darum stelle ich ihr eine Frage wie aus einem Spielfilm für die ganze Familie.

»Hast du mich jemals geliebt?«

»Tu nicht so blöd. Natürlich habe ich dich geliebt.«

»Aber jetzt nicht mehr.«

»Nein, jetzt nicht mehr.«

»Jetzt liebst du Alex.«

»Nein. Nein, ich liebe Alex nicht.«

Ein etwas verfrühter Jubelschrei in meinem Innern. Denn: »Dafür kenne ich ihn noch nicht lange genug. Es ist alles noch so schrecklich neu.«

Die Aufrichtigkeit, diese abscheuliche Aufrichtigkeit von ihr. Mir bleibt nur noch ein einziger Satz. Ich sage ihn so locker wie möglich.

»Ach ja, ich war auch mit Alex im Bett.«

Keine Spur von Schmerz oder Ekel auf Sammies Gesicht.

Ich werde absolut nicht schlau aus ihr. Sie lacht, schüttelt das Haar aus ihrer Stirn.

»Das weiß ich. Und ... komisch, nicht, aber die Vorstellung ... die Vorstellung, daß du und Alex ... eigentlich finde ich das sehr lustig, völlig irre. Und doch auch sehr vertraut.«

Ich küsse sie auf den Mund, schmecke unmittelbar alles, was für meine Lippen und meine Zunge noch stets das am meisten Bekannte ist. Erst nach einer Weile preßt sie vorsichtig die Lippen aufeinander. Schiebt mich sanft von sich weg.

»He«, sagt sie. »Ich fahr dann mal nach Hause. In Ordnung?«

»Warte kurz!«

Ich versuche, es so klingen zu lassen, als fiele mir plötzlich noch etwas ein. Doch das habe ich auch geübt.

»Ich weiß, daß du Groen anmachen wolltest. Du wolltest mit ihm ins Bett.«

Das erste echte laute Auflachen des Abends. Sammie klopft vor Vergnügen auf den Fahrradlenker.

»Denkst du das noch immer? Walter, ich bitte dich ... schon der Gedanke ... brrrr.«

»Er hat es mir selbst erzählt.«

»Hat er das? Groen ist bescheuert. Vielleicht ist er ja mit mir im Bett gewesen, ich aber nicht mit ihm.«

»Wie meinst du das?«

Ja, wie meint sie das? Was redet sie da?

»Nun ja, so wie ich es sage«, erwidert sie. »Er schon mit mir. In seiner Phantasie. Woher soll ich wissen, was für Wunschträume dieser komische Groen so hegt.«

Sie bemerkt meine Verwirrung. Ich meine, sie muß meine Verwirrung bemerken.

»Paß auf. Groen hat einmal im Gimmick, in der Cocktailbar, den ganzen Abend auf mich eingequatscht. Und mich

sehr freundlich gefragt, ob ich Lust hätte, bei ihm zu Hause noch was zu trinken. Er wollte über dich mit mir sprechen. Darüber, daß du fix und fertig bist und so. Daß du mir nachtrauerst. Also ging ich mit ihm. Wir tranken Whisky ...«
»Grappa.«
»Was?«
»Ihr habt keinen Whisky getrunken. Es war Grappa.«
»Kann sein, das weiß ich nicht mehr. Auf jeden Fall tranken wir was Hochprozentiges, und Groen redete über alles mögliche, nur nicht über dich, er fing an, den Ladykiller zu spielen, es war zum Totlachen, er wollte mich tatsächlich ins Bett quatschen und ...«
»Was sagst du da? Stimmt es, was du da sagst?«
»Ja, wirklich. Er fing an, an mir rumzufummeln und so. Er wurde wirklich aufdringlich und unangenehm. Irgendwann fragte er mich geradeheraus, ohne Umschweife. Er fragte also, ob ich mit ihm schlafen wolle. Nun ja, er fragte noch einen Tick direkter. Es war sehr abstoßend. Und peinlich auch. Ich wollte es dir nicht erzählen, damals, als du bei mir an der Tür warst. Ich meine, er ist schließlich ein guter Freund von dir, und er tat wirklich pathetisch. Ich habe ihn mir buchstäblich vom Leib halten müssen. Das war kein Vergnügen, kann ich dir sagen.«

Ein guter Freund von mir, Groen. Gute Kameraden ... die Flugreise nach New York, Groens Monologe, meine Finger, die er mir brechen wollte, wenn ... die Feile, mit der meine Nagelhaut ... der Tritt, mit dem er mir meine Eier bis zu den Mandeln ...

»Walter, was ist jetzt?«
»Nichts. Nichts ist.«

Und es ist wirklich nichts. Da ist keine Sammie, kein Groen, da ist absolut nichts, außer mir.

»Ist wirklich nichts?«
»Nein.«

»Okay. Nun ... dann gehe ich jetzt wirklich. Einverstanden?«

»Einverstanden«, sage ich als echt braver Junge, als spielte es eine Rolle, ob ich einverstanden bin. Tschühüß. Tschühüß. Und sie geht tatsächlich, das heißt, da fährt sie, dort, am Ende der Straße. Einfach so, ganz normal. Ein irgendwie öder Abschied eigentlich. Gar nicht wie im Film. Ich meine, sie hat nicht geweint und geschluchzt. Ich habe ihr keine Ohrfeige verpaßt. Ich bin nicht auf die Knie gefallen und habe sie flehend angesehen. Und mit derselben lächerlichen Alltäglichkeit, mit der sie weggeradelt ist, setze ich mich auf den Bordstein, zwischen die parkenden Autos. Zwischen, mal kurz sehen, einen fahlgelben Renault 5 und einen roten VW Bully. Ich beuge mich vor und stecke mir den Mittelfinger in den Hals. Ich achte darauf, daß der Schwall nicht auf meinen Schuhen landet. Das wäre Sünde.

The Amsterdam Dream

Sam ist nicht da, aber die Königin schon.
»Da ist sie also, unsere Queen«, sagt Groen begeistert. »Ganz bescheiden wartet sie, schräg hinter ihren Leibwächtern. Kannst du es sehen? Gut sieht sie aus! Sehr gut sogar. Grundgelehrte Falten im Gesicht und so, ein echt kosmopolitisches Antlitz. Findest du nicht auch, daß sie gut aussieht?«

Groen richtet diese Frage an Eckhardt, doch der kontrolliert gerade seine Krawatte und seinen etwas zu knapp sitzenden Gaultier-Anzug, und als er damit fertig ist, wandert sein Blick nicht zur Königin, sondern er schaut um sich herum. Das Foyer des Stedelijk Museum ist überfüllt mit allerlei Gaultier-Anzügen. Wer nicht der Ansprache des Ministers lauscht, sieht sich wie Eckhardt forschend um. Wer ist da, wer fehlt? Nun, ich bin also da. Und Groen. Mit Dolfijn am einen und der schwarzen Superbraut am anderen Arm. Und Eckhardt hat Elma mitgebracht, und auch die anderen »vielversprechenden jungen« Künstler, deren Arbeiten in der Gruppenausstellung hängen, sind gekommen.

Doch mit der Handvoll Künstler und ihren kurzberockten Freundinnen kann man das Foyer des Museums natürlich nicht füllen. Die feste Gruppe der Geladenen besteht aus: Sammlern, Journalisten, Fotografen, Stylisten, Galeristen, einigen Politikern, Kokaindealern, privaten Mäzenen, herausgeputzten Semi-Intellektuellen, den Ehegatten der Semi-Intellektuellen (die garantiert *Avenue* und *Élégance* und Adriaan van Dis lesen), Fotomodellen, institutionellen Anlegern, Kunstbonzen, Mitgliedern der Beratungskommission, Mitgliedern der Stipendienkommission, Mitgliedern der holy shit was-weiß-ich-welche Kommissionen es so alles gibt. Und ansonsten sind natürlich alle da, die keine Kunst machen, aber gerne mit ihr in Verbindung gebracht werden wollen: die Modeschwuchteln, die Theaterschwuchteln, die gewöhnlichen Schwuchteln, die Vernissageabklapperer, die Diplomaten, die Gastronomiefritzen, die Schlawiner, die Auf-den-Busch-Klopfer, die Specknacken, die Starfukker. Und schließlich ist da noch eine Reihe von Studentinnen der Rietveld Academie, die immer perfekt angezogen sind und sich noch perfekter geschminkt haben. The winner takes it all, the loser is standing small. Statt der Phantasie ist der privatwirtschaftliche Triumphzug an der Macht.

The Amsterdam Dream wird von einem selbstsicher sprechenden Minister eröffnet. Hinten im Saal unterhalten sich Anleger über die letzten Entwicklungen auf dem Gebiet der allermodernsten Kunst, und nicht weit davon entfernt reden die Künstler über ihre zuletzt verdienten Hunderttausend. Die Maler sind gekleidet, als kämen sie soeben von der Börse, und die Börsenspekulanten tragen künstlerisch angehauchte Krawattennadeln und Keith-Haring-Socken in ihren glänzenden Dr.-Adams-Schuhen. Künstler und Moneymaker, Moneymaker und Künstler, die eine Gruppe will wahnsinnig gern wie die andere aussehen, und dadurch gibt es praktisch nichts mehr, wodurch sie sich voneinander unterscheiden. Zeit ist Geld; Kreativität ist mehr Geld. So in der Art.

»The queen, the queen and nothing but the queen«, sagt Groen entzückt.

»Halt den Mund«, sagt Elma, »ich will die Rede hören.«
»Ja«, bekräftigt Eckhardt, »still! Der Minister spricht.«
»Spießer«, erwidert Groen schmollend. »Es ist so wie immer. Alle lauschen aufmerksam dem politischen Geschwafel über Cents und Gulden. Nun, all die Cents und Gulden haben wir bereits in bares Gold umgesetzt. Laßt euch das gesagt sein, ihr jungen Leute. Fuck, wie es aussieht, bin ich der einzige, der unsere Königin wahrhaft zu schätzen weiß. Jetzt schaut doch, wie sie dort auf dem Podium steht. Echt

ein prima Weib, wirklich. Nicht scharf, aber mit sehr viel Stil. Mann, ich begreife absolut nicht, was die Welt am britischen Königshaus findet. Unseres ist doch sehr viel ... sehr viel *europäischer?* Oder etwa nicht?«
»Pssst«, macht Eckhardt.
»Ich habe Durst. Wie lange dauert es noch?« sagt Dolfjin.
Der Minister spricht von einem internationalen Durchbruch und vom gestiegenen Marktwert der niederländischen Kunst; über das Aufblühen neuer Talente; über eine bemerkenswerte Avantgarde, hoffnungsvolle Entwicklungen und gewinnbringende Investitionen.
Elma zündet sich eine Marlboro an. Die schwarze Superbraut studiert ihr Dekolleté. Sie hält den Kopf gesenkt und hat nun ein dreifaches Doppelkinn. Sie betrachtet ihre Titten und Brustwarzen, die halb unter der aufgeknöpften Wildlederweste zum Vorschein kommen. Und inmitten der Menschenmenge steht Stoop. Ich beobachte, wie er irgendeinen politisch aussehenden Kerl in dreiteiligem Anzug um Feuer bittet. Neben Stoop steht ein strahlender Freddie Ursang; selbst er, der langweilige Dichter, ist fashionable gekleidet. Von einigen verirrten Kommunisten abgesehen, sind wirklich alle exquisit angezogen; das ist ein gutes Zeichen. Wenn bei der Eröffnung alle schick sind, wird kein Journalist es wagen, eine schlechte Kritik zu schreiben. La dee da.
Nach dem Minister der Museumsdirektor. Der ist immer gut für einen peinlichen Moment. Der Museumsdirektor, ein kontaktgestörter Kalvinist mit kugelrundem Kopf und Krankenkassenbrille, nuschelt irgendwas Unbestimmtes ins Mikrofon, durch die Fernsehkameras und das Blitzlichtgewitter der Pressefotografen eingeschüchtert.
»Kurz und gut«, murmelt der Museumsdirektor – er schaut nicht ins Publikum, sondern auf seine Hände –, »kurz und gut, diese neue Künstlergeneration verdient es, im Stede-

lijk Museum ausgestellt zu werden. Der ironische Titel der Gruppenausstellung zeigt an, wie ungreifbar und voller Elan sich diese Generation profiliert. Ironie, Zynismus, der Fluch des postmodernen Denkens, die Zerstückelung von Errungenschaften – *The Amsterdam Dream* gibt einen Einblick, wie junge bildende Künstler mit den Problemen unserer Zeit ringen und versuchen, Antwort darauf zu geben.«

Die schwarze Superbraut gähnt. Dolfijn nickt der dunkelhäutigen Schönheit zu und fragt: »Groen, dürfen wir kurz zur Toilette und eine Ladung schniefen?«

»Nur zu, Mädels«, erwidert Groen großzügig. »Ich hab hier alles unter Kontrolle. Und, Dolfijn, sag doch der schwarzen Superbraut, sie soll sich im Waschraum ein bißchen sorgfältiger zurechtmachen. Wir müssen uns gut präsentieren, wenn wir nachher der Queen und ihrem Royal Husband die Hand shaken werden. Right?«

Dolfijn und die schwarze Superbraut zwängen sich durch die Menschenmenge. Groen schaut ihnen hinterher und lächelt mir dann zu.

»Hast du Sammie gesehen?« fragt er.

»Denke nicht.«

»Gut hingucken, Mann. Dort steht sie, dressed to kill.«

»Wo?«

»Da!«

Ein gestreckter Arm samt ebensolchem Zeigefinger und dazu Groens knatternde Stimme. Köpfe drehen sich zu uns um. Groen deutet in Richtung des Podiums. Ich schaue über die Köpfe hinweg; ziemlich weit vorne stehen allerlei Mädchen, die hübsch und gut gekleidet sind, doch Sam ist nicht darunter.

»Ich kann sie nicht sehen.«

»Kleiner Scherz, Raam, kleiner Scherz. Sam kommt natürlich nicht, das verstehst du doch bestimmt? Du mußt sehen, wie du allein zurechtkommst, Mister. Allein.«

Jetzt sollte ich es eigentlich zur Sprache bringen. Groen mit seinem Geschwätz im Flugzeug über the truth, the truth and nothing but the truth ... aber ich sage lediglich, daß ich wie Elma der Ansicht bin, er solle jetzt endlich mal die Fresse halten. Währenddessen traben Männer in grauen Anzügen und mit Papieren in der Hand von einer Fernsehkamera zur nächsten. Ein paar Fotografen gehen in die Knie, auf der Suche nach dem richtigen Blickwinkel für das richtige Bild. Hin und wieder checkt ein Security-Boy sein Walkie-Talkie und murmelt ein paar kurze Sätze hinein. Beinahe echt. Dann faltet die Königin einen Zettel auf, sie klopft mit dem Knöchel ihres Zeigefingers gegen das Mikrofon. Der Museumsdirektor putzt seine Brille mit einem schneeweißen Taschentuch. Hinter vorgehaltener Hand sagt der Minister etwas zu einer stark geschminkten Fregatte, die neben ihm steht. Irgendwo hinten, versteckt zwischen all den Knackern auf dem Podium, steht der Prinz und starrt in den Nacken des Ministers. »Anyway«, sagt Groen, »Holland hat ein Wörtchen mitzureden. Ich weiß nicht, welches Wörtchen, aber das ist egal. Shit, ich fühl mich plötzlich total fünfzigerjahremäßig. Denn es ist verd...«

»Jetzt halt doch mal für eine Sekunde die Schnauze!« sagt Elma bissig.

Hüsteln, Getuschel. Dann: Stille.

Und noch größere Stille. Wie in der Kirche.

Die Königin klingt wie bei der Thronrede. Ich verstehe nicht die Bohne von dem, was sie sagt. Groen zischt mir was ins Ohr.

»Was?«

»Das hast du doch gehört, die Queen bittet uns, nach vorne zu kommen. Die Künstler sollen nach vorne kommen. Hey, ich leih dir die schwarze Superbraut kurz aus, ja? Denn das kannst du natürlich nicht machen, du kannst nicht ohne Geileisen am Arm vor dem königlichen Paar erscheinen. Fuck, wo bleiben die beiden Scheißweiber bloß? Dolfijn muß sich auf dem Klo natürlich wieder ganz Bolivien reinziehen.«

Eckhardt und Elma sind inzwischen Richtung Podium gegangen. Und auch Stoop zwängt sich durch die Menge. Er hat eine kleine, flachsblonde Trauerweide dabei, die eher seine Mutter sein könnte als seine Freundin.

»Okay, da sind sie«, sagt Groen gestreßt. Wie ein Verkehrspolizist gestikuliert er in Richtung Dolfijn und schwarzer Superbraut. Dolfijn flüstert der schwarzen Superbraut etwas ins Ohr, und die schaut daraufhin zu mir herüber und lächelt mir zu, das überlegene Lächeln eines Menschen, der soeben nach Wunsch konsumiert hat.

»Hi«, sagt sie.

»Hi«, sage ich und checke meine Handflächen. Total verschwitzt.

Ein unglaubliches Gedränge rund um die Königin. Eckhardt lächelt, als habe er sich auf eine Geburtstagsparty verirrt. Groen stößt sich den Kopf an der heranrollenden Fernsehkamera. Die Königin unterhält sich mit Stoop. Stoops sonore Stimme ertönt. Eckhardt macht sein Lächeln noch ein wenig breiter, denn es kommen zwei Fotografen auf ihn zu. Das Publikum schaut gelangweilt auf das seltsame Entre nous von Königin, Künstlern und Knackern. Groen winkt zu mir herüber. Nein, Groen winkt Dolfijn. Dolfijns Augen springen beinahe aus ihren Höhlen. Sie ist so speedy wie nur was. Der Museumsdirektor zwängt sich hinter dem Minister vorbei zum Mikrofon.

»Meine Damen und Herren, der offizielle Teil der Eröffnung ist nun zu Ende. Sie können jetzt die Kunstwerke besichtigen. Im Restaurant erwarten Sie die ... äh, die ...«

»Die Häppchen!« ruft Groen.

»Die Häppchen«, sagt der Museumsdirektor erschöpft.

»Excuse me«, sagt Groen.

»Come on, Walter, don't stay at the back. Come on.« Die schwarze Superbraut hat echt Bock auf das Ganze. »And who's this, who's the guy who made that speech?« fragt sie und deutet auf den Minister.

»It's our Queen's brother.«

Die Lüge ist heraus, ehe ich mir dessen bewußt bin, in der Hoffnung, daß die schwarze Superbraut wie Groen auf unser Königshaus abfährt. Ich mache mich aus dem Staub, stoße mit einer fünfzigjährigen Torte im Kostüm zusammen. »Wow, royal family!« höre ich die schwarze Superbraut rufen. Währenddessen verläßt das Publikum langsam das Foyer, von einer Handvoll Voyeuren abgesehen.

Zwei Museumswärter sind eifrig dabei, Podium und Mikrofon abzubauen. Der Museumsdirektor hat sich auf einem Klappstuhl niedergelassen. Wer nicht einem anderen zulächelt, ist dabei, zu jemandem hinzugehen. Und ihn dann anzulächeln. Hände werden geschüttelt, Wangen geküßt. In der Nähe der Königin stößt eine Dame einen einstudierten Schrei aus. Eckhardt ist nicht von den Kameras wegzukriegen.

»Walter! Lange her. Wie geht es dir?«

Seit wann fragt mich jemand wie Freddie Ursang, wie es mir geht?

»Wie war's in New York? Wie geht es dir? Geht es dir gut? Hey, schön, dich zu sehen.«

Ich schaue möglichst an ihm vorbei. Den blonden Burschen mit der schaukelnden Kamera vor dem Bauch, den kenne ich irgendwoher. Der Kerl kommt auf uns zu.

»Meine Herren, bitte kurz lächeln, ja? Ein Foto für die Society-Seite der *Holland Post*.« Aha, daher kenne ich ihn also. »Hey, Walter, mein Bester, ich würde gern schnell ein Foto von dir machen. Super, oder, für die *HP*.«

»Phantastisch«, sagt Ursang zu dem blonden Burschen.

»Könntest du dann auch gleich erwähnen, daß nächste Woche mein neuer Gedichtband ersch...«

»Walter, Honey, damals, in der Galerie Dixit, das war das letzte Mal, daß du auf unserer Society-Seite warst. Das ist viel zu lange her, findest du nicht?«

»Rrraam! Hierrr!« Groen benimmt sich fast wie ein Leibwächter. Er taucht plötzlich in der Nähe auf. Zieht an meinem Jackett. »Was stehst du da rum? Go for it, Idiot. Sei professionell. Pro-fessio-nell. Sag der Queen guten Tag. Du stehst hier rum wie ein Beamter, Mann.«

»Würdest du mal einen Schritt beiseite gehen?« fragt der blonde Bursche mit der Kamera Ursang. »Ich möchte gern ein Foto von den zwei jeunes premiers der Malerei machen.«

»Groen, könntest du mal kurz mitkommen, um äh ...« Ich tippe leicht auf einen meiner Nasenflügel. Drogen. Die einzige Ausrede, die mir einfällt, um – zur Not mit Groen – rasch den Saal zu verlassen.

»No way«, erwidert der sofort. »No way. Für mich im Moment keine nasale Erfrischung. Ich bin dabei, Geschichte zu schreiben, mein lieber Raam. Hofmaler, das will ich werden. Ein originaler Groen an der Wand des Hauses von Oranien, das ist mein Ideal. Für zehn Riesen kann es einen haben.«

»Du hast also vor, eines deiner Bilder der königlichen Familie zu verkaufen?« fragt der Reporter der Society-Seite und macht zugleich zwei, drei Aufnahmen von Groen und mir.

»Auf jeden Fall«, erwidert Groen entschieden. Und stiefelt los, in Richtung seines Idols.

»Nette Idee von Groen«, sagt der blonde Bursche. »Auch ein nettes Thema für eine Titelgeschichte der *Holland Post*. Irgendwas wie ›Das neue monarchistische Denken der jungen Künstler‹.«

»Nur kurz zum Pott. Ich muß mich ein wenig frisch machen«, sage ich rasch.

»Ich mich auch«, sagt Ursang noch schneller. Dieser Schnorrer. Dieser Parasit. Immer, *immer* schnieft die Literatur auf Kosten der bildenden Kunst, das ist meine Erfahrung.

»Drogen? Koks?« sagt der blonde Bursche von der Society-Seite. »Wie hoffnungslos altmodisch, Jungs. Koks ist schon seit vier Jahren völlig aus der Mode. Das geht wirklich nicht mehr. Noch schnell ein Foto, okay? Walter, hast du keine Freundin dabei? Ein hübsches Foto in der *Holland Post* vom Maler und seiner Freundin? Oder bist du endlich auf die andere Seite gewechselt?«

»Auf die andere Seite gewechselt?«

»Nun, gewechselt eben.«

»Ach ja, tatsächlich, ich bin auf die andere Seite gewechselt, und das hier ist meine neueste Eroberung.« Ich kneife Ursang in die linke Wange und lecke sein Ohrläppchen.

»Tu nicht so ordinär«, sagt Ursang ohne Nachdruck.

»Ach, würdest du das noch einmal machen, Walter?« bittet der blonde Bursche. »Noch einmal zwicken? In die Wange. Und bitte auch die Zunge dazu. Ja, so, mit der Zunge in das Ohr. Ja, herrlich! Wunderbar! Das ist das Foto, das wir veröffentlichen werden.« Dann wendet sich der blonde Bursche an Ursang. »Und wer bist du gleich noch? Du bist Dichter, oder?«

»Na bravo«, sagt Ursang wenig später.

»Nicht jammern, Ur. Ein junger Dichter muß zugleich auch ein Schwuler sein. Ein leichter Hauch von Schwuchtel ist immer gut fürs Image.«

Kaum hat sich Ursang verzogen, kommt die schwarze Superbraut auf mich zu geschlendert.

»What a guy!«

»Who?«

»Well idiot, the Queen's brother of course.«

Bestimmt eine halbe Stunde bin ich sitzen geblieben: auf der Behindertentoilette. Am Ende habe ich mir sechs Lines oder so reingezogen, bevor ich mir am Becken die Hände waschen gehe. Anschließend mache ich mich auf den Weg zurück ins Museumsfoyer und nehme die Treppe nach oben. Leichtes Herzklopfen. Nicht beachten. Im Hauptsaal natürlich Eckhardts Arbeiten. In der Mitte des Raums sein neuestes Werk: Dutzende aufeinandergestapelte Waschmittelkartons der Marke Dash. Drumherum eine Pyramide aus Glas. Ansonsten hängen dort einige der Gemälde, die Eckhardt auf Teneriffa gemalt hat: sorgfältig kopierte Markenzeichen von Mercedes Benz, His Master's Voice, McDonald's.

Rein in einen Ausstellungssaal, raus aus einem Ausstellungssaal. Ich grüße zahllose vorbeispazierende Bekannte mit demselben Lächeln, mit dem hier alle einander anlächeln. In manchen Sälen werden in gedämpftem Ton Gespräche geführt. Währenddessen schauen die Museumswärter entweder auf den Boden oder an die Decke. Dazu viel emsiges Ticken von Bleistiftabsätzen. Bei jedem neu ertönenden Ticken schaue ich mich kurz um – jeder Bleistiftabsatz könnte Sammies sein. Erneut das verdammte Herzklopfen. Alles ist auch viel zu *weiß* in den Ausstellungsräumen. Ich meine, nichts als weiße Wände. Davon muß man ja Kopfschmerzen kriegen.

Matisse ist in seinem Saal nicht abgehängt worden. Im Raum daneben eine große Videoleinwand, auf der Arbeiten von Stoop gezeigt werden. Rund vierzig Menschen folgen ernsthaft dem Geschrei in einem der Filme. *Tits and cunts and tits and cunts and tits and cunts.* Stoop selbst steht ein wenig bedeppert daneben.

»Hältst du jetzt die ganze Zeit an deinem Laden Wache?«

Ich versuche, die Frage ganz normal zu stellen, doch mein Mund arbeitet schneller, als es die Worte wollen. Gefühllose Zunge. Pochende Schläfen.

»Du hast Sabber im Mundwinkel, Raam«, sagt Stoop.
Und Stoop bricht in Lachen aus. Ich frage ihn, wer die Trauerweide war, die er da bei sich hatte. Stoop fragt, wie es mir geht. Und warum ich nicht wie alle anderen neue Arbeiten für die Ausstellung abgeliefert habe. Ich frage Stoop, ob am Abend noch irgendwo gegessen wird. Und ob vielleicht noch ein paar Leute ins Gimmick gehen. Stoop lacht erneut, was mich irritiert. Er schiebt sich ein BenBits in den Mund.

»Man kann hören, daß du erst gerade wieder in der Stadt bist«, sagt er.

Ich frage, wieso. Herzklopfen Nummer drei. Stoop winkt einer Frau mit Kind auf dem Arm zu.

»Vorhin stand die ganze Gesellschaft hier und hat sich einen meiner Filme angesehen«, berichtet Stoop. »Die Königin, der Minister, ein paar Beamte, die ganze Bande. Keiner verzog eine Miene. Alle standen da und schauten interessiert. So ist das heute, nicht? Wenn ich mir hier während meines eigenen Films einen runterholen würde, würde der Minister immer noch interessiert nicken. Wetten? Typisch achtziger Jahre, Raam. Was sage ich: typisch neunziger Jahre. Würde doch nur mal etwas verboten oder zensiert. Nein, nein, es sind öde Zeiten. Sehr öde Zeiten. Wenn alle erfolgreich sind, hat das Ganze keinen Reiz mehr.«

»Tits and cunts«, sage ich.

»Genau«, sagt Stoop.

Stoop erklärt mir, warum am Abend niemand ins Gimmick gehen wird. Jedenfalls niemand, der wichtig ist.

»Keiner käme noch auf die Idee, ins Gimmick zu gehen«, sagt er. »Studenten, ja, die trifft man dort heute in Scharen. Und, äh ... Provinzgesocks. Das Gimmick ist Vergangenheit, Raam, aus, vorbei.« Stoop macht mit seinem BenBits-Kaugummi eine Blase. »Tja, so ist das nun mal. Inzwischen gibt es neue angesagte Lokale. Wenn man wie du ein paar Monate nicht in der Stadt war, muß man sich kurz orientieren und die neuen hot spots entdecken. Glaub mir, im Gimmick kann man sich wirklich nicht mehr blicken lassen. Man macht sich lächerlich. Aber, äh ... was ist mit dir, Raam? Geht es dir gut? Du schwitzt ja wie ein Schwein.«

Also labere ich irgendwas von einer Grippe und so. Ich fasele von Grippeviren, ohne wirklich zu verstehen, wovon ich rede. Aber es macht doch Sinn, was ich sage. Obwohl: Vorsichtshalber bitte ich Stoop um etwas Valium. Hat er nicht. Er bittet mich um Kokain. Damit kann ich dienen. Ich überreiche ihm mein Päckchen, Taschenmesser und Bullet.

»Bin gleich wieder da«, sagt er.

»Nein, ich gehe kurz mit dir«, sage ich. Natürlich begleite ich ihn. Ich finde, ich sollte heute einmal das Innere meines Kopfes in ein Schlachtfeld verwandeln. Ein Schlachtfeld ... Shit, war es nicht Pat Benatar, die vor ein paar Jahren diesen Hit hatte? *Love Is a Battlefield:* ein bombensicherer Nummer-1-Hit. Liebe ist ein Schlachtfeld. Darauf kannst du einen lassen.

Stoop schnieft. Ich schniefe. Stoop hat Speed dabei. Stoop schluckt. Ich schlucke. Wir schniefen. Wir schlucken. Danach dann ins Museumsrestaurant. Wieder ein Schlachtfeld. Was ich sagen will, die Gefühllosigkeit in meinem Mund geht in ein Prickeln über. Prickeln bei meinen Ohren. Auf meinem Rücken. Stoop sagt etwas. Ich erwidere etwas. Stoop lacht. Was mir durchaus gefällt. Soll heißen, was mir nicht gefällt. Oder gefällt es mir gerade doch? Auf jeden Fall, Stoop lacht und lacht noch einmal, wir gehen durch den Gang in Richtung Restaurant, wir grüßen beide einen Radioreporter mit einem katholischen Scheißgesicht, der uns ein paar Fragen stellt; danach gehen wir weiter, und Stoop lacht erneut, und darum versuche ich, ihm einen Schlag in die Fresse zu verpassen, kleiner Scherz. Stoop wehrt ab und dreht mir den Arm um. Es ist, als stünde mein Arm in direktem Kontakt mit meinen Augen. Was heißen soll, Stoop dreht mir den Arm auf den Rücken, und im selben Moment zischt und blitzt etwas zwischen meinen Augen. Als würde dort etwas zerrissen. Stoop lacht. Nein, Stoop lacht nicht.

»Hey«, sagt Stoop. »Hey, Raam!«

Jemand streckt mich von hinten zu Boden. Das war nicht Stoop, der das getan hat, Stoop hat mich bereits wieder losgelassen. Stoop würde so etwas nie tun, allerdings kommt dieser Sack von einem Stoop mir auch nicht zur Hilfe, denn noch immer werde ich von irgendeinem Idioten von hinten angegriffen, jemand tritt mir mit einem Stiefel oder so gegen den Hinterkopf, shit, jemand knallt meinen Kopf ein ums andere Mal auf den Boden, und von überallher dringt plötzlich Lärm an mein Ohr. Jemand ruft:»Mein Gott!« und es kommen Leute angerannt (oder sie rennen im Gegenteil weg, was weiß ich), und wieder ein anderer ruft: »Was ist das? Was ist hier los?« und keiner zieht das Arschloch, das immer weitertritt, von mir weg, Stoop ruft meinen Namen, das schon, und ansonsten allerlei Stimmen, Stimmen und Rauschen, und über allem ertönt eine Frauenstimme, das heißt, Explosionen hinter meinen Augen und zugleich, den ganzen bescheuerten Krach übertönend, diese Frauenstimme, was sagt sie? Sie sagt, sie sagt, sie sagt …

»Da liegt einer und schlägt immer wieder seinen Kopf auf den Boden.«

Das sagt sie also.

Ein Kopf mit einem Türchen

An das, was danach geschah, erinnere ich mich nicht mehr. Jedenfalls sagt man das in einem solchen Moment immer. Natürlich alles Bullshit. Ich weiß ganz genau, was passiert ist. Ich meine, ich bin schlicht für einen Moment weggewesen. Das kann dem Besten widerfahren. Ich hatte, als ich wieder zu mir kam, nur ziemlich heftige Kopfschmerzen. Und als mir zwei Umstehende aufhalfen, spürte ich ein paar wahnsinnige Stiche in Nacken und Schultern. Allerlei Menschen standen um mich herum und glotzten, Gesichter, die mir vage bekannt vorkamen. Stoop, ein wenig bleich um die Nase, sah mich an. »Was war das denn?« fragte er. Ein Freund von Stoop drückte mir einen Tranquilizer in die Hand, einen Betablocker, glaube ich.

Zur Abwechslung ging ich dann eben mal wieder kurz zur Toilette. Stoop begleitete mich, tat so, als wolle er mir helfen. Während Stoop dann das Bullet hervorholte und eine neue Portion Kokain vorbereitete, schluckte ich den Betablocker und schniefte demonstrativ nicht. Nun ja, nur eine halbe Ladung, eine Zwergenportion. Anschließend genehmigte ich mir im Museumsrestaurant einen Whisky, weil Tranquilizer ohne Zugabe von Alkohol nun mal nur schwach wirken.

Die Eröffnung von *The Amsterdam Dream* ging allmählich dem Ende zu. Alle nahmen ostentativ und mit drei Küßchen Abschied voneinander. Ohne ein Wort zu wechseln, eilten Stoop und ich zum Ausgang. An der Garderobe standen Groen, Eckhardt, Elma, Dolfijntje und die schwarze Superbraut. Hatte ich eine Jacke angehabt? Ich hatte eine Jacke angehabt. Noch einmal, ich erinnere mich an alles, an wirklich alles. Dolfijntje sah mich liebevoll an und sagte besorgt, sie habe gehört, ich sei kurz ausgeknockt gewesen. Groen sagte, ich solle mich beeilen, denn die Taxis warteten bereits. Schließlich landete ich nach langem Hin- und Hergequatsche auf der Treppe zum Museum nicht in einem Taxi, sondern im ollen Volvo des Museumsdirektors. Neben mir auf dem Rücksitz saß die schwarze Superbraut und färbte sich ihre Blowjoblippen. Der Museumsdirektor fuhr und hielt unterwegs einen schleimigen Vortrag über seine Bewunderung für Andy Warhol. Ich sagte an den hoffentlich richtigen Stellen Ja und Amen. Wir fuhren Richtung Amstel-Hotel, zu einem vom Museum veranstalteten Essen »in kleinem Kreis«. Der kleine Kreis erwies sich als ein Saal mit zwanzig runden Tischen mit jeweils zwölf Stühlen. Viel Rot und Plüsch, viele Spiegel und Kronleuchter sowie barockisierende Wandmalereien im Saal. Ich stand auf der Gästeliste und wurde von einem lispelnden Ober an meinen Platz geführt. Der war zwischen einem neurotischen Kunstkritiker auf der einen und einer fetten Blondine auf der anderen Seite. Einen Tisch entfernt saß Groen und sagte plappernd zu jedem, der es nur hören wollte, wie schade er es fand, daß der Minister und die Königin offenbar keine Zeit hatten, an dem Essen teilzunehmen. Jemand anders übertönte ihn brüllend mit einer Äußerung über den Königinnentag 1980, über die damaligen Unruhen während der Krönung in Amsterdam. Ob Groen da nicht dabeigewesen sei. Die Blondine neben mir schneuzte sich in ein parfümiertes Taschentuch. Groen erwiderte wütend, daß er damals natürlich mit Begeisterung Steine geworfen, die aber nicht der Königin *persönlich* gegolten hatten. Drei Tische weiter hielt jemand mit Den Haager Akzent eine Rede.

Es wurde Weißwein serviert. Und etwas mit Spargel als Amuse-Gueule. Nachdem ich zwei Stangen Spargel gekostet hatte, verließ ich den Saal. Ich suchte und fand beim Haupteingang des Hotels eine Telefonzelle, wo ich meine eigene Nummer wählte und meinem Anrufbeantworter lauschte, um herauszufinden, wie meine Stimme durchs Telefon klingt. Und während ich mich selbst sagen hörte, daß ich »zur Zeit nicht erreichbar« sei, schluckte ich die Ecstasypille, die mir die schwarze Superbraut im Volvo gegeben hatte. Dann wählte ich Sammies Nummer und hatte nun ihren Anrufbeantworter am Apparat. Nach dem Piep sang ich so authentisch wie möglich jenes scheußliche Lied von Ramsey Shaffy, was ich kurz danach bereits wieder bedauerte. Schließlich genehmigte ich mir dann doch noch eine Line, die letzte des Abends. Als ich den Speisesaal wieder betrat, sprach mich ein gutgekleideter Mann in den Fünfzigern mit überaus gebräunter Birne und gewaltigen Tränensäcken an.

»Sie sind Walter van Raamsdonk?« fragte der sonnengebräunte Herr. »Ich finde Ihren Beitrag zu der Ausstellung stark, sehr stark. Schade nur, daß es lauter alte Arbeiten sind.«

»Äh, Entschuldigung ... ich habe gerade meine Freundin angerufen.« Der sonnengebräunte Herr betrachtete erst mich und dann die glühende Spitze seiner Zigarre.

»Doch«, fuhr er fort, »wenn ich Ihre Arbeiten mit denen der Herren Groen und Eckhardt vergleiche, dann entdecke ich viel, sehr viele Übereinstimmungen ... und dann frage ich mich: Wer beeinflußt nun wen? Verstehen Sie?«

»Eigentlich ist sie gar nicht meine Freundin. Sie ist meine Ex-Freundin. Sie hat einen Anrufbeantworter.«

»So, ach ja«, sagte der sonnengebräunte Herr. Seine Zigarre war zu drei Vierteln aufgeraucht und sah aus wie Katzendreck. Der sonnengebräunte Herr rieb sich mit der freien Hand zwischen den Augen und murmelte irgendwas davon, daß er sich frisch machen müsse – als wenn mich das was anginge –, und sagte noch, daß er mich gern einmal ausführlicher sprechen wollte.

»Worüber denn?«

»Nun ja«, erwiderte er hastig, »über, über ... Auf Wiedersehen, Herr van Raamsdonk.«

Nachdem ich erneut zwischen dem Kunstkritiker und der fetten Blondine Platz genommen hatte, lächelte ich den beiden ein wenig zu und verschluckte mich an dem Seewolf, der serviert wurde. Der Kunstkritiker legte mir eine Hand auf den Unterarm. Als handelte es sich um eine Verschwörung, erzählte er mir, daß der sonnengebräunte Herr mit den riesigen Tränensäcken ein wichtiger Politiker ist.

»So what, big deal. Wir alle hier sind doch wichtige Politiker.«

Der Kunstkritiker nahm seine Hand von meinem Unterarm und sah mich an, als hätte ich ihn persönlich beleidigt.

Das Dessert bestand aus einer nichtssagenden Bavarois, die ich nicht aufaß, weil meine Hand merkwürdig zuckte und ich wieder diese Stiche im Nacken bekam. Außerdem begann ich wahnsinnig zu schwitzen.

»Magenkrämpfe«, sagte ich daher zu der fetten Blondine, als ich zum zweiten Mal vom Tisch aufstand. Von dem Ecstasy, das mir die schwarze Superbraut gegeben hatte, merkte ich Nullkommanichts, was mir ziemliche Sorgen machte. Ich meine, es machte mich nicht einmal geil, auch nicht das kleinste bißchen.

Gegen Mitternacht wurde endlich der Kaffee serviert, und eine halbe Stunde später fingen alle an, von Tisch zu Tisch zu gehen und an der Bar am anderen Ende des Hotels Cognac zu holen.

Ich versuchte, Dolfijnte in den Nacken zu küssen.

»Ich langweile mich, und ich fühle mich nicht gut«, sagte Dolfijn schmollend und zog ihr Modelnäschen hoch.

»Da bist du nicht die einzige, Dolfijn.«

»Schon, aber du langweilst dich doch *ständig,* oder? Das jedenfalls hat Groen mir gesagt. Und würdest du bitte mit deinen Wichsgriffeln von meinem Bein wegbleiben.«

Die Gesellschaft hatte sich inzwischen in die Halle des Hotels begeben. Groen erzählte dem Museumsdirektor einen Witz. Eckhardt machte einem indischen Kunstsammler gegenüber ein interessiertes Gesicht, während der ihm mit vielen energischen Handbewegungen einen Vortrag hielt. Stoop rauchte eine Zigarette und sah aus, als habe er sich soeben einen blasen lassen. Dolfijn bot an, mir aus der Hand zu lesen. Die schwarze Superbraut verteilte Ecstasy an alle, die welches haben wollten, als gehörte sie zum Promotionteam eines populären Senders. Großzügig, das schon.

»Mensch, hast du eine langweilige Hand«, sagte Dolfijn. »Darin gibt es nichts Spannendes zu lesen.«

Gegen eins, als alle Kunstbonzen, Beamten, Investoren und anderen die Treppe hochgefallenen Knacker verschwunden waren und sich nur noch die Künstler und ihre Freundinnen in der Halle des Amstel-Hotels aufhielten, versuchte das Personal mit einemmal, alle vor die Tür zu setzen. Das machte es ziemlich rigoros. Einer der Angestellten packte ohne offensichtlichen Grund Stoop am Revers seines Jacketts und schüttelte ihn durch. Stoop schlug dem Ober effizient aufs Ohr. Dolfijntje übergab sich währenddessen in einen Blumenkübel. Elma und Eckhardt stritten sich und spuckten einander ins Gesicht. Ich zog die nun wirklich aller-, allerletzte Line des Abends und teilte mir ein paar Peppillen mit Groen, der kopfschüttelnd zu Dolfijn hinüberschaute, die neben uns stand, auf das schaute, was sie ausgekotzt hatte, und sich die Lippen abwischte. Wie zwei britische Politiker saßen Groen und ich in den an Vorkriegszeiten erinnernden Sesseln, die im breiten Hauptgang standen, und spülten die Peppillen mit Chivas Regal hinunter. Stoop war inzwischen in einen Fight verwickelt. Ein paar Kollegen waren dem Ober zu Hilfe geeilt. Eckhardt mischte sich in den Streit ein, sprach ein paar beschwichtigende Worte und bekam das Knie eines der Ober ab. Er zuckte zusammen und verpaßte seinem Gegner einen Kopfstoß. Elma hatte sich schmollend auf einer Couch niedergelassen. Stoop warf einen der Angreifer durch eine gläserne Trennwand. Hinter dem Schalter am Eingang telefonierte der Portier hektisch. Ich massierte meine Schläfen und berichtete Groen von den vierzigtausend, die ich als Stipendium an Land gezogen hatte.

»Fein, Raam. Fein. Halt deinen Laden am Laufen. Siehst du, wie Stoop dort einen unschuldigen Arbeitnehmer zusammenschlägt?«

»Und ich habe eine neue Richtung entdeckt«, sage ich. »Ich werde abstrakt. Ich werde abstrakt malen.«

»Abstrakt? Also Herr Raam wechselt von einem Stil zum anderen, von figurativ zu abstrakt. Einfach so, als wären das Peanuts. Nun ja, ich würde sagen, a small step for a man, a great leap for mankind. Belassen wir es dabei.«

Der Portier rief, die Polizei sei im Anmarsch. Ein Bursche in einem weinroten Maßanzug hielt zwei Hotelangestellte in Schach, indem er mit einem Messer fuchtelte. Stoop stürzte sich brüllend auf den erneut telefonierenden Portier. Dolfijn ordnete ihre Kleidung und übergab sich noch einmal.

»Mein Gott, siehst du schlecht aus, Raam«, sagte Groen. »Deine Haare, Mann, deine Haare sitzen beschissen. Lieber Raam, du hast nun wirklich eine Frisur, in die will nicht einmal ein Spatz scheißen. Und jetzt willst du auch noch abstrakt malen. Du tickst nicht mehr sauber. Ändere nie deine Erfolgsformel, wenn diese Formel noch nicht ausgeschöpft ist. Wenn du anfängst, abstrakt zu malen, machst du dich für alle Zeiten lächerlich, denk dran. Abstrakte Kunst ist die Biedermeierkultur des zwanzigsten Jahrhunderts.«

Groen streckte sich und bat mich um eine Zigarette. »Vielen Dank für deinen Rat, Groen. Du und ich, wir sind zumindest gute Kameraden.«

»Was schwafelst du da? Wovon sprichst du? Alles in Ordnung mit dir?«

»Ein bißchen verschwitzt. Ein wenig zu speedy. Alles im Lot.«

Ich gab ihm Feuer und sagte: »Ich glaube, irgendwer hat gerade die Polizei gerufen. Der Portier oder so.«

»Uuoaah«, erwiderte Groen, »stell dich nicht so an. Warum sollte jemand die Polizei rufen? Okay, es ist vollkommen Panne, daß du jetzt abstrakt malen willst, aber, äh ... abstrakt Malen ist kein *Verbrechen,* man wird dich deswegen nicht verhaften! Nein, ganz bestimmt nicht, man steckt dich höchstens in eine Anstalt, so wie den durchgeknallten Alex Menkveld.«

Ein tiefhängender Kronleuchter zersplitterte in tausend Scherben. Die schwarze Superbraut biß einem Ober in die Hand.

»Vielleicht fühle ich mich doch nicht so gut«, sagte ich. »Weißt du vielleicht, ob das eine gute Kombination ist: Tranquilizer und Kokain? Und Ecstacy? Plus Whisky?«

»Jammere nicht«, erwiderte Groen und erhob sich aus seinem Sessel. »So, das waren meine letzten aufmunternden Worte für heute abend. Jetzt ist es an der Zeit herauszufinden, welche Büchse heute nacht die feuchteste Büchse hat. Doch zuerst müssen wir kurz checken, was hier eigentlich gerade abgeht. Seit wann wirft Stoop Ober durch Glaswände?«

Just in dem Moment rief Stoop Groen zu Hilfe. Er zappelte unter dem Gewicht von drei wütend zuschlagenden Hotelangestellten. Der Bursche in dem Maßanzug hielt inzwischen den Portier im Schwitzkasten. Letzterer stöhnte, als hätte er gerade einen Orgasmus. Eckhardts Hemd hatte einen Riß, und sein Gaultier-Jackett war blutbefleckt. Elma saß auf ihrer Couch und heulte, und die schwarze Superbraut hatte sich zu ihr gesetzt und Elma an ihre Brust gedrückt. Tröstend bot sie Elma eine Pille an. Eckhardt zerschlug einen Stuhl auf dem Empfangsschalter, schnappte sich eines der halb zersplitterten Stuhlbeine und traf damit den Hinterkopf eines der Ober, die dabei waren, Stoop zu verprügeln.

»Besorg du uns ein paar Taxis, Raam«, sagte Groen. Also ging ich zu der altmodischen Telefonzelle am Ende des Gangs und hörte, wie Groen lauthals um Ruhe bat. Und shit, der Lärm verstummte tatsächlich. Sogar Elma unterbrach ihr klägliches Gejammer. Bei der Taxizentrale war besetzt. Ich regulierte meine Atmung. Wieder fing die eine Hand an zu zittern, zu zucken. Groens Stimme hallte durch den Gang.

»Ich bin enttäuscht, daß es an dem Tag, an dem unsere Regentin so schöne Worte gesprochen hat, zu Gewalttätigkeiten gekommen ist.«

Ich verließ die Telefonzelle, spazierte den Gang entlang und bekam gerade noch mit, wie Groen mit kurzen Haken vier Ober und den ächzenden, blutenden Portier zu Boden streckte. Erneut hallte seine Stimme durch die Halle.

»Leute, es ist Zeit zu gehen. Let's go!«

»Es ging wohl ganz schön zur Sache, habe ich gehört«, ruft Freddie Ursang, die Musik übertönend. »Und du, hast du auch Schläge abbekommen?«

Es ist brüllend heiß und total voll im Gimmick. Die tanzende Menge drückt mich regelrecht gegen Ursang.

»Klar«, rufe ich zurück. »Hier und hier. Und hier.«

Ich deute auf meine Wange und die Magengrube. Ursang betrachtet aufmerksam mein Gesicht.

»Ich seh nichts«, ruft er laut.

»Nein, aber die schlimmsten Verletzungen sind auch

nicht zu sehen«, erkläre ich ihm. »Subkutane Einblutungen. Die zeigen sich erst Stunden später.«

»Was du nicht sagst«, erwidert Ursang interessiert.

Das Gimmick ist tatsächlich nicht mehr das Gimmick. Anders als früher selektieren die Türsteher die Gäste am Eingang nicht, so daß jetzt auch Studenten, Auszubildende und sogar etliche Provinzschwachköpfe reingelassen werden. Spritzige Housemusic, Acid und Hiphop wurden durch Top 40-Kram ersetzt. Auf der Tanzfläche wird hemmungslos, aber hölzern getanzt. Man trinkt hauptsächlich Bier. Kopfschmerzen – ich habe schon wieder oder, besser gesagt, immer noch Kopfschmerzen. Ursang schlägt vor, nach oben, in die Cocktailbar zu gehen. Wir zwängen uns durch die Besucher hindurch zur Treppe. Ursang quatscht mir die Ohren ab und will alles über die Prügelei erfahren. »Schade, daß ich keine Einladung zu dem Dîner ergattern konnte«, sagt er. »Schade, schade, schade. Aber wo ist der Rest geblieben? Sind, äh ... Groen, Eckhardt und Stoop nicht ins Gimmick gekommen?«

In der Cocktailbar ist praktisch keine Sau. Lediglich eine Gruppe biertrinkender Burschen in Jeansjacken, auf denen hinten die Logos von Hardrock-Bands aufgenäht sind. Ursang und ich nehmen in einer Thekenecke Platz. Erst in dem Moment entdecke ich das Marilyn-Monroe-Mädchen hinter dem Tresen: der letzte Rest vergangener Gimmick-Glorie.

»Wo stecken die andern denn jetzt?« fragt Ursang erneut. »Was habt ihr gemacht, nachdem ihr aus dem Amstel-Hotel abgehauen seid?«

Ich grüße das Monroe-Mädchen, das so tut, als kenne es mich nicht. Wahrscheinlich hat sie schlechte Laune oder so. Also bestelle ich sehr kühl zwei Johnny Walker. Und frage mich, ob Ursang vielleicht einen Downer dabei hat, und wäre es auch nur Seresta.

»Nun ja, wir gingen die Sarphatistraat entlang, niemand folgte uns. Was nicht verwunderlich war, denn Groen hatte effizient hingelangt. Anyway, auf dem Frederiksplein hielten wir drei Taxis an, und als wir eingestiegen waren, rasten zwei Polizeiwagen und ein Rettungswagen an uns vorbei. Richtung Amstel-Hotel. Mit Blaulicht und so, wie in echt. Stoop hat übrigens recht, das Gimmick ist ein Scheißladen geworden.«

Ich frage daher das Monroe-Mädchen hinter dem Tresen, wie das Gimmick derart vor die Hunde gehen konnte. Ursang fischt die Eiswürfel aus seinem Whisky. Das Monroe-Mädchen zuckt die Achseln und sagt, sie heiße nicht Marilyn.

»Du meinst wahrscheinlich Elize. Die hat auch blonde Haare. Elize arbeitet schon seit drei Monaten nicht mehr hier.«

»Auch das noch«, erwidere ich und frage mich, was ich damit genau sagen will.

»Und wo sind die anderen geblieben?« insistiert Ursang.

Seine Fragerei geht mir gehörig auf den Senkel. Denke ich. Auf jeden Fall atme ich ein. Und aus. Und wieder ein. Ich kontrolliere, zwei Finger auf dem Handgelenk, meinen Puls und komme beim Zählen durcheinander.

»Keine Ahnung, ich wollte nach so langer Zeit endlich mal wieder ins Gimmick. Sentimentalität und so. Der Rest ist zu irgendeiner Acidparty in äh ... Watergraafsmeer, of all places.«

Das Monroe-Mädchen fragt, ob wir noch etwas trinken wollen.

»Watergraafsmeer?« fragt Ursang. »Wo in Watergraafsmeer?«

Es ist offensichtlich: In der Zeit, die ich ihn nicht gesehen habe, ist Ursang total scharf geworden auf »den richtigen Ort«, »die richtige Party«, »die richtigen Leute«.

»Laß mich kurz überlegen, Ur. Äh ... Watergraafsmeer, Middenweg, Nummer ...«

Das Monroe-Mädchen schenkt nach.

»Nimm dir selbst auch was, wenn du willst«, sage ich.

Marilyn gießt sich ein Glas Mineralwasser ein.

»Hundertvierzig. Middenweg einhundertvierzig.«

»Schade«, sage ich zu dem Monroe-Mädchen, als Ursang sich vom Acker gemacht hat. »Wirklich schade um so einen Laden wie das Gimmick. Tsss.«

Aus irgendeinem Grund ist es ein wenig genervt, das Monroe-Mädchen. Das Wasser gluckst und spritzt, als sie die Gläser spült, und sie fragt mich: »Warum gehst du eigentlich nicht auch zu der tollen Party, wenn du es hier so scheiße findest?«

»Party? Welche Party?«

»Hey, du hast wohl auch nur Luft zwischen den Ohren. Ich meine natürlich die Party auf dem ... dem, wo war das, auf dem Middenweg oder so.«

»Ach, die Party.«

Also erkläre ich ihr, daß es dort überhaupt keine Party gibt. Daß die von Ursang gesuchte Gruppe zu Groens Studio gegangen ist, um dort gemütlich miteinander die Früchte der bolivianischen Landwirtschaft zu schniefen.

»Middenweg einhundertvierzig, das ist die Adresse des, äh ... Clubs Baccara oder so. Vier junge Frauen empfangen Sie topless ... ungezwungener Sex, hot whirlpool, griechische und französische Massage, Credit card accepted. Wirklich ein Fest für so einen jungen Helden wie Freddie Ursang.«

»Oooh!« sagt Marilyn und zapft sechs Bier für die Jeansjacken am anderen Ende des Tresens. Ich nutze die Gelegenheit dazu, ihren Hintern in dem Radrennfahrerhöschen zu checken, lege ein paar bescheidene Lines auf den Tresen, zwei für sie und zwei für mich. Gut gegen Kopfschmerzen, zumindest für zwanzig Minuten oder so.

»Hey, Kumpel«, sagt Marilyn, »kein Schnee hier, das gibt es hier nicht. Das kannst du bei dir zu Hause machen.«
Kumpel? Wie kann man jemanden nur *Kumpel* nennen? Jedenfalls sieht sie mich genervt an.
»Würdest du dann bitte zahlen? Drei Whisky und ein Mineralwasser. Es ist besser, wenn du gehst. Und hör bitte mit dem Gemarilyne auf.«

Ich fand, ich sollte zur Abwechslung mal kurz zur Toilette gehen, um nachzudenken. Doch jetzt, da ich dort sitze, fällt mir nichts ein, worüber ich nachdenken könnte. Na ja, vielleicht über die schmerzhaften Stiche in meinem Nacken oder so. Oder darüber, ob ich auch zu Groens Studio gehen sollte. Um zu berichten, daß das Gimmick tatsächlich hoffnungslos verloren ist. Und daß es zur Domäne der Jeansjakken und blondierten Wasserwellen verkommen ist. Kurzum, in Wirklichkeit denke ich sehr wohl nach, obwohl ich abgelenkt werde, weil jemand von außen an der Türklinke rüttelt. Ich solle endlich aus dem verdammten Scheißhaus rauskommen, ruft jemand. Als wenn es nicht noch acht weitere Toiletten gäbe ... also bleibe ich sitzen. Aber das Rütteln an der Klotür hört nicht auf, und das stinkt mir gewaltig. Ich kontrolliere den letzten Rest Kokain, falte das Tütchen auf und schütte den Inhalt auf meine rechte Hand, und shit, irgendein Grenzdebiler *tritt* jetzt gegen die Tür; kein Wunder, daß ich mich nicht konzentrieren kann ... ich packe mit der linken das Gelenk meiner rechten Hand, was aber nichts bringt, will sagen, es hilft nicht gegen das Schütteln, meine Hand zittert, nein, es ist kein Zittern, es ist eher eine Art Zucken ... und mit jedem Zucken rieselt Koks auf den Boden, und in no time ist alles auf den Boden gefallen, und während all dem dieser ständige Krach, und wieder brüllt jemand etwas, und folglich muß ich mich bükken und lecke dann meine Fingerspitzen ab, und noch immer diese rechte Hand, die nicht stillhalten will, sondern zittert und zuckt und zuckt und zittert, und mit den Fingerspitzen der anderen Hand fahre ich über den Boden, und noch mal, und schade, schade um das Kokain, und plötzlich hört das Hämmern und Treten gegen die Tür auf, und ich suche den Boden ab und tupfe das Kokain mit den Fingerspitzen auf und lecke und lecke und lecke die letzten Reste Dope vom Boden auf und von der Klobrille ab, und jetzt ist Gefummel und Ticken zu hören, und ich habe einen scharfen metallischen Geschmack in der Kehle, und noch ein letztes Mal über den Boden ...

»Was soll das? Shit, was soll das? Ich sitz hier auf dem Pott, Mann.«

Der Türsteher, ein Skinhead mit mongoloidem Augenaufschlag, hat einen Schraubenzieher in der Hand.

»Miese kleine Schniefer können wir hier nicht gebrauchen, Kumpel«, sagt er. Hinter ihm stehen ein paar – wie sollte es anders sein – Jeansjacken und starren mich an. Schon wieder dieses »Kumpel«; nennt jeder hier jeden Kumpel? Also sage ich zu dem Skinhead, daß ich nicht sein Kumpel bin, und der Skinhead sagt irgendwas wie: Ja, ja, ja, mag schon sein, und macht plötzlich Streß und zieht an meinen Armen und so.

»Wir gehen jetzt mal fein nach draußen, Bürschchen.«

Mehr sagt er nicht. Ich sage auch nichts. Ich gehe zur Garderobe. Ich gehe nach draußen. Die Hand des Türstehers locker um meinen Oberarm. Ganz friedlich eigentlich. Erst als der zweite Türsteher die Tür für mich aufmacht und ich zu dem Skinhead sage, er könne mich jetzt ruhig loslassen, erst da titscht er aus und fängt an zu schimpfen, und ich verstehe ihn nicht einmal. Man könnte meinen, er quatscht Japanisch oder Griechisch, was weiß ich, und zuerst schaue ich kurz auf die Schlange der Diskobesucher, die rein will, und dann erst zu ihm, zu dem Skinhead,

und als ich dann zu ihm hochschaue, da sehe ich eigentlich nichts anderes als Adern, Adern auf seinem Hals und auf seinen Schläfen, und einen weitaufgerissenen Mund, und unten fehlt ihm ein Eckzahn, und man hält es nicht für möglich, aber ich *lausche,* ich meine, ich versuche ihn zu verstehen, und jemand sagt: »Laß den Mann los.«
Ein Mädchen sagt es, ein Mädchen.
Sam.
»Laß ihn jetzt los«, sagt sie. Sie hat sich aus der Schlange gelöst und geht auf den Türsteher zu.
Ich sage: »Hallo, Sam.«
Ich versuche es zu sagen. Da ist was in meiner Kehle, irgendwas steckt in meiner Kehle. Der Türsteher, der schaut natürlich zu Sam und sieht ihre Augen und wie gut sie aussieht, und Sam schaut zu mir, und folglich läßt der Türsteher mich los ... was soll man auch anderes erwarten? Erst jetzt spüre ich an meinem Oberarm die Auswirkungen des Griffs. Als stünde dort etwas in Flammen. Als würde mein Blut brennen.

Alle, die beiden Türsteher, die wartende Menge, die zwei Radfahrer auf der Gracht ... alle sehen in dem Moment, daß sie meine Hand nimmt und daß wir weggehen, daß wir einfach unglaublich zusammengehören, Sam und ich.

»Ich will dir wirklich keinen Schrecken einjagen, aber du siehst aus wie eine Leiche«, sagt sie.
Ich sage: »Hallo, Sam.«
Diesmal gelingt es mir, es gelingt mir, etwas zu sagen.
»Was sagst du?«
»Ich sagte: Hallo, Sam.«
Sie bleibt kurz stehen, auf der Straße. Ich sehe sie an und lächele, und während ich das tue, rauscht und wühlt Schmerz über meinen Augen, doch das macht nichts.

»Einen Moment«, sagt sie. Sie kramt in ihrer Handtasche und fischt eine, was ist es ... eine, ich muß schon sagen, bescheuert große Sonnenbrille heraus und setzt sich das Ding auch noch auf die Nase. Was will Sam mit einer Sonnenbrille. Ich meine, jetzt, mitten in der Nacht?

»Jetzt schau noch mal«, sagt sie. »Schau mich kurz an, Walter. Jetzt guck schon.«

Brille auf der Nase.

...

Wie, was sonst? Sonst nichts. Höchstens immer noch Kopfschmerzen. Nichts geschieht. Ich tue, was sie sagt, ich sehe sie an, ich schaue zu dem Mädchen mit der Sonnenbrille, und ich ... Scheiße!

»Das finde ich blöd. Du bist überhaupt nicht Sam. Wie blöd, wie dämlich.«

»Nein«, sagt das Mädchen mit der Sonnenbrille munter, »aber immerhin bist du zum Glück durchaus Walter van Raamsdonk. Mensch, hab ich dich lange nicht gesehen. Mindestens ein halbes Jahr nicht.«

»Ja, vielen Dank für die Information. Hast du nichts Netteres zu berichten?«

»Etwas Netteres?« fragt sie, und plötzlich fummelt sie an irgendeinem Fahrradschloß herum, und erneut kurze Zeit später sitze ich auf ihrem Gepäckträger und presse meine Nase in ihre Jacke, und ich rieche schwach, wenn ich nicht irre, einen hippen Duft, Azzaros oder Opium, ich lege einen Arm um ihre Taille, und das Mädchen mit der Sonnenbrille dreht sich nicht zu mir um, während es mit mir spricht. Sie schaut einfach geradeaus, während sie radelt, und darum verstehe ich nichts von dem, was sie sagt, außer einmal, als sie vor einem Auto anhalten muß; da steigen wir beide ab, und ich muß husten, und als ich damit fertig bin, sagt sie: »Weißt du, was ich mache? Ich nehme dich mit nach Hause. Und dann lege ich dich oben auf den Dachboden zu den alten Zeitungen.«

»Ungemütlich, nicht? Morgen früh packe ich den Rest ein. Ich ziehe nämlich nächste Woche um. Ich ziehe zusammen mit ...«

Und das Mädchen mit der Sonnenbrille nennt einen Namen, den ich nicht verstehe. Sie hat Danerolles-Croissants aufgebacken und Tee gemacht. Ich sitze auf einem Korbstuhl. Nur der Eßtisch und der Fernseher samt Videorekorder sind noch nicht eingepackt oder in eine Zimmerecke geschoben worden.

»Kennst du ihn nicht?« fragt sie. »Oh, ich bin wirklich verrückt nach ihm. Ach, du kennst ihn bestimmt. Er macht unglaublich tolle Dokumentationen fürs Fernsehen. Hat Preise gewonnen und so.«

Ich frage sie, wo er jetzt ist und warum sie mich mitgenommen hat, und das Mädchen mit der Sonnenbrille hebt zu einem langen Vortrag an, darüber, daß ich so fertig und schlecht aussah und so, und währenddessen ißt sie ihr Croissant und trinkt, welch eine merkwürdige Kombination, Whisky zum Tee, und sie sagt: »Du kannst hier schlafen, aber gefickt wird nicht. So. Damit das klar ist.« Ich antworte, daß ich einverstanden bin und mich auf dem Korbstuhl zur Ruhe begeben werde, und darüber muß sie leise lachen, und sie sagt, daß nicht ficken nicht bedeutet, daß ich nicht in ihrem Bett liegen darf. Und diese Bemerkung ihrerseits ist überdeutlich: Ab jetzt gibt es die stille Vereinbarung, daß sehr wohl gefickt werden wird. Welch eine Erleichterung. Als wir in ihr Schlafzimmer gehen – wo wie im Wohnzimmer lauter vollgepackte Umzugskartons stehen – und wir uns auf jeweils einer Seite des Bettes ausziehen und ich ihre Brüste sehe und warte, ob sie ihren Slip über den Hintern streift oder nicht – kurzum: Als wir uns beide ausgezogen haben und sie sich auf den Bettrand gesetzt hat, habe ich keine Lust, lange drumherum zu reden. Ich setze mich also neben sie, nehme ihre Hand und lege sie um meinen Schwanz.

»Guten Morgen«, sagt sie. Zweimal bewegt sie die Hand hin und her und spreizt die Beine. Ich rutsche vom Bett runter auf den Boden, hocke mich vor sie auf die Knie und betrachte ihren Bauch: weiß, rund. Ihr Nabel sieht aus wie ein Guckloch, in das jemand ein Stück Kaugummi gesteckt hat. Ich küsse ihr Schamhaar. Kitzel, kitzel. Ich stecke zwei Finger in ihre Möse.

»He«, sagt sie kichernd. »Denk dran, ich habe alles für den Umzug eingepackt, sogar die Erdnußbutter.«

Ich versuche, einen dritten Finger hineinzubekommen. Meine andere Hand lege ich auf ihren Oberschenkel. Sie krault mit ihren Fingern in meinen Haaren. Ich drücke meine Finger tiefer hinein. Sie zieht an meinen Haaren.

»Warte kurz. Ich rede mit dir, Walter.«

Und ob sie redet. Ich ziehe meine Finger zurück, und prompt fängt sie an, mir die ganze Geschichte von der blöden Erdnußbutter und wie ich sie damals sauber geleckt habe aufzutischen. Etwas, was ich verdammt noch mal überhaupt nicht hören will, aber ... wahrscheinlich prüft sie mein Gedächtnis, und daher erzähle ich die Geschichte selbst zu Ende. Daß ich geleckt und geleckt und mich an ihr festgesogen habe, und daß ihr Saft sich mit der Erdnußbutter vermischt hat und mein ganzes Gesicht verschmiert war und ...

»Du siehst, ich erinnere mich noch an alles.«

Sie lacht laut, und beim Lachen macht ihr Bauch Hüpfer.

Eine hübsche Möse hat sie eigentlich. Ich pelle mit dem Daumen ihre Schamlippen auf. Ich lege meinen Mund auf ihre Möse und schnuppere. Da zieht sie plötzlich so fest an meinen Haaren, daß ich hochschauen *muß*. Doch dann läßt auch sie sich auf den Boden gleiten. Ihr Gesicht befindet sich jetzt unmittelbar vor meinem, und sie hat etwas von einer Lehrerin, als sie zu mir sagt: »Du erinnerst dich wirklich an alles? Gut, dann werde ich dein Gedächtnis jetzt einmal testen.«

Ich nicke, nicke noch mal, murmle irgendwas in Richtung natürlich, natürlich und sage: »Hey, du ziehst doch mit deinem Freund zusammen? Wo steckt der jetzt eigentlich?«
Blöd. Doch sie erwidert nur: »Quatsch nicht, Walter Raam. Ich teste dich jetzt. Du erinnerst dich also wirklich an alles? Hundertpro?«
Während sie spricht, streicht ihr Atem über meine Wangen.
»Hundertpro, ja. Ich erinnere mich noch ganz genau an alles. Jedes Detail.«
»Alles?«
»Alles.«
Dann: Eine Stille, die keine Stille ist, denn ich höre mich selbst atmen. Und auch mein Herz, ich höre mein Herz. Nicht schwitzen jetzt. Nicht schwitzen und nicht zucken. Konzentration. Einatmen, Ausatmen. Ein. Aus.
Gut so.
»Dann erzähl mir doch mal«, sagt sie schließlich, »mache ich viel oder wenig Lärm beim Ficken?«
Schnell handeln jetzt. Eine rasche Antwort. Viel oder wenig? Einatmen. Und ausatmen. Zwerchfell. Achte auf deine Hand. Kein Zittern oder Zucken. Trink von deinem Tee.
Ich versuche nachzudenken, aber ich zähle nur, ich zähle die Schläge meines Herzens, ich zähle Namen, ich zähle Sammie, Rosita, Dulcie, Sammie, Mama, wieviele sind es, wieviele Schläge Namen Schläge Namen ...
»Viel. Sehr viel Lärm.«
»Braver Junge«, sagt sie aufgeräumt, »das war die richtige Antwort.« Sie steht auf, nimmt meine Arme und zieht mich mit ins Bett. Ihre Hände sind jetzt überall, auf meinen Beinen und unter meinen Eiern und um meinen Schwanz, sie mäht die Kissen vom Bett und rotiert mit ihrem Becken, und noch immer sind ihre Hände überall, bis ich sie packe, ich packe sie bei den Handgelenken und lege ihre

Hände neben ihren Kopf, ich bohre meine Nägel in dem Moment in ihre Handflächen, als ich ihn reinschiebe, und, verdammt, sie macht tatsächlich Lärm, nach drei, vier Stößen schon, ich schließe die Augen, und im selben Moment liege ich nicht im Bett, sondern sitze im Flugzeug, auf dem Weg nach New York, nein, nach Florenz oder vielleicht auch nach Candelaria, und ich mache, was am aller-, am *aller*besten ist, und jemand sagt etwas über ... etwas über kaputt, kaputt, darüber, daß man am besten jemanden in Grund und Boden ficken sollte, wenn man, wenn man ... wenn man etwas oder jemanden vergessen will ... nein, nicht wenn man etwas oder jemanden, nein, wenn man *alles* vergessen will, und darum stoße ich ihn bis an ihre Gebärmutter und nochmal und nochmal, und währenddessen, währenddessen nichts, einzig nur rein und rein, und ich sage, ich sage, ich sage ...
Und sie kreischt.
Geschlossen, Raam. Halt die Augen geschlossen. Schau sie nicht an. Schau nirgendwohin und ramm ihn rein, ramm ihn tiefer, versuche, sie über den Haufen zu ficken, versuche versuche ... sie kreischt sie kreischt meinen Namen ich spüre die Knochen in ihrem Unterleib an meinen wenn ich wenn ich ich ich ich bin es der das macht und nochmal und weitermachen und alle Ecken des Zimmers und wie ich auf ihr wie ich in ihr und auf und in und sie windet sich und zuckt wie wild und ich halte sie erneut an den Handgelenken fest und dann am Hals sie ist so heiß und wild wie eine Hyäne meine Hände also in ihr langes Haar das ich packe und noch mehr und noch kaputter und schneller und härter in sie rein und raus und sie schlägt mich und darum schlage ich zurück und ich packe eine Haarsträhne und ziehe daran und ihr Kopf macht einen Knick und immer nur reinreinrein und ihr Schreien und Kreischen und tiefer immer tiefer und immer weiter stoßen und das Dröhnen in meinem

Kopf und die Stauung zwischen meinen Augen so stark bis ich bis ich bis ich ...
»HÖR AUF!«
Nur weil sie nicht aufhört, mich zu schlagen und zu treten. In die Seite, in den Magen. Nur darum öffne ich die Augen. Blut. Auf ihren Brüsten, auf ihrem Hals, auf ihrem Kinn, überall Blut. Tropfen und Streifen. Wie eine Landkarte.
»Hör auf.«
Ein weinerlicher Ton in ihrer Stimme. Es gluckst in zwei gleichförmigen Strömen aus meiner Nase. Aus meiner Nase, am Mund vorbei, übers Kinn. Und es fällt in stillen, hellroten Tropfen auf ihre Brust.
»Geh weg. Runter von mir, pfui Teufel!«
Sie schiebt mich weg, aber sie braucht mich gar nicht zu schieben, denn ich rolle freiwillig von ihr runter. Mit Daumen und Zeigefinger kneife ich die Nase zu. Ich spüre das ruhige Klopfen des Blutes zwischen meinen Augen, in meinem Kopf. Abwärts. Es fließt ununterbrochen, und sie sagt: »Mein Gott!«
Und sie sagt: »Arschloch. Du bist solch ein Riesenarschloch.«
»Ein Handtuch, ein Taschentuch. Hast du ein Taschentuch?«
Wie lächerlich meine Stimme wegen der zugekniffenen Nase klingt.
»Nun gib mir doch endlich ein Taschentuch!«
»Sieh zu, wie du klarkommst. Geh halt in die Dusche!«
Als hätte sie das nicht zu mir, sondern zu sich selbst gesagt, geht sie aus dem Schlafzimmer. Was bleibt mir anderes übrig, als ihr zu folgen? Mit dem Kopf im Nacken, die Finger auf die Nasenflügel gepreßt. Und dazu auch noch die verdammten Kopfschmerzen.
»Komm mir bloß nicht zu nahe!«

Sie dreht den Wasserhahn am Waschbecken auf. Reinigt mit warmem Wasser Hals, Schultern und Brüste.
»Verdammte Scheiße.«
»Ja, tut mir leid, du.«

... und endlich, nachdem sie aufgehört hatte zu schimpfen und zu meckern, ich sei dies und das und ein verdammter Scheißkerl, und daß sie noch nie etwas so Ekelhaftes erlebt hatte, mein starkes Schwitzen, das sei ja nicht normal, gut, ein wenig Transpiration, das sei okay, aber das ... einfach nur widerlich ... und dann all das Blut, es spritzte regelrecht heraus, bah, wie ekelig, all das Blut auf ihr ... und endlich, nachdem ich sie gebeten hatte, doch bitte den Mund zu halten, schaltete ich ... schaltete ich den Fernseher an. Videoclips auf MTV.

Nun ja, da rastete sie völlig aus. Ich trank kalten Tee und bat sie um ein Bier, und sie sagte, steck dir dein Bier sonstwohin, und dann fügte sie hinzu, ich sollte nicht noch einmal versuchen ... mit ihr ... »Vergiß es, Walter Raam!«

Als wäre das alles nur meine Schuld. Als hätte sie nicht mehr oder weniger vorgeschlagen zu ficken, obwohl sie wußte, daß ich ... daß ich ... nun ja, daß ich mich nicht wirklich gut fühlte, und ich sagte, sie soll sich nicht so hysterisch anstellen, weil sie doch eigentlich gut angefangen hat, die Nummer, ich sagte, du warst so geil, wie ich weiß nicht was, das mußt du zugeben, sagte ich, und ich rastete aus, als sie, ich muß sagen, durchaus wie ein Fischweib, zu lachen anfing, doch ich beherrschte mich, ich blieb ruhig, ich drehte nur den Fernseher auf volle Lautstärke, und Bruce Springsteen dröhnte durch das mit Kartons vollgestapelte Zimmer, ich setzte mich auf den Boden und stimmte ein mit Onkel Bruce, und da sagte sie, blöder Idiot, und sie sagte noch etwas, doch ich tat so, als hörte ich sie nicht, als würde ich mich in Bruce Springsteen und seine Lieder über Cadillacs und Railroads und so vertiefen, und sie sagte ... was sagte sie da, was sagte sie da zu mir?

»Und sowas denkt auch noch, er könnte ficken. Du denkst nur daran, wie du dein Scheißkokain in die Nase bekommst. Na, da hast du das Ergebnis.«

Das sagte sie also. Danach ging sie in ihr Schlafzimmer und warf die Tür hinter sich zu. Meinetwegen. Ich hatte geduscht. Ich fand noch ein Stück Croissant. Ich öffnete ein paar Umzugskartons. Fand Kleider, CDs, Bücher (*Postmodern Architecture: A Survey; Who's Who in Hollywood?*), noch mehr Kleider, Küchensachen und, ah, da waren sie: die Videokassetten.

Auch daran erinnerte ich mich noch: an ihre betuliche Sammlung intellektueller Spielfilme. Fellini, Godard, Bergman, la dee da. Doch unten im Karton lag *9 ½ Weeks* und, wie war es bloß möglich, *Türkische Früchte*. Kurzum, die Stimmung hob sich augenblicklich. Draußen wurde es hell. Unten auf der Straße waren Morgengeräusche zu hören. Es gab keine Vorhänge, die ich hätte schließen können, denn auch die waren bereits eingepackt, aber dessen ungeachtet machte ich es mir gemütlich. Ich kochte frischen Tee und fand eine Rolle Bastogne-Kekse.

9 ½ Weeks kenne ich mehr oder weniger auswendig, und ich spule daher vor zu der richtigen Stelle, die, wo Kim Basinger sich selbst befriedigt, während sie sich Dias mit moderner Kunst ansieht. Klick, klick macht der Dia-Projektor. Und Kim streichelt mit der Hand über eine ihrer Brüste, dann kommen ihre Strapse ins Bild, und wir sehen ihre Hand dorthin verschwinden, wo Kim sie haben will. Die Adern auf ihrem Handrücken. Die Finger, die sie streckt, ehe sie zwischen ihren Beinen verschwinden. Klick, klick. Oder die Szene, in der Mickey Rourke ihr alle möglichen leckeren Sachen in den Mund stopft. Kim ißt nacheinander: eine Olive, einen Klacks Brombeermarmelade, eine winzige

Tomate, zwei Erdbeeren (»Gib mir eine dicke«, sagt Kim zu Mickey), und danach ißt Sam ein Stück Bandnudel, Gelatinepudding, eine grüne Peperoni (»Bah, wie gemein«, sagt Sammie prustend). Schließlich gibt er ihr ein Glas Milch zu trinken, und Mickey drückt das Glas an Sammies Lippen, und sie lacht, sie lacht und zeigt ihre Zähne, und die Milch läuft ihr übers Kinn. Mickey öffnet eine Flasche Champagner, die er natürlich vorher kräftig geschüttelt hat. Mit beiden Daumen auf der Flaschenöffnung spritzt er, Mickey Rourke, den Champagner mit kurzen, heftigen Strahlen in das Gesicht der kichernden Sam. Der Champagnerstrahl in ihr Gesicht, auf ihren Bauch, zwischen ihre Beine, die Beine, mit denen sie zappelt, Sammie zappelt, und sie kreischt, und sie fängt an aufzustampfen, sehr hübsch, und danach kommen auch noch Eierkuchen und Honig zum Einsatz, und das alles landet überall auf Sammies Körper, Sammie, törichte, törichte Sammie, und danach küssen sie sich, endlich küssen sie sich, Sam und Mickey. Ende der Szene.

In *Türkische Früchte* spielt Sam besser, viel besser, muß ich sagen. Zu Beginn des Films sitzt Rutger Hauer neben ihr im Auto, und er streichelt ihre roten Haare (für den Film gefärbt, denn Sam ist dunkelblond), und er fragt, ob die Farbe immer so gewesen ist, und Sammie – heilige Scheiße, was für eine Schauspielerin, Mann, ist sie gut! –, Sammie sitzt am Steuer, und sie sieht ihn verstohlen an und sagt: »Mm hmm. Früher nannte man mich Erdbeermütze.«

Erdbeermütze. Ich spule vor, *fast forward,* und warte auf die eine Szene, die Szene mit der Krankheit, Sammie hat Krebs (nicht wirklich natürlich, nur im Film), sie hat Krebs, und Rutger Hauer besucht sie treu im Krankenhaus, und Sam liegt in einem stabilen Bett mit mindestens fünf Kissen im Rücken, und sie ist kahlgeschoren, und schau dir bloß die Augen an und den halb aufgesperrten Mund,

und danach ihr Lächeln und ihre Lippen, und hör dir an, was Sammie dann sagt, Sammie ist an einem Hirntumor operiert worden, sie wird bald sterben, doch das weiß sie nicht, und Sammies runder Kopf ist jetzt close-up im Bild, sie schaut erst auf die Blumen, die ich für sie mitgebracht habe, und anschließend zu mir und sagt (und von mir bekommt sie dafür einen verdammten Oscar und alle möglichen Preise und einen Millionenvertrag, und ich liebe dich, Sam, ich liebe dich mehr, sehr viel mehr als man in Filmen, Liedern und in Büchern einander liebt), und hör dir an, wie sie das sagt, wie sie ihre Sammie-Augen aufschlägt und mich ansieht, während ich an ihrem Krankenbett stehe, hallo, Sam, wie geht es dir? frage ich, und ich stelle die Blumen ins Wasser und frage sie, ob sie ein Pfefferminzbonbon möchte oder einen Drops oder so, und Sam, Sam deutet auf ihren Kopf, dahin, wo sie operiert worden ist, und sagt: »Ich hab jetzt einen Kopf mit einem Türchen.«

Hätte ich doch nur einen solchen, hätte ich doch nur so einen Kopf. Dann könnte ich aus mir selbst weglaufen, zack, raus, Tür hinter mir zu und ab.

»Hey, da bin ich wieder. Ich habe ein bißchen ferngesehen. Alles ist okay. Alles ist jetzt wieder okay. Mit mir, meine ich. Und mit dir? Hey, schläfst du?«

»...«

»Schläfst du wirklich? Darf ich mich zu dir legen? Darf ich ...«

»Finger weg! Laß das!«

»Nein, ich wollte dich nur kurz streicheln. Ich meine ... tja, ich meine eigentlich nichts.«

»Hör zu«, sagt sie. Sie hat sich aufrecht hingesetzt. Vor dem Hinlegen hat sie sich ein T-Shirt angezogen. Eins mit Panthermotiv. »Hör zu, ich möchte schlafen. Es ist bereits Morgen, aber ich habe keine Lust auf ein Schlafdefizit.

Nächste Woche ziehe ich um, du erinnerst dich. Ich bin müde und du auch. Du bist auch müde. Bist du nicht müde?«
»Darf ich dir beim Umzug helfen?«
Sie lächelt kurz. Ich lege meine beiden Hände auf ihr Bein. Das linke. Ich lächele sie an. Warum sollte ich nicht lächeln, sie lächelt doch auch?
»Laß das«, sagt sie. »Wirklich. Hey, was möchtest du jetzt machen? Was möchtest du jetzt?«
Keine verrückte Frage. Was möchte ich jetzt machen? Sie verschränkt die Beine zum Schneidersitz und zieht die Daunendecke über sich, bis hinauf zum Kinn. Neben dem Bett liegt eine Schachtel Marlboro Light. Sie nimmt zwei Zigaretten, eine für sich, eine für mich. Sie kratzt sich am Kopf, bläst mit kurzen Stößen den Rauch in meine Augen. Sie inspiziert die Nägel ihres Zeige- und Mittelfingers. Was möchte ich jetzt?

»Ich möchte ein Taxi.«

Victor Schiferli
»Das schreit nach Phantasie.«
Joost Zwagerman und *Gimmick!*

An die achtziger Jahre erinnern sich nur wenige Menschen gerne. Und eigentlich war es auch schon in den achtziger Jahren so, daß man dieses Jahrzehnt nicht als eine gute Zeit empfand. Gründe dafür waren die damals in den Niederlanden herrschende hohe Arbeitslosigkeit, die Aussicht, daß man als junger Mensch nicht nur keine Arbeit, sondern auch keine Wohnung finden würde, die über allem schwebende Gefahr eines Atomkriegs sowie die Musik von Bands wie Joy Division und The Cure. 1980 hatte in Amsterdam während der Krönung der damaligen Königin Beatrix eine Schlacht zwischen Hausbesetzern und der Polizei gewütet, und die Wut und Enttäuschung, die viele Jugendliche damals verspürten – *No future* lautete die Parole, die an vielen Wänden zu lesen stand –, sollte noch lange ein vorherrschendes Gefühl sein.

Auf dem Gebiet der Literatur war die Situation eigentlich nicht anders. Wer literarische Ambitionen hegte, hatte Probleme, sich zu etablieren. Einen Autor, der jünger als dreißig war, mußte man mit der Lupe suchen. Joost Zwagerman, 1963 in der Provinzstadt Alkmaar geboren, kam in jenen Jahren zum Studium nach Amsterdam. Er machte, was damals nur wenige aus seiner Generation machten: Er debütierte mit einem Roman. Auf *De houdgreep* (Der Haltegriff, 1986) folgte 1987 der Gedichtband *Langs de doofpot* (Entlang der Vertuschung). Diese beiden Bücher kann man als eher introvertiert charakterisieren. Doch in dieser Zeit kam Zwagerman auch in Kontakt mit einer Gruppe junger Dichter, die die Lyrikszene wachrütteln wollte.

Diese Gruppe nannte sich »Die Maximalen«, nach dem Titel der Anthologie *Maximaal!* (1988), in der sie vom Herausgeber und Dichter Arthur Lava (*1955) als neue Generation präsentiert wurden. Zu der Gruppe gehörten unter anderem: Pieter Boksma (*1956), Frank Starik (1958–2018), Koos Dalstra (*1950), René Huigen (*1962) und K. Michel (*1959). Viele der Autoren hatten Verbindungen zur Welt der Kunst, sie traten in Jugendzentren auf statt in ehrwürdigen Literaturhäusern, ihre Themen waren nicht humanistisch und kontemplativ, sondern roh und expressiv. Sehr bald schon kam es zur Polemik zwischen der neuen Generation, die sich beweisen wollte, und der alten, die sich bedroht fühlte.

Daß letzteres nicht aus der Luft gegriffen war, zeigte sich bald. Die Maximalen wurden in den Zeitungen von der Kritik als halbe Analphabeten, Schreihälse, Blagen, Sexisten und sogar als Pfadfinder niedergemacht. *Het Parool* nannte die Anthologie, die der Gruppe ihren Namen gegeben hatte, »eine haufenweise mit Wortkot gefüllte Grube«. *Trouw* sprach ablehnend von »verrückter Bildsprache« und in der *Leeuwarder Courant* bezeichnete Michael Zeeman (später ein einflußreicher Kritiker, Autor und Fernsehmacher) die maximale Lyrik als einen »Bottich voller fauler Fische«. Gleichsam als Rache kippten die Maximalen, als er eine ihrer Lesungen besuchte, einen Eimer mit Fischen über ihm aus.

Pieter Boksma, ein später wegen seiner in der Tradition der schwarzen Romantik stehenden Lyrik gerühmter Dichter, sagte rückblickend: »Ich denke, es war vor allem eine Reaktion auf das erstarrte, eingedöste, hermetisch-akademische Klima in der Lyrik der achtziger Jahre, das von einer ganzen Generation von Epigonen der experimentellen Autoren der fünfziger und sechziger Jahre dominiert wurde. Es gab ein großes Bedürfnis, wieder warmblütige Lyrik zu schreiben, in der es um das ganze Leben selbst ging, anstatt Rätsel über den Staub auf dem Gartenzaun zu produzieren. Maximaal war für mich vor allem ein Plädoyer für eine Lyrik aus vollem Herzen.«

Joost Zwagerman, der Jüngste der Gruppe, stand auf den Barrikaden und veröffentlichte in *De Volkskrant* eine Polemik mit dem Titel »Das Joch des großen Nichts«. Zu dieser Zeit arbeitete er an einem Roman, der 1989 erscheinen und ein großer Bestseller werden sollte: *Gimmick!* Nie zuvor hatte es in der niederländischen Literatur ein Buch gegeben, in dem so offenherzig und schockierend über Sex und Drogen geschrieben wurde. Vorbilder für sein Buch waren, wie Zwagerman später berichtete, amerikanische Romane jener Zeit wie *Less Than Zero* (1985; dt. *Unter Null,* 1986) von Bret Easton Ellis oder *Bright Lights, Big City* (1984; dt. *Ein starker Abgang,* 1986) von Jay McInerney, Klassiker, in denen das ebenso euphorische wie tragische Lebensgefühl der jungen Generation der achtziger Jahre skizziert wurde, eine postmoderne Welt, die oft auf eine Flucht aus der Wirklichkeit hinauslief.

Gimmick! handelt vor allem von den bildenden Künstlern, die zeitgleich mit den Dichtern auf der Szene erschienen waren. Es gab viele Querverbindungen: Manche von ihnen waren sowohl bildende Künstler als auch Dichter, es gab gemeinsame Vernissagen und Veranstaltungen, und Zwagerman – der sich immer schon sehr für Kunst interessiert hatte – trieb sich im Umfeld seiner kunstschaffenden Freunde und Bekannten herum. Da war zum Beispiel Paul Blanca (*1958), ein Fotograf, der sich mit eindringlichen Selbstporträts in Schwarzweiß einen Namen machte. Er erkundete die Grenzen des Erlaubten, indem er sich etwa mit einem Rasiermesser eine Mickey-Mouse-Figur in den Rücken schneiden ließ und sich dann fotografierte oder ein Selbstporträt machte, auf dem er mit einem lebenden Huhn kopuliert. Zu nennen wäre auch Peter Klashorst (*1957), der Begründer der After-Nature-Bewegung, die die Auffassung vertrat, daß es jede Art von Avantgarde im 20. Jahrhundert schon gegeben hatte, und die daher beschloß, zur figurativen Kunst zurückzukehren. Und schließlich war da Rob Scholte (*1958), der die postmoderne Kunst in den Niederlanden etablierte, indem er Motive aus der Kunstgeschichte sampelte, etwa Manets *Olympia,* wobei er die unbekleidete Frau durch eine Holzpuppe ersetzte. Sein Werk wurde weltweit ausgestellt, und es hatte lange keinen so bedeutenden Künstler gegeben, der aus den Niederlanden stammte.

Diese Personen waren Vorbilder für die Figuren Massimo Groen und Theo Eckhardt, an denen der Erzähler von *Gimmick!,* Walter van Raamsdonk, sich spiegelt. Einen großen Unterschied gab es zwischen den Dichtern und den Künstlern: Letztere verdienten viel Geld mit ihren Arbeiten, während die Dichter sich abrackern mußten. Zwagerman sagt über jene Zeit: »Ich saß daneben wie eine Art Hofnarr, ich war der kleine Autor, der auch ab und zu mal mitmachen durfte. Ich lebte buchstäblich vom Geld anderer, schmückte Vernissagen, indem ich ein Gedicht schrieb. Im Tausch erhielt ich ein symbolisches Honorar in Höhe von ein paar Zehnern – mir gab man die Brosamen. Ich war nicht wirklich ein Teil des Milieus, und ich identifizierte mich auch nicht damit. Wohl aber dachte ich: Das schreit nach Phantasie.«

Und Phantasie ist das, was Zwagerman in seiner unterhaltsamen, vitalen und humorvollen Satire auf eine Welt, der er selbst nahestand, losläßt, einer Welt, in der Postmodernismus – die Vermischung von E- und U-Kultur, alles war bereits getan und gesagt worden, *anything goes* – der Leitfaden war, wobei er das Ganze dann auch noch mit einer Schicht aus Sarkasmus und Ironie überzog. So wie es Eckhardt im Roman ausdrückt: »Kunst ist eine Frage des Timings, des Marketings und der conceptual strategy, sag ich mal. Imitiere einen Dalí, und du verkaufst. Male abstrakt, und alles ist okay. Figurativ? Auch hervorragend. Schreibe ein Buch, in dem jede Menge Sex vorkommt, und du hast einen Bestseller. Ein Buch ohne Sex? Ebenfalls ein Bestseller. ... Die Kunst und das neue konservative Klima, das sind zwei Seiten einer Medaille. ... Es gibt nichts mehr umzustürzen, man kann niemanden mehr provozieren, jede Rebellion läuft ins Leere. ... Es gibt keine guten und keine schlechten Künstler mehr, Walter, es gibt Künstler *mit* Geld und Künstler *ohne* Geld, und die Künstler ohne Geld sind eigentlich gar keine Künstler.«

Walter van Raamsdonk, die Hauptfigur des Romans, ist ein junger Künstler inmitten der Amsterdamer Szene, der noch am Anfang seiner Karriere steht. Er hat bereits erste Erfolge verbucht, steckt aber eigentlich in einer Sackgasse, aus der er zu entkommen versucht, indem er ständig auf Achse ist. *Living in the fast lane,* die eine Woche in New York, die andere in Amsterdam, ab und zu auf die Kanarischen Inseln, mit Drogen und schönen Frauen. Aber dennoch nagt etwas an »Raam«, wie er genannt wird, und obwohl man die Ereignisse aus seinem Blickwinkel betrachtet und er tüchtig mit dem angibt, was er erlebt, spürt man als Leser sehr bald, daß er im Innern eigentlich von Zweifel, Angst und Eifersucht verzehrt wird. Daß er dabei große Mengen Kokain in hohem Tempo schnieft, trägt nicht zu seinem Seelenfrieden bei.

Tatsächlich produziert er praktisch nichts, und um an ein Stipendium zu gelangen, gibt er sogar ein paar Bilder, die in seinem Atelier stehen, aber nicht von ihm stammen, als neue Arbeiten aus. Raam ist von seiner großen Liebe okkupiert, von seiner Ex-Freundin Sammie, an die er fortwährend denkt, die er aber fast nie trifft. Er kommt nicht dazu, die Trauer, die er angesichts ihres Verlustes empfindet, zu verarbeiten, weil er ständig ruhelos unterwegs ist, auf der

Suche nach Ablenkung, nach etwas Aufregendem, doch was er findet, ist eine Welt, die ihn ausschließt. Vielleicht ist es nicht einmal die Welt, die ihn ausschließt, sondern er selbst; er schließt sich aus der Realität aus, indem er sich einem permanenten Eskapismus hingibt.

Und als er Sammie zufällig trifft – bei seinem festen Dealer, nachdem er gerade im Rotlichtviertel war, eine Fügung des Schicksals –, da versucht er sie zurückzugewinnen, aber dem Leser ist schon längst klar, daß ihm das nicht gelingen wird, und man muß sich sogar fragen, ob die ganze Liebe zu Sammie, die Walter so obsessiv im Griff hält, nicht ein Phantom ist und er nur in die Vorstellung von Sammie verliebt ist. *Gimmick!* wurde als klassischer Liebesroman bezeichnet, der mit seinen unverblümten Beschreibungen von Sexualität in der Tradition *des* niederländischen Klassikers der sechziger Jahre, *Turks fruit* (1969; dt. *Türkischer Honig*, 2012) von Jan Wolkers, steht. Doch während bei Wolkers die Liebe irdisch und bodenständig ist, scheint sie bei Zwagerman ungreifbar in der Luft zu schweben.

So verbirgt sich hinter der Suche nach der verlorenen Liebe eine andere Sehnsucht, die Sehnsucht nach einem Platz in der Welt, den Raam selbst nicht finden kann. Der einzige Ort, wo er Trost und Ruhe findet, ist bei ihr, und solange ihm der verschlossen bleibt, verliert er sich in paranoiden und hedonistischen Aktivitäten. Raam ist ein Antiheld, jemand, der sich selbst eingeredet hat, daß er zu einem Mädchen gehört, das ihrerseits überhaupt nicht den Eindruck hat, daß er sie jemals wirklich geliebt hat. *Gimmick!* ist daher nicht nur eine Satire, sondern auch eine tragische Geschichte. Ganz am Anfang des Romans, als Groen und Raam zusammen in New York eine Peepshow besuchen und letzterer – ganz offensichtlich weniger erfahren als sein Freund Groen – versucht zu ergründen, wie das Prozedere in diesem Etablissement ist (Männer dürfen gegen

Bezahlung durch eine Luke hindurch Frauen berühren), beschreibt Zwagerman diese Sehnsucht so: »Ich wünschte, ich wäre klein, viel kleiner als das farbige Mädchen, ich wünschte, ich wäre so klein, daß ich durch die Luke klettern könnte, ich wäre ebenso klein wie die Möse des Mädchens. Dann könnte ich mich zusammenrollen, die winzig kleinen Knie an den winzig kleinen Brustkorb gezogen, ich würde das farbige Mädchen fragen, ob sie mich nach der Arbeit in ihrer Manteltasche oder ihrer Handtasche mitnimmt, in ihr Apartment, in ihr Schlafzimmer. Dann würden wir uns schlafen legen, sie in ihrem Bett und ich, immer noch winzig klein, zwischen ihren Schenkeln. Ihre gerade, feste Möse wie ein Bett, die Schamlippen würden Decke und Laken sein. Anschließend müßte sie mich zudecken und mich und sich selbst streicheln, in den Schlaf wiegen, bis ich ganz weg wäre, aufgelöst, in ihrer Wärme verschwunden. Nie mehr aufwachen, für immer zu Hause.«

Heute, im Jahr 2018, scheint die Zeit von *Gimmick!* längst der Vergangenheit anzugehören. Den Künstlern, die diesen Roman inspiriert haben, geht es inzwischen weniger gut. Paul Blancas Talent wurde von seiner Drogensucht überschattet, Peter Klashorst leidet an AIDS, und Rob Scholte überlebte 1994 einen nie aufgeklärten Anschlag mit einer Autobombe, bei dem er beide Beine verlor. Das legendäre Roxy, das das Vorbild für die Diskothek Gimmick im Roman ist, brannte in jenen Jahren aus. Und auch die Welt, die im Buch beschrieben wird, ist uns heute fern.

Das Buch hat sich inzwischen zu einem modernen Klassiker entwickelt, der noch immer viel gelesen wird. Die junge niederländische Journalistin Jet Steinz, die ein Jahr nach der Veröffentlichung von *Gimmick!* geboren wurde, ist voller Bewunderung für das Buch, die sie in folgende Worte faßte: »Über den dekadenten Lebensstil, den Zwagerman beschreibt, zu lesen hat mir großes Vergnügen bereitet. Ebenso die Schilderung der benebelten Abende in den Clubs, die von tatsächlich existierenden, inzwischen aber geschlossenen Amsterdamer Etablissements inspiriert ist, sowie die leidenschaftlichen Tiraden des Malers Eckhardt. Und auch den dynamischen, überrumpelnden Stil, in dem all dies geschrieben ist. *Gimmick!* ist vielleicht nicht mehr so schockierend, wie es das vor fünfundzwanzig Jahren war – die meisten der Jugendlichen heute konsumieren XTC –, aber die Sprache ist immer noch funkelnd und Raams Situation immer noch ebenso himmelschreiend. Und deshalb sprüht und rührt der Roman noch immer.«

Auf *Gimmick!* folgten die erfolgreichen Romane *Vals licht* (1991, dt. *Falsches Licht,* 1995; über die Liebe zwischen einem jungen Studenten und einer Prostituierten), *De buitenvrouw* (1994; dt. *Die Nebenfrau,* 2000; über eine außereheliche, gemischtrassige Beziehung im holländischen Polder) und *Chaos en rumoer* (1997; dt. *Kunstlicht,* 2002; über einen Autor mit *writer's block*, der Radiomoderator wird), *Zes sterren* (2002; dt. *Onkel Siem und die Frauen,* 2005; ein Mann stellt nach dem Selbstmord seines Onkels Nachforschungen an). Außerdem veröffentlichte Zwagerman Gedichtbände sowie etliche Sammlungen von Essays, und er wurde ein bedeutender Fürsprecher der modernen Kunst in der vielgesehenen Talkshow »De wereld draait door« (Die Welt dreht sich weiter). Sein letztes fiktionales Werk war *Duel* (2010; dt. *Duell,* 2016; über einen Museumsdirektor, der sich auf die Suche nach einem entwendeten Bild von Mark Rothko macht), eine Novelle, die am Vorabend der alljährlichen Buchwoche in einer Auflage von mehr als 900.000 Exemplaren veröffentlicht wurde. Die Übersetzung dieses Buches war sein erster wirklicher Erfolg in Deutschland.

Leider hat Joost Zwagerman dies nicht mehr erlebt. Es war ein offenes Geheimnis, daß er in den letzten Jahren seines Lebens mit schweren Depressionen zu kämpfen hatte. Bekannt war, daß sein Vater einen Selbstmordversuch unternommen hatte, der Zwagerman seinerzeit dazu veranlaßte, sich in einem ausführlichen Text mit dem Thema zu befassen (*Door eigen hand,* 2005; Durch eigene Hand); auch sein Roman *Zes sterren* entstand unter dem Eindruck dieses Ereignisses. Er kannte die Fakten. In seinem Buch führt er aus, daß Kinder von Selbstmördern ein siebzehnmal so hohes Risiko haben, ihr Leben selbst zu beenden. Wenn ein Elternteil Selbstmord begehe, empfänden Kinder ein Gefühl der Abweisung. Es entstehe bei ihnen der Eindruck, daß sie es offenbar nicht wert sind, daß man für sie am Leben bleibt. So sagte Zwagerman in einem Interview: »Eine Auswirkung von Selbstmord ist, daß man bestimmte Loyalitäten und Beziehungen – etwa Elternschaft – nicht mehr als selbstverständlich erfährt. Das Vertrauen in die Schicksalsverbundenheit, in die Verbindung der Herzen erleidet unwiderruflich Schaden.«

Statistiken zeigten auf der anderen Seite auch, daß Menschen, die einen Selbstmordversuch überlebt haben, oft froh darüber sind, noch am Leben zu sein. In *Door eigen hand* zitiert Zwagerman seinen Kollegen und Freund Rogi Wieg: »Der Selbstmörder will nicht sterben; er will ein anderes Leben.« Der Todeswunsch von möglichen Selbstmördern könne die Folge einer vorübergehenden psychischen Krise sein, und darum habe das Umfeld, laut Zwagerman, die Pflicht, sie in bestimmten Fällen vor sich selbst zu beschützen. Weil er über Selbstmord geschrieben hatte und aufgrund der Art und Weise, wie er dafür eingetreten war, selbstmordgefährdete Menschen an ihrem Vorhaben zu hindern, traf sein eigener Tod die literarische und die übrige Welt wie ein Schlag.

Postum erschien der Gedichtband *Wakend over God* (2016; Wachend über Gott), eine eindringliche Sammlung von Gedichten über das Ringen mit einem einst verlorenen Glauben: Jemand, der sich früh in seinem Leben von Gott abgewandt hat, fragt sich jetzt, ob es in all der Leere der Welt nicht irgendwo etwas von Bedeutung gibt. Es sind berührende Texte eines suchenden, einsamen Individuums, das eine paradoxe und negative Vorstellung von der Existenz Gottes hat, ein Wesen, das nur in seiner eigenen Abwesenheit existiert.

> Dennoch bekenne ich,
> daß ich, auf Teufel komm raus,
> letztendlich an Ihn glaube.
>
> Seine größte und endgültige Tat:
> Es gibt Ihn nicht.
> Er ist allumfassende
> Abwesenheit.

Zwagerman beendete sein Werk, das einst maximal begann, mit minimalen Tönen, mit einer Rückkehr zur Intimität, zur Stille. *Wakend over God* wendet sich gegen die allgemeine Vorstellung, Gott wache über uns; wir passen auf *ihn* auf, wir sind auf der Suche nach ihm, auch wenn er sich nicht zeigt, auch wenn wir wissen, daß er nicht da ist, daß er seine Existenz seiner Abwesenheit *verdankt*.

Kontakt

Jemand ruft mich ständig an, sagt nichts,
undeutlich höre ich ein fernes Atmen,
es kann meins sein, aber auch das
jenes andern, der hartnäckig schweigt.
Ich lege wieder auf. Bin jetzt ein Mann,
der merkwürdige Anrufe bekommt.

Das Display zeigt eine Nummer
mit einer Landesvorwahl, die ich nicht kenne.
Ich wähl sofort, eine Mailbox spricht.
»Hallo, hier Gott, Ich bin nicht da.
Hinterlasse weder Name noch Nachricht,
Ich rufe nie zurück. Leb ruhig weiter,
warte notfalls auf den Piep, doch schweige.«

Prompt hat der Anrufer mich dennoch angewählt.
Wieder höre ich nichts, höchstens vages Atmen.
Ich bin der Mann, der stumm seinen Herzschlag zählt.

Irgendwann ruf ich Ihn zurück und sage dann
doch etwas nach dem Piep. Ich tu's nicht gleich.
Ich warte, bis ich eine Geheimnummer habe.

Der Tag ist heute, Kontakt ist da. Ich tippe
die Nummer ein. Keiner geht ran. Er kam mir
zuvor. Er hat meine Nummer.

Die Originalausgabe, »Gimmick!«,
erschien 1989 bei De Arbeiderspers, Amsterdam.
© 1989 Joost Zwagerman

This publication has been made possible with
financial support from the Dutch Foundation for Literature.
Wir danken der niederländischen Literatur-Stiftung
für die Förderung der Übersetzung.

© 2018 Weidle Verlag
Beethovenplatz 4, 53115 Bonn
www.weidle-verlag.de

Lektorat: Kim Lüftner
Korrektur: Stefan Weidle
Gestaltung und Satz: Friedrich Forssman
Schriften: New Century Schoolbook und Bureau
Druck: Ph. Reinheimer GmbH, Darmstadt
Bindung: Schaumann, Darmstadt

Die Deutsche Bibliothek – CIP-Einheitsaufnahme
Ein Titeldatensatz für diese Publikation
ist bei Der Deutschen Nationalbibliothek erhältlich.

Dieses Buch wurde klimaneutral gedruckt.
natureOffice.com | DE-077-134232

978-3-938803-90-5